Editora Charme

A COCKY HERO CLUB PRODUCTION

MESTRE DA MANIPULAÇÃO

NICOLE S. GOODIN

Este livro é um trabalho de ficção.

Todos os nomes, personagens, locais e incidentes são produtos da imaginação da autora. Qualquer semelhança com pessoas reais, coisas, vivas ou mortas, locais ou eventos é mera coincidência.

1ª Impressão 2022

Capa e Produção Gráfica - Verônica Góes
Foto - Shutterstock e Adobe Stock
Tradução - Lilian Centurion
Preparação - Monique D'Orazio
Revisão - Equipe Charme

Esta obra foi negociada pela Brower Literary & Management, Inc.

FICHA CATALOGRÁFICA ELABORADA POR
Bibliotecária: Priscila Gomes Cruz CRB-8/8207

G652m Goodin, Nicole S.

Mestre da Manipulação / Nicole S. Goodin;
Capa e produção gráfica: Verônica Góes; Tradução: Lilian Centurion;
Preparação: Monique D'Orazio. – Campinas, SP:
Editora Charme, 2022.
328 p. il.
[Projeto: Cocky Hero Club, Inc.]
Título original: Master Manipulator.
ISBN: 978-65-5933-077-5

1. Ficção norte-americana | 2. Romance Estrangeiro -
I. Goodin, Nicole S. II. Centurion, Lilian. III. Góes, Verônica.
IV. D'Orazio, Monique. V. Título.

CDD - 813

Editora Charme

www.editoracharme.com.br

Editora Charme

A COCKY HERO CLUB PRODUCTION

Tradução - Lilian Centurion

MESTRE DA MANIPULAÇÃO

NICOLE S. GOODIN

DEDICATÓRIA

A todos que já tiveram que lutar para ter o seu

"felizes para sempre".

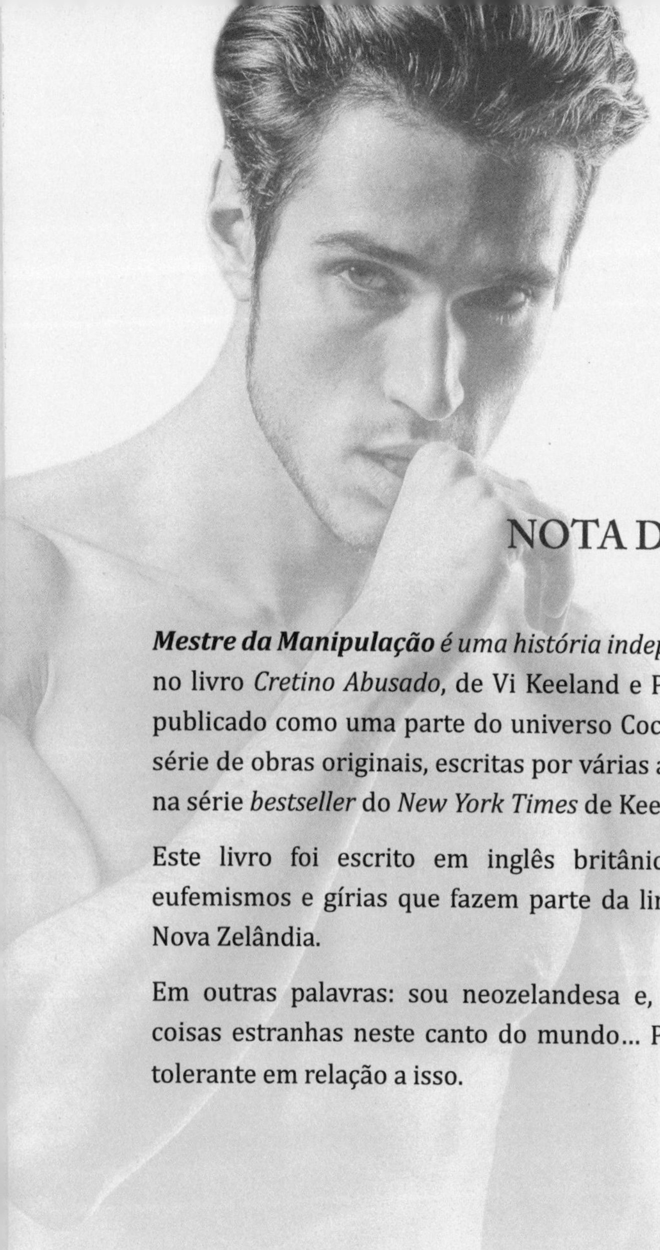

NOTA DA AUTORA

Mestre da Manipulação *é uma história independente*, inspirada no livro *Cretino Abusado*, de Vi Keeland e Penelope Ward. Foi publicado como uma parte do universo Cocky Hero Club, uma série de obras originais, escritas por várias autoras e inspirada na série *bestseller* do *New York Times* de Keeland e Ward.

Este livro foi escrito em inglês britânico e pode conter eufemismos e gírias que fazem parte da linguagem falada na Nova Zelândia.

Em outras palavras: sou neozelandesa e, às vezes, falamos coisas estranhas neste canto do mundo... Por favor, tente ser tolerante em relação a isso.

CAPÍTULO 1

Ky

Dei um passo em falso quando coloquei os olhos na loira deslumbrante examinando o painel de embarque, o que me fez trombar nas costas do executivo com rosto furioso, que estava na minha frente na fila.

— Desculpe — balbuciei enquanto o contornava, tentando encontrar a loira de novo.

Ondas densas e douradas pendiam além da cintura fina, quase chegando à bunda durinha e arrebitada. A massa de fios balançava suavemente quando a cabeça se mexia devagar de um lado a outro, lendo todas as linhas com bastante atenção.

Seus lábios carnudos faziam beicinho e relaxavam, e seus dentes mordiscavam o lábio inferior de vez em quando.

Ela era a perfeição em pessoa.

Deixei a fila, sem saber ao certo aonde estava indo, mas tendo certeza de que, aonde quer que fosse, ela estaria envolvida de alguma forma. Sempre me saí bem quando o assunto era pensar rápido; sempre bolava alguma coisa. Em primeiro lugar, precisava chegar mais perto — checar se não estava imaginando coisas.

Levei apenas alguns instantes para dar meia-volta, indo na direção dela pelo ângulo oposto.

Ela inclinou a cabeça para o lado, lendo o painel com tanta concentração que deixava sua testa franzida. Não sabia o que ela estava procurando — um voo de volta para o planeta do qual tinha vindo era o meu palpite, porque com certeza ela não se parecia com nenhuma mulher deste mundo.

Diminuí o passo e me aproximei por trás, na esperança de ver qualquer coisa que pudesse me dizer quem era aquela mulher e aonde ela estava indo.

Eu finalmente estava voltando para casa, com a minha viagem terminando, mas, se ela estivesse indo para o México, eu poderia até começar a ter um desejo insaciável por tacos.

Alguma coisa deve ter se alinhado nas estrelas para mim naquele instante, porque seu celular tocou, a assustando, e ela derrubou tudo que estava segurando.

— Filho da mãe — ela resmungou baixinho.

Abri um sorriso largo. Rosto angelical e boca suja. Duas das minhas coisas preferidas em uma mulher.

Seu passaporte, o itinerário, *tudo*, tudo mesmo foi parar no chão. *Meu dia de sorte*. Me agachei e peguei os itens sob o disfarce de cavalheiro, ao mesmo tempo em que me certificava de dar uma boa olhada na informação de que eu precisava.

Blake Vincent, viajando para Sydney, Austrália.

Sorri para mim mesmo. Bom, "Blake com destino à Austrália", esse era o seu dia de sorte. Na verdade, para ser mais exato, era o *meu* dia de sorte.

— E... em hipótese *alguma* vou atender *essa* ligação — ela sussurrou para si mesma enquanto se virava e enfiava o celular na bolsa.

Seu olhar foi para o chão, em busca das suas coisas.

Ergui o corpo até ficar todo ereto, impondo a minha altura sobre a dela, e estendi minha mão.

Seu olhar viajou dos documentos na minha mão, subiu pelo meu braço, até, por fim, chegar ao meu rosto. Não me passou despercebido o forte suspiro que saiu dos seus lábios volumosos e rosados, nem o "uau" sussurrado que também escapou por eles.

— Você não deveria deixar essas coisas importantes largadas desse jeito, loira.

Seus olhos arregalados e brilhantes se semicerraram um pouco. Nunca tinha visto olhos como os dela: um azul-vibrante e o outro verde-esmeralda, muito grandes, lindos pra caramba.

— Obrigada pela dica — ela disse, com um sotaque característico, e então seu olhar baixou ao estender o braço para pegar seus pertences da minha mão.

Australiana.

Fiquei segurando as coisas por um instante a mais do que o necessário, forçando seus olhos a voltarem para os meus. Ela pareceu surpresa, talvez assustada, com a minha insistência.

— De nada — falei com arrogância, antes mesmo de dar a ela a chance de expressar sua gratidão.

Ela abriu e fechou a boca como um peixe-dourado, sem saber bem o que dizer, e sua carranca foi ficando mais evidente a cada segundo.

A loira estava ficando irritada.

Dei uma última e demorada olhada nela e me virei, ainda exibindo um sorriso nos lábios, enquanto desaparecia na multidão, voltando para a fila, tendo a total consciência de que essa não seria a última vez que a veria. Ficaríamos confinados juntos em um tubo de metal cilíndrico, a milhares de quilômetros de altura, pelas próximas quinze horas, mais ou menos, e eu pretendia fazer o que sabia melhor: dar um jeito de a situação ficar favorável para mim.

Um plano foi se formando na minha mente conforme a fila andava devagar, um passageiro de cada vez pegando o bilhete de embarque e despachando a bagagem. A*í* estava uma coisa de que eu *não i*ria sentir falta, agora que essa aventura tinha terminado — os aeroportos, a espera, o desperdício de tempo. Estava farto de viver com o que cabia em uma mala.

Vi de relance a loira entrando na minha fila, com umas cinco pessoas nos separando, mas não me virei. N*ão precisava; podia sentir as adagas sendo atiradas* na minha direção, mesmo estando *de costas.*

Eu n*ão tinha muitas habilidades na vida, mas conseguir uma reação das mulheres era uma delas. A outra era correr riscos, e, na maioria das vezes, ver esses riscos valerem a pena*. Enquanto me apresentava no balcão do check-in, me preparava para colocar meus encantos em ação.

— Bom dia, senhor, viajando para Sydney hoje?

Americana. Fácil demais.

Algo especial acontecia nas mulheres americanas quando você era um homem australiano. Nosso sotaque as deixava loucas. Uma simples frase poderia transformar a mais sofisticada das mulheres em uma bobinha linda, pagando de santinha, enrolando o cabelo, com um olhar brilhante e cheia de risinhos. *Só* esperava que aquela mulher em especial não fosse imune ao meu charme — ou que *não fosse lésbica.*

— Bom dia — meus olhos percorreram o caminho até o crachá com o nome preso no seu peito —, *Teresa*, e estou, sim, sem dúvida.

Teresa já devia estar acostumada com todos os sotaques àquela altura, já que ela trabalhava em um aeroporto e via uma quantidade insana de voos partir para a terra dos cangurus e para o resto do mundo todos os dias, mas, se o brilho nos seus olhos e o jeito como ela estufou o peito servissem, mesmo que de leve, como uma fonte de informação, diria que ela é fã de uma linguiça australiana.

— Indo para casa? — ela perguntou.

Jogando conversa fora. Sempre um bom sinal.

— Mais ou menos isso.

Ela deixou seus olhos se demorarem nos meus por mais um instante antes de olhar para a tela do computador à sua frente.

— O senhor pode me entregar o seu passaporte e o número da sua reserva, por favor?

Passei os documentos para ela, apoiei o cotovelo no balcão e comecei a preparar o terreno.

— Você é casada, Teresa? — indaguei, enquanto ela digitava com força minhas informações no teclado.

Ela vacilou, e seus olhos encontraram os meus.

— N-n... não.

— Tem namorado?

Ela assentiu.

— Estamos juntos há três meses.

— Parabéns. Eu acabei de me casar.

— Então parabéns para o senhor também.

Ela pareceu um pouco desapontada com a informação, mas iria se recuperar. Se existia uma generalização que eu estava disposto a fazer sobre as mulheres era que, no fundo, elas eram todas românticas.

— Obrigado. Queria poder dizer que consegui ficar mais do que cinco minutos sem fazer besteira, mas parece que a minha vida é assim mesmo. — Dei de ombros.

Ela ergueu a sobrancelha, e seu corpo se inclinou para chegar mais perto do meu.

— O que o senhor está querendo dizer?

— Ela já está furiosa comigo.

— Ah, tenho certeza de que isso não é verdade.

Olhei para trás, na esperança de que a loira não estivesse prestes a me decepcionar. Não precisei me preocupar. Lá estava ela, em toda a sua perfeição irritada e sexy, ainda me fuzilando com um olhar que podia matar alguém.

— Está vendo a loira bonita? A que está tentando me matar com os olhos?

Me concentrei de novo em Teresa. Seus olhos dispararam na direção em que os meus tinham acabado de estar, procurando a mulher em questão.

— Ah, *nossa*, ela está mesmo com cara de brava.

— Isso é um eufemismo.

— O que o senhor fez? — ela perguntou, chegando mais perto de novo, agora completamente entregue à minha história.

— Nos casamos ontem, e fiz uma confusão com os anéis. — Levantei a mão para mostrar a ela que eu não estava usando um. — Errei o tamanho e eles não conseguiram deixá-los prontos a tempo para a cerimônia. Então, a gente se casou sem anéis, e ela está convencida de que foi uma maldição.

— Nossa!

— E, além disso... — lancei a isca para ela.

— Ah, não. Tem *mais*?

Contive o sorriso. A pobre, doce e pequenina Teresa estava comendo na minha mão, e ela nem sabia disso.

— Receio que sim. Fiquei responsável por fazer as reservas para a lua de mel e confundi os voos. Acabei fazendo reservas separadas para a gente. Não estamos nem em assentos próximos. Vou ter que dar um jeito de arrumar uma taça de champanhe ou alguma outra coisa para ela no avião, e espero, de verdade, que ela volte a falar comigo quando aterrissarmos.

Um sorriso foi aparecendo aos poucos no seu rosto.

— Não posso fazer nada sobre os anéis, mas sobre a posição dos assentos... *Nisso* eu posso ajudar.

— Não! *Sério*? — Fingi surpresa.

— Me dê dois segundos.

Ela voltou a se sentar no seu lugar no balcão, realmente confortável na sua função, enquanto suas unhas postiças estalavam contra o teclado.

Tec-tec-tec.

Tec-tec-tec.

Tec-tec-tec.

— *Perfeito* — ela disse, e então abriu um sorriso triunfante.

O som irritante parou logo depois.

— Você encontrou dois assentos lado a lado para a gente? — tentei induzi-la.

— Fiz melhor do que isso, achei dois assentos lado a lado... na *primeira classe*.

— Ah, obrigado, mas as nossas passagens são só...

Ela ergueu a mão para me fazer parar de falar.

— Sem taxa extra.

Ela caiu feito um patinho.

— Eu jamais poderia... — reagi, interpretando meu papel com perfeição.

Interpretava tudo certo, chocado, surpreso... grato. Eu manjava mesmo dessa coisa de enrolar os outros. Deveria ter ido trabalhar na Broadway.

— Considere isso como um presente de casamento. Quem tem uma esposa feliz, tem uma vida feliz, sr. Bateman. É o que dizem — ela falou, me abrindo um sorriso cúmplice.

— Bom, se é o que dizem, quem sou eu para discutir? — devolvi, abrindo um enorme sorriso.

— Isso mesmo.

Meu Deus, minha frase soou tão constrangedora aos meus próprios ouvidos que quis dar um gancho de direita em mim mesmo, mas Teresa estava caindo direitinho.

— Obrigado. De verdade. Não sei o que posso fazer para te recompensar.

— Não foi nada — ela me garantiu.

Mostrei a ela meu melhor sorriso de gratidão, e ela adorou.

— Sei que é pedir muito, mas você acha que dá para me fazer um último favor? Não conte para ela que isso teve a ver comigo. Você pode fingir que é uma *upgrade* aleatório ou algo assim?

Ela acenou com a cabeça de forma cúmplice.

— *Claro*, ela vai ficar muito surpresa quando embarcar no avião e o senhor estiver esperando por ela.

Dei uma risadinha. *Ah, você não faz ideia.*

— Vou até solicitar que a aeromoça leve uma garrafa de champanhe para vocês dois no minuto em que a sua esposa chegar ao assento dela. — Ela piscou para mim.

Isso foi fácil demais; deveria ter me arriscado mais. Parece que a Teresa aqui teria arrumado um jeito de me dar *qualquer coisa* que eu quisesse.

— Você não tem ideia do quanto estou grato; talvez você tenha acabado de salvar o meu casamento.

Suas bochechas ficaram coradas com o elogio.

— De nada. Já terminei de fazer o seu check-in, sr. Bateman, só preciso do nome da sua esposa para finalizarmos aqui.

Vi de relance a loira. Ela encontrou meus olhos, fez uma cara feia e então seguiu olhando para qualquer lugar, *exceto* na minha direção.

Não importa o que faça, linda, você vai me ver, e muito.

— Blake — falei em meio a um grande sorriso. — O nome dela é Blake Vincent.

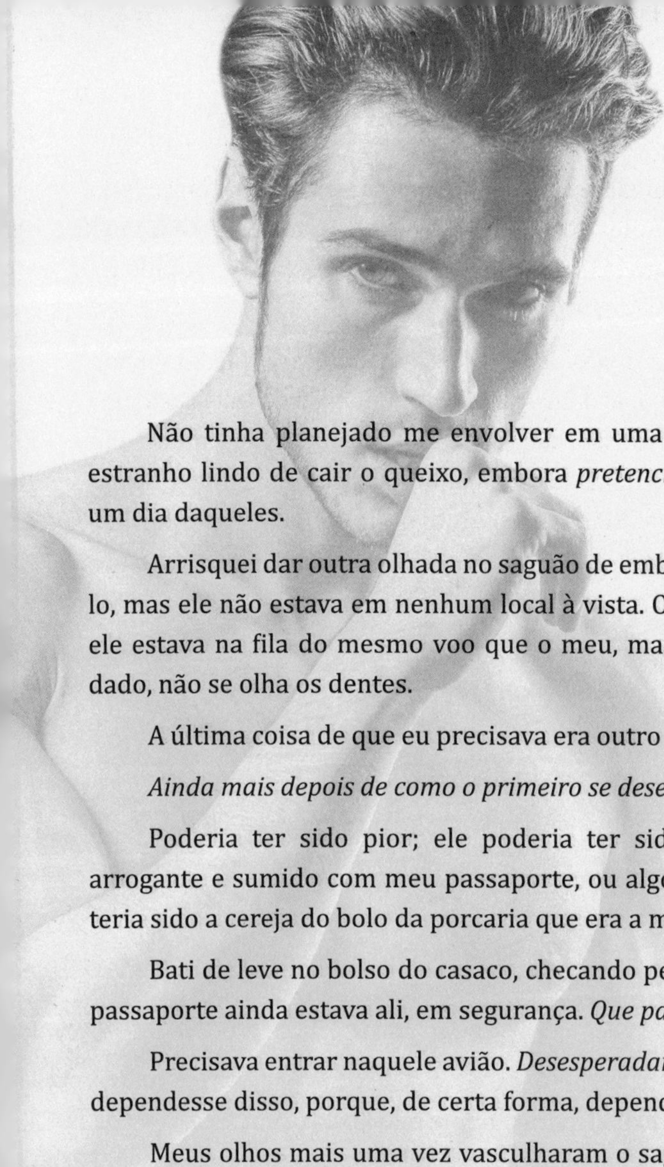

CAPÍTULO 2

Blake

Não tinha planejado me envolver em uma discussão breve com um estranho lindo de cair o queixo, embora *pretencioso*, mas, pelo visto, seria um dia daqueles.

Arrisquei dar outra olhada no saguão de embarque, tentando encontrá-lo, mas ele não estava em nenhum local à vista. O que era estranho, porque ele estava na fila do mesmo voo que o meu, mas, sabe como é, em cavalo dado, não se olha os dentes.

A última coisa de que eu precisava era outro desentendimento com ele.

Ainda mais depois de como o primeiro se desenrolou.

Poderia ter sido pior; ele poderia ter sido mais psicótico do que arrogante e sumido com meu passaporte, ou algo parecido. Isso realmente teria sido a cereja do bolo da porcaria que era a minha vida.

Bati de leve no bolso do casaco, checando pela centésima vez que meu passaporte ainda estava ali, em segurança. *Que paranoica.*

Precisava entrar naquele avião. *Desesperadamente*, como se minha vida dependesse disso, porque, de certa forma, dependia mesmo.

Meus olhos mais uma vez vasculharam o saguão por vontade própria, mas nada ainda. Soltei um suspiro de alívio. Ele podia ser um colírio para os olhos, mas seus atrativos terminavam aí. Aquele cara olhava tanto para próprio umbigo que eu poderia apostar que ele não sabia a diferença entre dia e noite.

Pelo menos eu seria capaz de usufruir desse *upgrade* sem a preocupação de trombar com ele de novo em algum lugar durante a viagem. Alguma coisa me fez acreditar que um cara como aquele daria para si mesmo a missão de me tirar do sério. Eu já tinha oferecido uma reação a ele, embora tenha sido uma bem de leve, de acordo com meus padrões. Ainda assim, foi uma reação.

Aquele sorriso autoconfiante e arrogante nos seus lábios me disse tudo o que precisava saber sobre ele — o sr. Moreno, Alto e Ridiculamente Bonito — em uns dois segundos e meio. Seu *modus operandi* já estava esboçado na minha cabeça.

Ele era um jogador, em *todos* os sentidos, se eu tivesse que adivinhar. Era um daqueles sujeitos que faziam você parar e olhar duas vezes, e a pior parte era que o cretino sabia disso. Ele estava acostumado a conseguir o que queria e não gostava de aceitar nada menos do que isso. Imaginei que ele fosse um autônomo, não um CEO ou um executivo, ele não tinha esse perfil — um pouco rude demais para isso —, e sim o que não o envolvesse aceitando ordens de alguém.

Essa foi minha avaliação, e não me importava se ela estava correta ou não porque, com um pouquinho de sorte, nunca seria colocada em uma situação em que tivesse de descobrir o quanto estava certa ou errada.

Meu celular tocou de novo, me tirando do meu passatempo favorito — fazer suposições críticas sobre pessoas que não conhecia —, e fechei os olhos, frustrada.

Culpa.

Vergonha.

Decepção.

Não ia atender a ligação. Não agora, e provavelmente nunca.

Nem sequer olhei de relance para o nome que aparecia na tela. Apenas desliguei o aparelho e o joguei na minha bolsa de mão caríssima.

Teria que comprar um chip novo quando chegasse à Austrália, e então talvez, assim esperava, que meu celular não tocasse nunca mais.

Dei uma olhada rápida no meu relógio e percebi que já estava quase na hora de embarcar.

Não conhecia o procedimento de embarque na primeira classe, já que, na verdade, nunca tinha viajado na primeira classe — fui aos Estados Unidos na classe econômica e, embora o luxo tenha me cercado de alguma forma enquanto estive lá, nunca mais fui a lugar nenhum de avião desde então.

— Bom dia, passageiros do voo quatro, três, sete, sete com destino a Sydney, Austrália. Gostaríamos de convidar aqueles que vão viajar na primeira classe a virem para a frente. Tenham em mãos o bilhete de embarque e o passaporte aberto na página da foto.

Acho que sou eu.

Fiquei em pé, peguei minha bagagem de mão e avancei devagar para o túnel de embarque.

— Obrigada, tenha um bom voo.

— Viaje com segurança.

— Aproveite a sua viagem.

— Obrigada por voar conosco.

As cordialidades continuaram de passageiro em passageiro, com a comissária de bordo de sorriso radiante examinando todos os bilhetes de embarque e olhando de relance as fotos conforme lhe eram apresentadas, até que chegou a minha vez.

Entreguei o meu bilhete, e ela o verificou. Seus olhos se demoraram na tela um pouco mais do que com todas as outras pessoas. Ela voltou a checar meu passaporte, e eu esperei, imaginando que ela fosse me dizer que havia um problema com a minha recém-adquirida passagem de primeira classe, algum tipo de falha no computador ou algo assim.

Ela abriu um sorriso largo.

— Espero que você tenha um voo *fantástico*, Blake.

Olhou para mim como se soubesse de algo que eu desconhecia, mas não ia me demorar ali para descobrir o que era. Iria direto para o meu assento confortável de primeira classe e, assim, me preparar para um belo de um cochilo.

— Obrigada — murmurei, pegando meu passaporte da sua mão.

Segui as placas, me orientando em direção ao avião, andando atrás das pessoas ricas, rumo à porta da aeronave.

Já dentro do avião, fui orientada a ir para o andar de cima, e me apresentaram pessoalmente ao meu assento, se é que dava para chamar aquilo de assento. Estava mais para uma minicama — pense numa mistura de hotel cinco estrelas com avião. Era uma pena eu estar tão cansada; aquele estilo de vida chique e opulento combinava mesmo comigo. Sempre achei que eu tinha nascido para ter dinheiro, embora a minha nova realidade fosse um contraste gritante com uma vida de excessos.

Não sabia qual carma positivo foi concedido a mim para eu conseguir esse *upgrade* de luxo, mas estava grata.

Quase gritei quando vi o espaço para as pernas. Não que estivesse planejando passar muito tempo da viagem sentada na posição vertical. Odiava voar, ainda mais longos trajetos, porque o sono era como uma droga para mim e, naquele momento, eu precisava de uma dose. Das grandes, direto na veia.

Tinha dormido muito mal nas últimas semanas, provavelmente nos últimos meses, para ser sincera, mas ser sincera comigo mesma não era bem minha especialidade. Não, eu preferia viver em um estado de ilusão e então assistir, com olhos arregalados e incrédulos, à minha vida desmoronando ao meu redor. *Esse* era o meu estilo.

— Champanhe?

Eram apenas dez da manhã, mas ninguém em sã consciência recusaria champanhe.

Me virei para procurar a portadora dos presentes, e me vi frente a frente com uma aeromoça ruiva bonita, maquiada com perfeição, segurando não uma, mas duas taças de espumante, com outra garrafa cheia atrás dela. *O dia não para de melhorar.*

— Você não tem ideia do quanto estou precisando disso — falei.

— Eu poderia tentar dar um palpite educado. — Ela sorriu.

Ela me entregou uma das taças e posicionou a outra para o meu colega de assento, que ainda não tinha chegado. Não que me importasse com quem era, não precisava me esticar para conseguir espaço suficiente. Podia colocar meus fones de ouvido, me aconchegar debaixo de um cobertor e não pensar em outro ser humano pelas próximas não sei quantas horas que seriam necessárias para eu colocar os pés de volta na Austrália. Desde que não fosse uma velhinha que quisesse me contar sobre todos os seus netos, eu já ficaria satisfeita. Posso ser um monte de coisas, mas uma babaca com senhoras não era uma delas.

Engoli a bebida de uma vez só, e o líquido espumante fez cócegas no meu nariz.

A ruiva alegre não tinha se mexido — na minha opinião, deve ter sido um dos seus "palpites educados" que a taça não iria durar muito.

Ela sorriu, ainda educada como sempre, e pegou a taça de volta quando estendi o braço para entregá-la. Então, me ofereceu outra.

— Quer saber de uma coisa? Acho que eu e você vamos nos tornar amigas rápido. Obrigada — falei e sorri com gratidão.

— Me avise se houver algo que eu possa fazer por você. Desejamos transformar este voo em um que você nunca vai esquecer.

Estranho, mas tanto faz, moça.

Talvez ser intensamente prestativo fosse um serviço que eles só ofereciam aqui em cima.

— Está tudo certo por enquanto, obrigada.

Ela indicou onde eu poderia encontrar meus itens de higiene pessoal, pijamas — *olá, primeira classe* —, chuveiros e o bar com bebida à vontade.

Isso era insano. Eu venderia minha alma para viajar assim o tempo inteiro. Na verdade, isso é mentira; havia tido a oportunidade de dar muito menos do que a alma por uma vida ainda mais luxuosa, e olha só como tudo terminou para mim.

Coloquei a nova taça no apoio do assento — feita de vidro de verdade, nada de copos plásticos como os que eles serviam para a ralé no andar de baixo — e comecei meu ritual pré-voo.

Encontrei a minha máscara de dormir, o cobertor, os fones de ouvido, o travesseiro e as meias fofinhas. Me ajeitei na poltrona, puxei a máscara sobre os olhos e desliguei a luz de leitura.

Eles ainda precisavam encher o resto do avião, mas isso não significava que eu não poderia conseguir uma vantagem inicial no tempo de cochilo. Essa atitude também funcionaria a meu favor caso uma doce velhinha *realmente* aparecesse — ela não falaria sem parar se eu já estivesse dormindo.

Me acomodei até ficar bem confortável, mais do que deveria ser possível em um avião, e rastejei a mão pelo descanso de braço, procurando minha taça.

Ia beber tudo, enfiar os fones nos ouvidos e dormir por oito horas seguidas, tudo como o planejado.

Eu já deveria saber que, quando tratava de *mim, nada* jamais saía como o planejado. Nada. *Jamais*. Isso tinha se transformado em uma qualidade definidora da minha personalidade. Pode perguntar para a minha irmã. *Se existe uma coisa que não tem como dar errado de jeito nenhum, dê essa coisa para a Blake, e ela vai arranjar um jeito de ferrar com tudo.*

Deslizei a mão para frente à procura da bebida, tateei ao redor, mas não encontrei nada. A não ser que a taça tivesse criado pernas e caído fora dali, já deveria tê-la achado.

— Com sede? — uma voz grave, sedutora e muito masculina perguntou.

Congelei, e meus dedos ficaram imóveis.

Não pode ser.

Aquela voz não era novidade para os meus ouvidos. Por mais que eu gostaria que fosse, *não era*. Eu a reconheci de imediato.

Era ele. O sr. Imbecil Arrogante.

Avaliei minhas opções num piscar de olhos. Não que tivesse muitas a considerar. Na minha opinião, poderia fazer uma das duas coisas. Fingir que estava dormindo — o que não era exatamente algo crível, já que ele tinha acabado de me ver me mexendo, mas era uma possibilidade. *Ou* poderia encará-lo, pedir para ele dar o fora e continuar meu sono de beleza.

Escolhi a segunda opção.

A máscara de dormir foi a primeira coisa que tirei; se eu estava certa e estivesse prestes a ficar cara a cara com *aquele* homem, iria precisar de tantos sentidos de alerta quanto possível.

Joguei a máscara no meu colo, antes de, enfim, permitir que meus olhos percorressem suas longas pernas, passando pela sua cintura estreita, seus ombros largos, deixando sobrar apenas seu rosto perfeitamente esculpido.

Maldito.

— Oi, loira.

O cretino estava com a minha taça de champanhe na mão.

— *Você!* — acusei.

Ele deu uma risadinha, como se toda aquela coisa fosse uma espécie de piada, e depois se sentou no assento bem ao meu lado.

— O que você está fazendo? — exigi saber.

— Sentando no meu assento.

Ele esticou o braço na minha direção, mostrando sua passagem, e, com toda a certeza, claro como o dia, bem ali, em preto e branco, estava escrito o número do seu assento. Bem ao lado do meu.

Minha mente zuniu antes de produzir a mais óbvia das conclusões.

— *Você* fez isso, não foi?

— Não sei do que você está falando.

Ele me ofereceu minha taça, e a arranquei dele, quase derramando o champanhe. Isso teria sido um erro de principiante, pois precisava da bebida naquele momento, mais do que jamais poderia ter imaginado que seria possível.

Ele sorriu com malícia, aquele sorriso arrogante de fazer o sangue ferver de raiva, e coloquei a taça na boca, tomando um gole.

Não sabia aonde minha nova melhor amiga, aquela com o champanhe, tinha ido, mas sabia que precisava que ela voltasse ali naquele instante.

Olhei ao redor, procurando um botão de chamada para poder pedir exatamente aquela bebida quando o ouvi rindo.

— Tem alguma coisa engraçada? — perguntei com rispidez.

— Você não faz a *menor* ideia.

Relutante, encontrei seus olhos, e fui surpreendida mais uma vez com o quanto eles eram escuros; íris castanhas, quase pretas, salpicadas com minúsculas lascas douradas.

— O que você fez?

— Depende. Do que você está falando?

— Para de enrolação. Não é coincidência que a gente esteja aqui, um perto do outro. Como você conseguiu?

Seus lábios estremeceram. *Se divertindo*. O babaca estava *se divertindo*.

— Talvez eu tenha contado uma mentirinha inocente. — Ele se debruçou e sussurrou alto para quem quisesse ouvir: — Se alguém perguntar, somos recém-casados em lua de mel e você está puta da vida comigo.

— Recém-casados? *Lua de mel?* Você está chapado? Só existe uma parte nessa história que entendi, e é aquela sobre estar puta da vida. Isso sim foi *incrivelmente* certeiro.

Ele riu de novo, uma risada grave e gutural, e odiei como ela me deu um friozinho na barriga.

— Fala sério, loira, este é um momento muito especial na nossa vida, algo para se contar para os netos um dia. Não o desperdice ficando brava.

O comandante tinha começado a falar pelo sistema de comunicação, mas não consegui prestar atenção em uma só palavra que ele disse. Não, o meu foco *e* a minha fúria estavam concentrados apenas no estranho exasperantemente bonito sentado ao meu lado.

Levei a taça aos lábios de novo, bebi seu conteúdo e olhei para ele com uma cara feia.

— Vou te dizer como é que vai funcionar aqui. Vou te ignorar pelo resto do voo — já que o avião ainda estava taxiando, seria um período muito longo —, e *você* vai fazer o mesmo. Não estou interessada em me envolver nos seus joguinhos e nem em ser paquerada, entendido?

Ele apenas riu. Na minha cara, antes de se debruçar ainda mais perto de mim e pousar a mandíbula na mão.

— De nada.

Jesus Cristo. De novo não.

Meus olhos se estreitaram, e a frustração foi tomando conta de mim.

— Por que eu deveria agradecer desta vez? — perguntei por entre os dentes trincados.

— Pelo *upgrade*. Pelo champanhe. Pela companhia. Pelo sexo fora de série.

Ele estava fazendo aquilo de novo, abrindo o sorriso ridiculamente petulante. Fiquei com vontade de esticar o braço e arrancá-lo do seu rosto com a palma da minha mão.

— Pelo *quê*? — sibilei, registrando o que ele tinha dito.

— Quer dizer, a última parte ainda não aconteceu, mas dê tempo ao tempo.

Ele riu, piscou para mim, recostou-se no assento e esticou o braço para pegar a própria taça.

Filho da mãe.

Não sabia quais eram as regras em relação a cometer um assassinato sobre águas internacionais, mas era um voo longo e, se ele continuasse agindo daquele jeito, havia boas chances de eu acabar descobrindo.

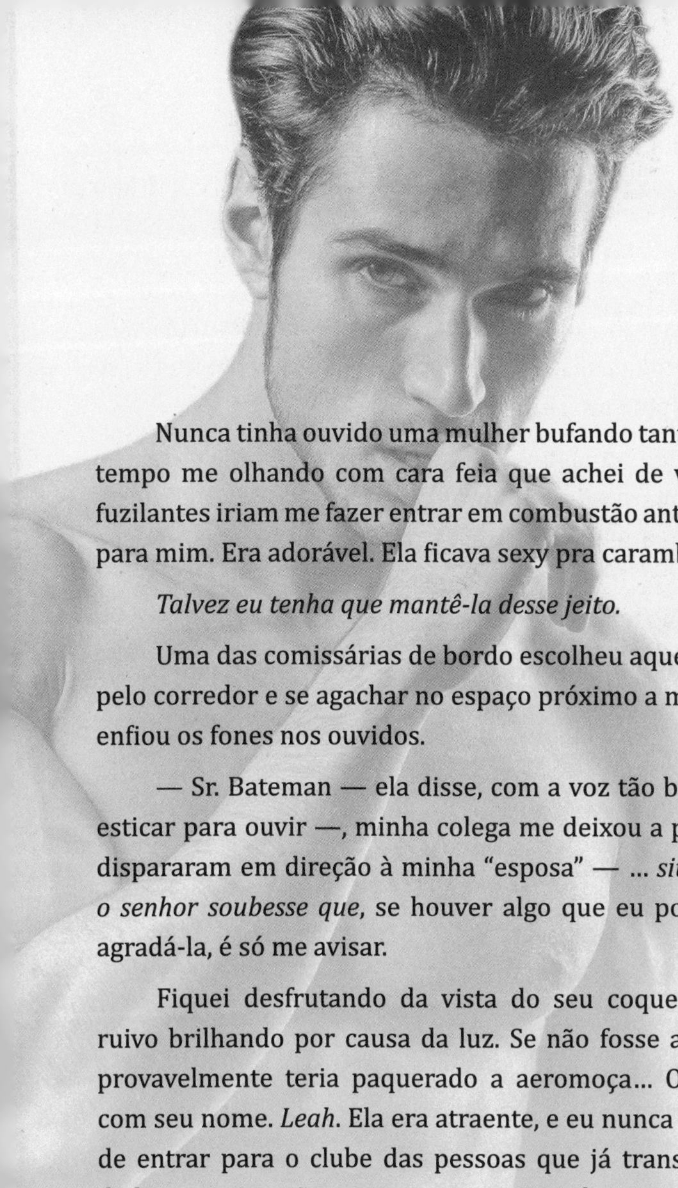

CAPÍTULO 3

Ky

Nunca tinha ouvido uma mulher bufando tantas vezes. Ela passou tanto tempo me olhando com cara feia que achei de verdade que seus olhares fuzilantes iriam me fazer entrar em combustão antes de ela se virar de costas para mim. Era adorável. Ela ficava sexy pra caramba quando estava brava.

Talvez eu tenha que mantê-la desse jeito.

Uma das comissárias de bordo escolheu aquele momento para passear pelo corredor e se agachar no espaço próximo a mim quando a loira furiosa enfiou os fones nos ouvidos.

— Sr. Bateman — ela disse, com a voz tão baixa que Blake teria de se esticar para ouvir —, minha colega me deixou a par da sua... — seus olhos dispararam em direção à minha "esposa" — ... *situação*, e eu *só queria que o senhor soubesse que*, se houver algo que eu possa fazer para ajudá-lo a agradá-la, é só me avisar.

Fiquei desfrutando da vista do seu coque apertado, com o cabelo ruivo brilhando por causa da luz. Se não fosse a mulher ao meu lado, eu provavelmente teria paquerado a aeromoça... Olhei de relance o crachá com seu nome. *Leah*. Ela era atraente, e eu nunca tinha tido a oportunidade de entrar para o clube das pessoas que já transaram em um avião, mas, dada a semiereção que estava ostentando para a loira, e só para a *loira*, não seria hoje que iria descobrir. A não ser que houvesse uma drástica mudança no desenrolar dos acontecimentos nas próximas quinze horas que transformasse o seu aparente ódio por mim em desejo.

— Obrigado, Leah, fico muito agradecido. Não sei o que você tem disponível no quesito chocolate, mas ele já me ajudou a me safar de uma ou outra situação no passado.

Blake poderia ter intolerância a derivados de leite, dado o pouco que eu sabia, ou estar fazendo uma dieta ridícula que proibisse carboidratos, mas, caramba, eu tinha uma queda por doces e ficaria mais do que feliz em tirar o chocolate da sua mão.

Leah piscou para mim, ajeitou a postura e foi procurar a guloseima.

Relaxei de novo no assento. Puta merda, mesmo se essa coisa não desse certo de forma nenhuma, tinha conseguido uma troca para a primeira classe de graça. Não era um resultado tão ruim assim.

Dei uma olhada rápida em alguns filmes na tela, mas minha atenção mudou de rumo e voltou para a loira. Ela tinha parado de bufar e soprar como um trem e começado a se virar de um lado para o outro, como se não conseguisse ficar confortável. O que, obviamente, era uma bobagem, dado o nível absurdo de conforto ao nosso redor.

Ela estava agitada, e isso não tinha nada a ver com as acomodações e tudo a ver comigo, se eu tivesse que adivinhar.

Dei uns tapinhas no seu ombro, e ela me ignorou devidamente.

— Loira?

Nada ainda.

— Blake?

— Como você sabe o meu nome? — ela perguntou, num tom áspero.

— Então, você *está* mesmo me escutando.

— Acho que eles não fazem fones de ouvido eficazes o suficiente para abafar o seu nível de chatice.

— É mesmo?

Ela girou o corpo pequenino para me encarar. Suas pernas se contraíram embaixo do corpo enquanto ela tirou os fones de ouvido.

— *Olha*, já entendi, ok? Você coloca toda essa coisa do bonitão, sedutor e charmoso para funcionar a seu favor, certo? Você sorri com malícia, e as mulheres caem aos seus pés, não é?

— Mais ou menos isso.

Dei-lhe o mesmo sorriso ao qual ela estava se referindo.

Ela olhou para mim com cara de brava.

— Bem, não vai funcionar comigo, entendeu?

Mentira. Já podia enxergar a verdade nos seus olhos, não importava o quanto ela estivesse se esforçando para escondê-la. Eu a deixei tão ansiosa que ela não conseguia mais pensar direito.

— Como você quiser, loira.

— *Loira*? Sério? Não tinha como você ser mais original, não?

Me debrucei e puxei um fio de cabelo entre os dedos.

— É, até tinha.

Ela bateu na minha mão.

— Nunca mais me chame assim.

— Ah, mas é assim mesmo que vou te chamar.

— Você é um idiota.

Soltei uma risadinha grave e baixa. Essa mulher tinha mais fogo do que um inferno em chamas, e lá estava eu, mergulhando de cabeça nesse fogo sem nem colocar uma proteção adequada para isso. Estava fadado a me queimar, mas iria me preocupar com isso depois.

— Seus olhos são de cores diferentes.

— O que ele tem de bonito, tem de esperto, senhoras e senhores — ela falou de forma arrastada, sem que os olhos em questão deixassem os meus.

— É a segunda vez que você me chama de bonito nos últimos sessenta segundos. Você acha mesmo?

Seus olhos se estreitaram conforme sua frustração aumentava.

— Acho que você tem audição seletiva.

— Acho que você tem atração por mim.

Ela ficou em silêncio por um instante e depois continuou:

— Preciso que você pare de falar antes que eu considere seriamente me atirar porta afora e ser sugada rumo ao esquecimento.

— Ainda não decolamos.

Ela fechou os olhos por um instante e balançou a cabeça.

— Você está mesmo perdendo o foco naquilo que interessa.

Um sorriso malicioso foi se espalhando pelo meu rosto. Não sei se ela estava achando isso excitante, mas funcionava para mim. Eu estava prestando atenção a cada palavra dela. Nossa brincadeira me deixava excitado, e muito.

Ela soltou um grunhido frustrado.

— Quer saber? — Ela parou de falar por um momento, me fuzilou com os olhos de novo e depois ergueu a sobrancelha. — Qual é o seu nome?

Poderia tê-la feito lutar para descobrir a informação, mas, sinceramente, estava doido para ouvir meu nome vindo daqueles lábios macios e rosados desde o primeiro momento em que prestei atenção nela.

— Ky.

— *Ky*? Você é tipo um surfista *hipster*?

Dei uma risadinha. Essa mulher era estranhamente perspicaz.

— Na verdade, sou.

— Bem típico. — Ela revirou os olhos. — Ky... Tudo bem, então.

Podem ter sido apenas duas letras, mas já fazia muito tempo desde a última vez que tinha escutado meu nome vindo da boca de uma mulher com sotaque australiano, e isso me deu a estranha sensação de estar em casa.

— É uma abreviação de McKay.

— Sei... Então *não* é um nome.

— Nem me fale. Me chamaram de MAC-KAY a minha vida inteira. Achei que não seria muito difícil falar MAH-KY.

— É isso que acontece quando você tem um nome que não é bem um nome. — Ela suspirou. — Não que eu possa falar alguma coisa sobre isso. Acho que a minha mãe queria um menino, porque acabou me dando o nome de um e tudo o mais — ela disse, indiferente.

— Acho Blake um nome sexy.

Se meu comentário a surpreendeu, ela não deixou transparecer.

— Meu nome do meio é Cameron.

Não cheguei a ver isso, mas guardei a informação na memória para uma futura consulta.

— Talvez você esteja certa.

Ela inclinou um pouco a cabeça na minha direção, como se dissesse "não te disse?".

Não sei ao certo quando aconteceu, já que minha atenção estava em outro lugar, mas estávamos voando agora. O avião havia se estabilizado e o sinal do cinto de segurança tinha sido apagado. *Interessante.*

— Então, de volta à minha primeira pergunta: como exatamente você sabe o meu nome?

— Ele chamou minha atenção quando você estava derrubando as suas coisas no chão.

Ela ergueu uma sobrancelha para mim.

— Ah, aposto que chamou.

Dei de ombros. Se ela estava esperando eu sentir remorso por violar suas informações pessoais e depois usá-las para manipular uma situação a meu favor, iria esperar sentada.

— E depois, hein? Você usou a sua lábia para bajular a moça do check-in? Deve ter encantos secretos que eu não tive a oportunidade de ver. Colocar a gente na primeira classe não é pouca coisa.

— Quem disse que eu já não estava na primeira classe?

— Ah, *por favor*. Não faz o seu tipo.

— Você está dizendo que pareço ter cara de pobre?

Isso estava divertido demais. Toda vez que ela abria a boca, eu esperava uma coisa e recebia outra totalmente diferente.

— Se a carapuça serviu...

— Você não deveria fazer suposições, sabia? Isso faz...

— Sei, sei — ela revirou os olhos —, faz *você* e eu parecermos uns idiotas. Não importa. *Você tinha* uma passagem na primeira classe?

Ela já sabia a resposta.

— Não.

— Então...

— Então, o quê? — perguntei, apreciando sua frustração muito além do que era saudável.

— Meu Deus, esquece. Não vou participar dos seus joguinhos; vou dormir.

Ah, mas você já está jogando, loira. Está jogando desde o começo.

Observei, entretido, quando ela começou aquela coisa de bufar e soprar de novo, atirando adagas em mim toda vez que nossos olhares se encontravam. Deixei que ela chegasse ao ponto de pegar a máscara de dormir antes de eu voltar a falar.

— Como já falei, disse à moça que a gente estava em lua de mel...

Ela parou de se contorcer, mas não olhou para mim. Esperei até ter toda a atenção dela.

— Estou escutando.

— Disse que você estava brava comigo porque fiz besteira com o tamanho dos nossos anéis e que eles não ficaram prontos para o casamento. E completei mencionando que tinha cometido um erro na hora de reservar as passagens e que a gente não ia sentar junto.

Isso atraiu sua atenção. Ela me fuzilou com o olhar, e essa atitude só me fez desejá-la ainda mais.

— Meu Deus, você é um mentiroso patológico, não é?

— Só quando é por uma boa causa. — Abri um sorriso largo.

— E depois? Você simplesmente a seduziu com um olhar de coitadinho e ela achou uma solução mágica?

— Foi bem isso.

— É melhor você tomar cuidado para nunca estragar esse seu rosto bonito. A realidade não seria tão generosa se você fosse feio.

Dei risada. Mais atrevimento inesperado. Essa garota era demais.

— Isso é bem engraçado, vindo de você, loira.

— Ah, por favor, não sou eu quem está paquerando estranhos para conseguir o que quer.

— Nunca sonharia em paquerar *ninguém*. Não na frente da minha esposa.

— Você é ridículo.

— Talvez, mas você já está se apaixonando por mim.

— Você não só é ridículo como também é um babaca — ela respondeu, sem perder o ritmo.

Encaramos um ao outro – eu, com um sorriso largo, e ela, de cara feia.

Me debrucei, e meu nariz ficou cheio do seu perfume doce e floral.

— Não quero ser grosseiro, loira, mas você poderia parar de falar no meu ouvido? Quero tentar descansar um pouco; é um voo longo.

— Pelo amor de Deus — ela murmurou com a voz quase inaudível. — Se eu não machucar você antes de sairmos desta coisa, vai ser quase um milagre.

Apontei na direção da parte da frente do avião.

— Estamos voando agora, caso você ainda queira considerar pular pela porta. Quer que eu peça para a aeromoça acender o sinal do cinto de segurança para os outros passageiros?

Ela estava com cara de quem queria responder, mas, em vez disso, mordeu a língua, mostrou o dedo do meio para mim e enfiou os fones nos ouvidos de novo.

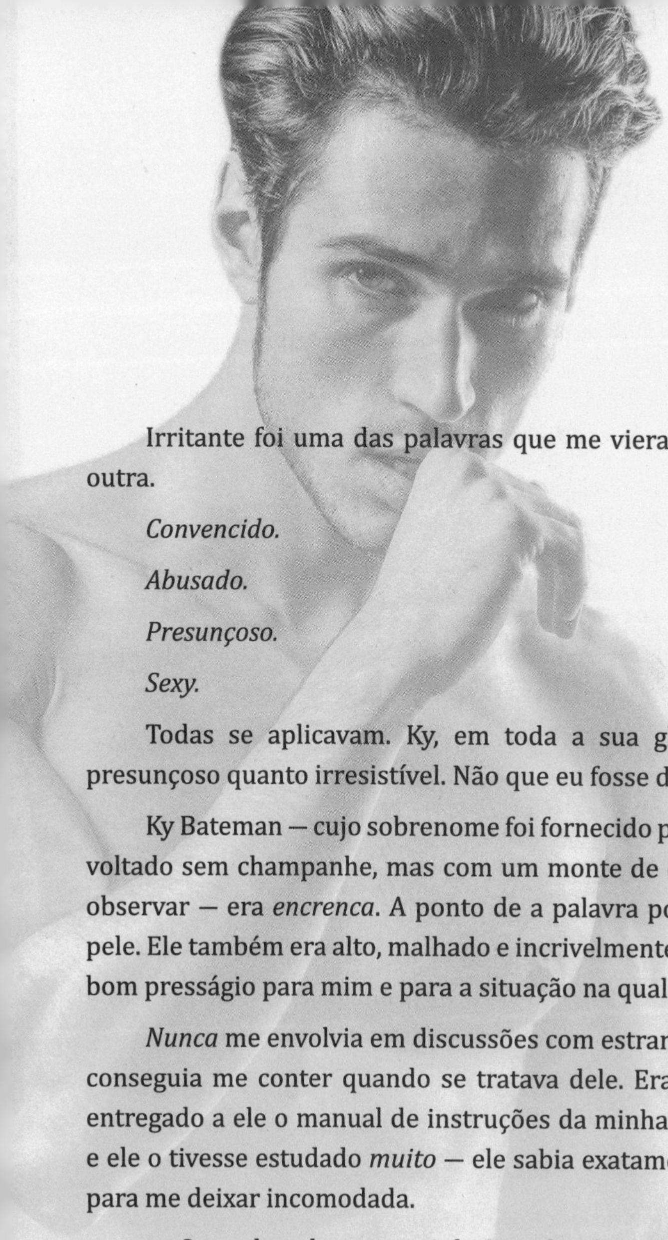

CAPÍTULO 4
Blake

Irritante foi uma das palavras que me vieram à mente. Arrogante foi outra.

Convencido.

Abusado.

Presunçoso.

Sexy.

Todas se aplicavam. Ky, em toda a sua glória bronzeada, era tão presunçoso quanto irresistível. Não que eu fosse dizer isso a ele.

Ky Bateman — cujo sobrenome foi fornecido pela ruiva alegre, que tinha voltado sem champanhe, mas com um monte de chocolate, como fingi não observar — era *encrenca*. A ponto de a palavra poder estar tatuada na sua pele. Ele também era alto, malhado e incrivelmente bonito, o que não era um bom presságio para mim e para a situação na qual tinha me metido.

Nunca me envolvia em discussões com estranhos, mas parecia que não conseguia me conter quando se tratava dele. Era como se alguém tivesse entregado a ele o manual de instruções da minha marca e do meu modelo, e ele o tivesse estudado *muito* — ele sabia exatamente quais botões apertar para me deixar incomodada.

— Quer chocolate, esposinha? — ele ofereceu.

Meus olhos estavam bem fechados, e os fones, de volta aos ouvidos, o que, pelo visto, tinham o mesmo efeito que nada, mas não era preciso deixá-lo a par disso. Se eu não conseguia deixar de me envolver nos joguinhos dele, ao menos podia ignorá-lo por completo. Eram apenas quinze horas.

— Vamos, perdoe o seu maridinho... coma um chocolatinho.

Senti seu dedo cutucar meu braço.

Deveria ter trazido remédio para dormir.

— Não sou a sua esposa, e você não é o meu marido — retruquei. — Vamos sair deste avião e *nunca mais* a gente vai se ver de novo.

Escutei um suspiro, e meus olhos se abriram de repente.

A ruiva alegre estava me encarando como se eu fosse a vadia mais grosseira que ela já havia tido o desprazer de conhecer.

— Não foi isso que ela quis dizer — Ky a tranquilizou em meio a um sorriso largo antes de enfiar outro chocolate na boca. — Ela sempre teve um gênio difícil.

Mal sabia ele que, na verdade, eu tinha a paciência de uma santa. Trabalhava com crianças e, se meu gênio fosse como uma bomba-relógio, jamais teria conseguido ir além da hora do recreio.

Acho que eu poderia perdoá-lo, ou a qualquer um observando essa situação se desenrolando, por achar que eu estava à beira de gritar, porque, caramba, estava mesmo. Era só que havia... *alguma coisa* nele que me deixava furiosa como um touro irritado que tinha acabado de ver um pano vermelho.

Precisava recuperar o autocontrole. Em geral, eu era inabalável, tranquila, calma e contida. Precisava incorporar essa Blake: ela daria conta de lidar com ele. Depois de tudo o que tinha passado nos últimos tempos, eu não iria deixar um estranho bonito ser a coisa que enfim acabaria comigo.

— Perdão — falei, olhando para a ruiva alegre com cara de quem estava pedindo desculpas —, mas, olha só, ele vai voltar para o mercado em breve. Pode ficar com ele se você quiser.

Acho que tinha acabado de garantir que não seríamos amigas de longa data, porque ela pareceu chocada.

Somos duas, querida.

— Ela tem um senso de humor mórbido. — Ky deu uma risadinha, parecendo estar se divertindo muito. — Não a leve muito a sério.

A ruiva alegre assentiu, e seus olhos saltavam de Ky para mim, enquanto ela tentava entender o que diabos estava acontecendo. *Me avise se conseguir.*

Eu, com certeza, não estava nem um pouco mais próxima da solução daquele mistério.

— De novo, obrigado pelo chocolate. As endorfinas vão fazer sua mágica — ele a agradeceu.

Ela abriu um sorriso forçado para o meu desagradável vizinho de assento e desapareceu corredor adentro.

— Chocolate? — ele ofereceu de novo, imperturbável.

— Dá para parar? Ela ficou com a impressão de que sou muito chata.

— Você é chata pra caramba.

— Se ela parar de me trazer champanhe, vai ser culpa sua.

Então ele abriu um sorriso largo, como se a ideia o agradasse.

— Tem chocolate no seu dente — resmunguei quando estiquei o braço e tirei dele a bandeja de chocolate chique.

— Qual é a sua história, loira? Não consigo adivinhar.

— Talvez eu prefira assim — respondi. — Já pensou nisso?

Joguei um bombom na boca e gemi de prazer. É possível que tenha sido o chocolate mais cremoso que já comi.

Quando ele não respondeu, olhei-o de relance e vi que estava observando minha boca com atenção e uma expressão de êxtase.

Ele piscou uma, duas vezes, e então sacudiu a cabeça.

— O que você disse?

Era minha vez de abrir um sorriso malicioso.

Ergui uma sobrancelha para ele, e seus lábios formaram aos poucos um sorriso sem-vergonha.

— Desculpa, loira, mas se você fizer barulhos sexuais, não espere que eu consiga manter a linha de raciocínio.

— Se você acha que *isso* foi uma reação adequada a sexo, não deve ser muito bom no que faz.

Uma risadinha baixa e gutural escapou dos seus lábios. Esperava que ele transformasse meu comentário numa discussão, mas ele não fisgou a isca e, de alguma forma, aquela arrogância só me tirou ainda mais do sério.

— Vamos lá, Blake, o que não nos falta é tempo. Me conta a sua história.

— Tentador, mas estou bem.

Fiquei olhando para cada chocolate sem pressa antes de escolher um.

— Do que você está fugindo?

O chocolate escolhido escorregou dos meus dedos, caindo na bandeja.

— *Como é*?

Seus olhos escuros focaram nos meus.

— Você está fugindo de alguma coisa. O que é?

— Não sei do que você está falando.

— Omissão da verdade, se já ouvi uma na vida. — Seu sorriso malicioso era triunfante. — Vamos ser honestos por um instante: ninguém em sã consciência sai da Califórnia quase na véspera de Ano-Novo, a não ser que esteja fugindo.

— Então, considerando que estamos no mesmo voo, do que *você* está fugindo?

Sua testa se enrugou.

— Eu? *De nada.*

— É bem o meu caso. — Ergui as sobrancelhas para ele.

— Acho que você ignorou a parte do "em sã consciência".

Não consegui encontrar um argumento contra aquilo. Ele era maluco. Atormentar uma mulher desconhecida num aeroporto e depois manipular pessoas para conseguir um benefício e, assim, se sentar ao lado dessa mulher não era um comportamento normal.

Ky Bateman provavelmente era um sociopata.

Eu deveria ter solicitado meu assento original de volta. Essa teria sido a coisa inteligente e segura a fazer, mas era muito luxuoso ali em cima. Não era como se ele fosse capaz de fazer uma coisa louca demais comigo num avião cheio de gente. *Não é?* Nem que o velho do outro lado do corredor, que tinha virado dois copos de uísque de uma vez junto com um punhado de comprimidos antes de desmaiar, pudesse ser uma testemunha-chave.

— Pode pensar o que você quiser. Estou apenas voltando para casa para ver a minha irmã.

— Irmã, é?

— Tenho certeza de que você conhece o conceito de "irmã" — falei, inexpressiva.

— Você sempre é sabichona desse jeito?

— Acho que você desperta essa característica em mim — respondi por entre os dentes cerrados enquanto selecionava minha próxima vítima recheada de calorias.

— A propósito, quanto aos chocolates, de nada.

Meu Deus, ele estava pedindo para apanhar. Resisti ao impulso de revidar quando o comentário mordaz já estava na ponta da língua, preferindo agradecê-lo de verdade, comendo todas aquelas coisas, mesmo que me fizesse passar mal.

Dei um tapa em sua mão, afastando-a, quando ele esticou o braço para pegar um da bandeja.

— Tem Wi-Fi aqui em cima ou não? — perguntei com a boca cheia de coisas maravilhosas em forma de chocolate.

— Isto aqui é a primeira classe, loira. Você poderia pedir para uma modelo brasileira trazer drinques de gelatina, e eles dariam um jeito de fazer isso acontecer.

— Acho que vou me contentar com o Wi-Fi.

Meu iPad estava na bolsa. Não tinha planejado usá-lo, já que a minha ideia era dormir e depois dormir mais um pouco, mas não tinha previsto a presença *dele*.

Duvidei de que seria capaz de dormir naquele momento, mesmo se tivesse tentado.

— Então me conta: por que você está indo a Sydney? — indaguei, já sabendo que estava caindo na armadilha que ele tinha armado para mim com todo o cuidado.

Que se dane. Ele poderia me aborrecer até a viagem acabar e então eu ficaria livre dele.

— Cresci nos subúrbios da cidade, mas faz anos que não volto para lá.

— Por que não, espertinho? Eles recusam a sua entrada no país? — perguntei em um tom alegre.

— Engraçado. Você é engraçada. — Ele apontou para mim, e notei sua camiseta preta justa subindo pelo antebraço, revelando mais da pele firme e deliciosa e a parte inferior de uma tatuagem, que eu desesperadamente queria ver. — Foi só uma questão de tempo. Estou viajando pelos Estados Unidos há anos, e, antes disso, percorri o Reino Unido e a Europa. Acho que estou cansado de viver com o que cabe na mala.

— Parece razoável. Seus pais moram em Sydney?

Ele balançou a cabeça.

— Meu pai está em Brisbane, mas não somos próximos.

Ele não mencionou a mãe nem os irmãos, e não perguntei; havia algo na sua expressão me dizendo que ele não se sentia confortável falando sobre esse assunto e, mesmo que ele tenha me tirado da minha zona de conforto, aquilo ali era diferente. Eu sabia tudo sobre o conceito de não falar sobre a família.

— Você tem amigos em Sydney?

— Meu primo Chance. Era para eu ter ido ficar com ele na Califórnia enquanto eu estava lá, mas ele se mudou para a Austrália há uns seis meses com a mulher e os filhos. Para o bode ter mais espaço.

— Para *o que* ter mais espaço?

— Nem pergunte.

— Pois é... tarde demais.

— A mulher dele, Aubrey, gosta de resgatar animais abandonados. Esse tinha um valor sentimental ou algo do tipo, então eles o levaram junto quando se mudaram.

— Tudo bem. *Estranho.*

— Você não faz ideia. Enfim... Agora eles têm uma casa meio afastada de Sydney, então vou ficar com eles um tempinho até decidir o que quero fazer.

— Parece que você já está com tudo resolvido.

Queria eu ter metade dos planos que ele tinha, mas aquela era a minha realidade. Eu era uma bagunça.

— Irmã mais velha? — ele perguntou, me fazendo voltar à conversa.

Respondi que sim com a cabeça.

— Quanto tempo faz que você não a vê?

— Mais ou menos um ano.

— Aposto que ela vai ficar feliz em colocar a conversa em dia.

Eu estava disposta a apostar que ela ficaria totalmente irritada, mas isso era uma história para outro dia. De preferência, um que não chegaria nunca.

— Sou de Sydney, então, assim que me estabelecer de volta e conseguir um emprego, vou arranjar uma casa de novo. — Dei de ombros.

— Você estava muito longe de casa, loira.

— Com certeza.

— O que te trouxe para a Califórnia?

— Um cara.

As palavras saíram da minha boca antes que eu conseguisse filtrá-las.

Meu coração martelou com minha revelação acidental.

Ele deu uma risadinha.

— Não consigo imaginar você como o tipo de mulher que viaja meio mundo para seguir um cara.

Aquela frase me irritou, justamente pelo fato de que ele tinha acertado em cheio. Eu não era esse tipo de mulher.

— Você não tem qualificação suficiente para fazer suposições sobre que tipo de mulher eu sou.

— O sujo falando do mal lavado — ele disse de forma arrastada, sem dúvida se referindo às suposições que fiz sobre ele antes.

— *Touché*.

— Você é mesmo um mistério, Blake Vincent.

Ele me olhou de um jeito que me fez sentir desconfortável: olhos suaves, um sorriso curvando seus lábios – o olhar sempre fixo em mim. Não sabia ao certo de que maldito lugar ele tinha vindo, mas, se ele não voltasse para lá logo, algo terrível iria acontecer. Eu já podia sentir.

— E você é mesmo uma encrenca, Ky Bateman — balbuciei apenas para mim.

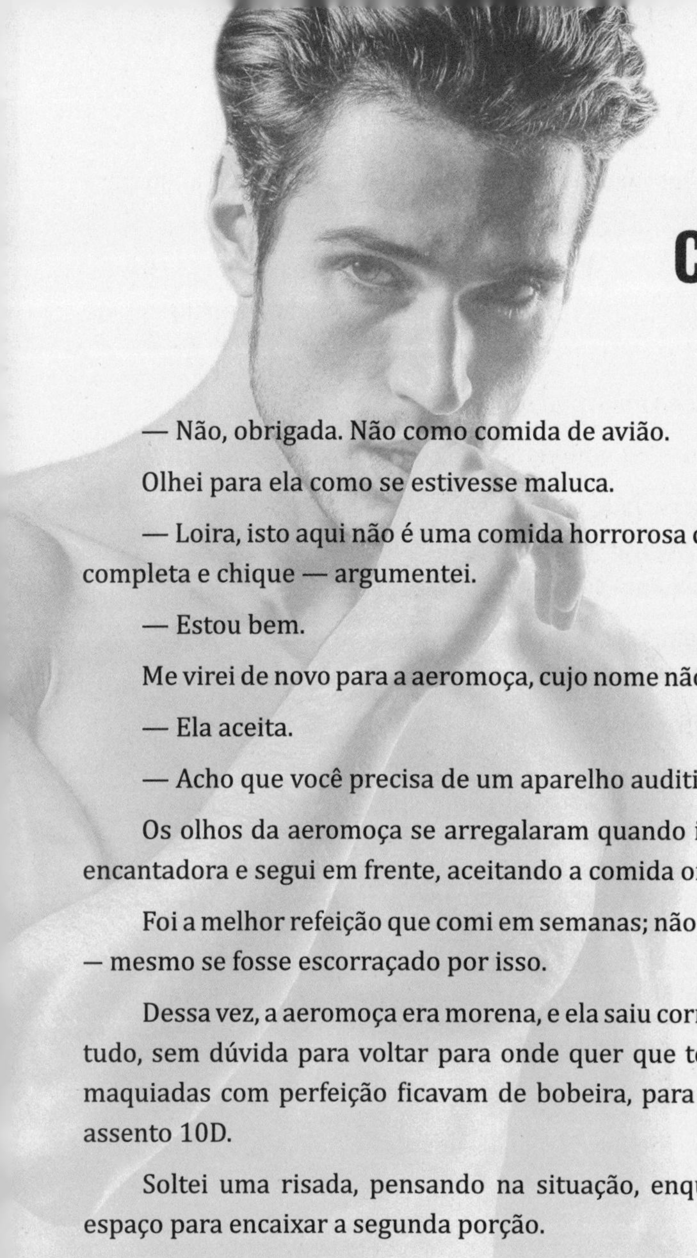

CAPÍTULO 5

Ky

— Não, obrigada. Não como comida de avião.

Olhei para ela como se estivesse maluca.

— Loira, isto aqui não é uma comida horrorosa de avião, é uma refeição completa e chique — argumentei.

— Estou bem.

Me virei de novo para a aeromoça, cujo nome não me importei em saber.

— Ela aceita.

— Acho que você precisa de um aparelho auditivo — Blake retrucou.

Os olhos da aeromoça se arregalaram quando ignorei minha "esposa" encantadora e segui em frente, aceitando a comida oferecida.

Foi a melhor refeição que comi em semanas; não ia rejeitar outra porção — mesmo se fosse escorraçado por isso.

Dessa vez, a aeromoça era morena, e ela saiu correndo assim que peguei tudo, sem dúvida para voltar para onde quer que todas aquelas mulheres maquiadas com perfeição ficavam de bobeira, para falar sobre a vadia do assento 10D.

Soltei uma risada, pensando na situação, enquanto tentava arranjar espaço para encaixar a segunda porção.

— Pode me dar.

— Você acabou de dizer que não queria.

— Isso foi antes de ver o quanto você queria. De repente, fiquei com fome — ela respondeu, presunçosa.

Nem podia ficar bravo. Ela era uma boa jogadora. Eu estava sendo derrotado no meu próprio jogo desde que embarquei no avião, e estava tudo bem para mim. Era revigorante ver uma mulher me fazer recuar, só para variar.

— Espero que você não seja vegana — brinquei enquanto passava para ela o prato abrigando aquele que provavelmente era o mais refinado tipo de filé que eu já tinha visto.

— Acho que dá para comer, *bad boy*, mesmo que eu fosse.

Ela lambeu os lábios enquanto fatiava o corte suculento de carne.

Gemi quando outra garfada passou pelos meus lábios. Não sabia se eles estavam mantendo um chef de luxo refém no compartimento de bagagens ou algo do tipo, mas aquilo era comida boa de verdade.

Dei uma espiada em Blake enquanto ela comia. Ela era gostosa pra caramba, mesmo usando o pijama da companhia aérea que ela vestiu mais ou menos uma hora atrás.

Ela tinha empilhado todas aquelas ondas loiras e rebeldes em um coque bagunçado no topo da cabeça, e apenas alguns cachos macios ficaram flutuando ao redor do seu rosto bonito.

Ela se sentou com as pernas cruzadas no assento generoso, enfiando-as embaixo do corpo.

— Para de me encarar.

— Estou apenas de luto pela perda do meu segundo jantar.

Ela abriu um sorriso malicioso, atrevida pra caramba.

— Não imaginei que houvesse espaço depois de todo aquele chocolate.

— Você está tentando dizer que estou gorda?

Sua sobrancelha estava erguida, e o garfo, cheio de comida, congelado numa posição a caminho da boca.

— Ah, sim, você está uma verdadeira baleia.

— A resposta certa para essa pergunta sempre é "não", apenas para referência futura.

— Anotado.

— Falando sério agora. Presta atenção. Eu ia odiar se a sua futura esposa conseguisse passar por cima de toda essa porcaria de arrogância que você mostra e te amar de qualquer jeito só para você ficar aquém do esperado, sem saber a resposta certa à pergunta sobre estar gorda.

— Deveria estar anotando todas essas coisas? Você vai me perguntar sobre isso mais tarde?

Ela revirou os olhos, e esperei que ela colocasse outra garfada na boca antes de responder.

— Pode acreditar, espertinho, se existisse um teste, você já estaria reprovado.

Olhei para ela com uma cara feia.

— Como assim? Estamos neste avião há horas e você ainda não me matou.

— Acho que isso diz mais sobre o meu autocontrole do que sobre a sua habilidade de testá-lo.

— Você é um pouquinho cruel, sabia?

— Anotado — ela imitou.

Não pude deixar de sorrir. Ela era demais. Rápida demais, linda de parar o trânsito.

— Quer tomar um drinque comigo, loira? — perguntei, com mais sinceridade desta vez.

Ela deve ter percebido a mudança na minha energia, porque engoliu em seco devagar, e seus olhos sem igual lançaram olhares para mim.

— Como assim?

— Quero dizer, estamos sentados aqui, nos divertindo. Parece a ocasião perfeita para o nosso primeiro encontro. Vamos tomar um drinque.

Suas sobrancelhas se ergueram depressa.

— Parece que eu e você temos uma compreensão diferente da palavra "divertindo", e com certeza isso *não* é um encontro, mas preciso de um pouco de álcool se eu quiser sobreviver ao resto desta viagem. Então, sim, claro. Vou fazer a sua vontade.

— Tudo que ouvi foi a parte do “sim”.

— Mas é claro.

Acenei para a aeromoça antes de me dar conta de que não sabia o que Blake gostava de beber.

— Quer um coquetel com fruta ou algo assim?

Ela fez uma cara de ofendida.

— Gim?

Sua expressão me disse que não.

— Mais champanhe?

Ela me ignorou.

— Quero um uísque puro, por favor.

Eu *deveria* mesmo estar anotando tudo. Na pior das hipóteses, deveria estar decidindo qual resposta achava que era a certa para depois escolher a exata oposta. Isso provavelmente teria chegado mais perto do “certo”.

— Pode trazer dois — pedi à aeromoça.

Blake esperou a funcionária ir embora para falar:

— Você não é muito bom nisso, espertinho.

— Até pode parecer que você tem razão. — Soltei uma risada. — Mas, calma, consegui ter você aqui, posso descobrir o resto ao longo da viagem.

Ela se debruçou, fazendo as pernas deslizarem para o lado e o decote V do pijama se abrir um pouco quando ela pousou o cotovelo no descanso de braço.

— E *qual* era a sua expectativa quando brincou com o destino e nos forçou a nos sentarmos juntos?

— Parece uma pegadinha.

— Por quê?

— Se eu te contar qual era a minha expectativa, você pode acabar me dando um tapa e me chamando de porco — respondi, abrindo um sorriso malicioso e cúmplice.

— Foi o que pensei.

Nunca tinha visto uma mulher revirar os olhos tantas vezes em tão pouco tempo. Deve ter sido outro dos meus encantos.

— Então você age como um imbecil no aeroporto, dá um jeito de nos sentarmos juntos e depois? O próximo passo é entrarmos para o clube das pessoas que já transaram num avião?

— Se isso for uma oferta...

— Você é um porco.

— Falei que você ia dizer isso.

Ela abriu um sorriso.

— Não tem graça.

— Qual é? Tem um pouquinho de graça, sim.

Nossos drinques chegaram. Cortesia da morena que, como ficou claro dessa vez, estava se demorando muito mais nas nossas poltronas do que o necessário, só para escutar mais.

Passei um dos copos para Blake.

— Um brinde a nós.

— Um brinde a mim por não ter te atirado para fora do avião ainda — ela respondeu, alegre.

Soltei uma risada que soou como se estivesse bufando.

— Acho que vou brindar a isso.

— Mas ainda temos muito chão pela frente — ela murmurou.

Ela virou a bebida de uma vez, e seria mentira se eu dissesse que não estava um pouco impressionado com tudo naquela mulher.

Observei-a com atenção enquanto tomava goles do meu drinque. Ela deu um enorme bocejo.

— Você devia dormir um pouco.

— Que ideia original. Não consigo imaginar por que não pensei nisso antes. Se você tivesse ficado quieto por mais de trinta e cinco segundos, talvez eu tivesse uma chance de dormir.

Abri um sorriso malicioso, depois comecei a contar até quarenta na minha cabeça.

Ela fez uma careta, e sua testa começou a ficar um pouco franzida, enquanto me observava sentado ali em silêncio.

— Trinta e seis, trinta e sete, trinta e oito, trinta e nove, quarenta — anunciei. — Olha só, você ainda está acordada, loira.

Ela balançou a cabeça, e a diversão ainda estava em cena, se apresentando nos seus lábios, por mais que ela tentasse escondê-la.

— Por acaso é a sua profissão deixar as pessoas malucas? Porque você é absurdamente talentoso nisso.

— Não.

— Bom, qual é o seu trabalho, então? — ela insistiu, depois que a curiosidade venceu a batalha. — Se for para ficar presa aqui com você, imagino que eu deveria saber pelo menos uma coisa verdadeira sobre a sua vida.

— Te conto o meu se você me contar o seu — negociei.

Fiquei observando enquanto ela fazia considerações internas antes de me mostrar uma expressão que era metade sorriso, metade careta.

— Agora você me fez ficar com vontade de manter isso em segredo.

Soltei uma risadinha.

— Eu trago mesmo o seu lado maduro à tona, não é?

— Dá para dizer o mesmo de você, mas não tenho certeza se você já teve um lado maduro um dia.

Puro atrevimento, esta mulher.

— Adivinha.

— Tudo bem. Você é autônomo.

Pensei sobre isso por um instante.

— De certa forma, sim. Acho.

— Você...

— E eu não ganho vez de perguntar? — interrompi, olhando-a de cima a baixo. — Já que, de repente, você só quer saber dessa coisa de não compartilhar informação.

Ela fez um gesto, me indicando para continuar.

— Modelo?

Ela riu pelo nariz.

— Tenho pouco mais de um metro e sessenta. É uma tentativa fofa de me elogiar, mas tente outra vez.

— Enfermeira?

Ela balançou a cabeça.

— Não sou muito fã de agulhas.

— Que pena. Já estava imaginando você usando um traje de enfermeira safada.

— Quer saber? — ela respondeu depressa, reprimindo um sorriso. — Acho que é hora de ver um filme.

— Perfeito. Nosso segundo encontro. O que vamos ver?

Ela soltou um suspiro profundo.

— Por acaso você tem um botão de "desliga"?

Abri um sorriso largo.

— Acho que não.

Ela bufou.

— Você tem ideia do nível da minha privação de sono neste momento? Não sei se consigo continuar essa brincadeira implacável por muito mais tempo. Já vou avisando, pode ser que eu acabe te esfaqueando. E os talheres são de verdade aqui em cima, lembre-se disso.

— Vou correr o risco.

— Eu não faria isso. Você não sabe o quanto estou desesperada para ter as minhas oito horas.

— Você gosta de filme de ação? Que tal um de suspense? — perguntei, ignorando a zombaria dela enquanto dava uma olhada nas opções disponíveis.

— Eca, nada de sangue e tripas. Prefiro essas coisas *dentro* do corpo.

Sorri para mim mesmo. Ela pode não ter percebido, mas tinha acabado de dar o sinal verde para o encontro de número dois.

Outro membro da tripulação apareceu e levou embora a louça, e tirei um tempinho para ficar mais confortável, esticando mais as minhas pernas longas. Tinha certeza de que ela estava brincando sobre me esfaquear, mas não fiquei triste ao ver as facas indo embora. Só por garantia.

— Comédia romântica? — ofereci.

— Por que *você* não vê qualquer coisa que te interesse e *eu* durmo um pouco?

Ela começou a ajeitar o travesseiro e deslizar mais para baixo no assento.

— Não se engane, loira, você nunca vai conseguir dormir com toda essa tensão sexual se agitando como um turbilhão entre a gente.

Ela bocejou.

— Você tem uma imaginação fértil. Já te falaram isso?

— Talvez já tenha ouvido isso uma vez.

Passamos para um silêncio confortável, ela adormecendo e eu ainda procurando um filme para preencher o intervalo de uma ou duas horas que eu estava disposto a deixá-la descansar. Não era um completo babaca, eu a deixaria tirar um cochilo *curto*.

Um filme chamou minha atenção. Dei uma cutucada na sua perna.

— Olha aqui, loira, você já viu esse?

Ela não abriu os olhos.

— O que eu preciso fazer para você me deixar dormir um pouco? — ela resmungou.

Sorri para mim mesmo por causa da sua irritação evidente.

— Me encontre no banheiro daqui a dois minutos — brinquei.

— Cai fora, espertinho. — Ela levantou a mão e me mostrou o dedo do meio. *De novo.* — Nem se o avião estivesse caindo — ela brincou.

Mas seus lábios falavam outra coisa. Blake podia negar o quanto quisesse, mas havia algo fermentando entre a gente, e eu não iria desistir até saber exatamente o que era.

CAPÍTULO 6
Blake

Sabia que não tinha dormido muito, mas, dada a minha companhia, já fiquei grata por ter conseguido tirar um cochilo.

Dei uma espiada nele. O cara estava entretido com um filme, e sua boca maldita e sexy estava bastante esticada enquanto ele ria.

Gemi baixinho. Meu Deus, odiei como aquele som me deu um frio na barriga.

Estava com um problema muito sério aqui. Ainda tinha várias horas pela frente na companhia do Ky, e então iríamos aterrissar e tomar cada um o seu rumo. Não sabia com qual parte do problema estava mais preocupada, e isso me assustou, porque, por mais que eu odiasse admitir, ele tinha razão: tínhamos *mesmo* química.

— Bem-vinda de volta, loira — ele disse.

Seus olhos sequer saíram da tela.

— Você ficou me observando dormir ou algo assim?

— Não. A interrupção do ronco foi o que te entregou — ele respondeu enquanto tirava os fones de ouvido.

Meus olhos se arregalaram.

Ele se virou, parando de olhar para a tela, e riu quando assimilou a minha expressão.

— Eu *não* ronco.

— Tem certeza?

Não. Disso, eu não tinha certeza alguma, mas de outra coisa tinha: uma mudança de assunto. Bocejei e estiquei os braços, e meus olhos se depararam com a tigela vazia de sorvete na frente dele.

— Você tomou sorvete e não pegou para mim?

— Tinha brownie também.

Fiz cara feia.

— Olha, srta. "Não como comida de avião", você dormiu durante todo o nosso segundo encontro. Acho que não está podendo atirar pedra em mim.

— Coitadinho, você é lento para aprender, não é? Deixe-me simplificar. *Eu e você* — falei, fazendo um gesto no espaço entre nós — *não* estamos tendo um encontro.

— Tem certeza? Porque parece que estamos. Iluminação criando um clima, drinques de primeira, boa comida...

— Você tem problema.

— Eu tenho *razão*.

— Contador chato? — perguntei, mesmo tendo certeza de que estava errada.

Ele balançou a cabeça e depois continuou o jogo.

— Dançarina?

— Tipo de *pole dance*? — indaguei, erguendo uma sobrancelha.

Ele resmungou.

— Pensei em balé, mas agora estou imaginando você envolvendo aquele mastro e, devo dizer, estou gostando do rumo que esta conversa está tomando.

Me debrucei na pequena divisória entre nós e dei um empurrãozinho no ombro dele.

— Nasci sem o dom do ritmo, então, não para o balé *e* para o mastro.

— Isso é uma baita sacanagem.

— Mas é *claro* que você diria isso.

Ele se esticou até a parte de baixo do assento e puxou a mochila, tirando um iPad do bolso da frente.

— Advogado babaca? — tentei de novo.

Ele sacudiu a cabeça, sorrindo, enquanto colocava o tablet para carregar.

— Você tem a intenção de insultar todas as profissões durante esse joguinho de adivinhação?

— Em minha defesa, a parte do babaca foi dirigida apenas a você, não à profissão como um todo.

— Bem, você está enganada, sobre o advogado *e* sobre a parte do babaca.

Fiz um beicinho em sinal de irritação.

— Você já apostou em corrida de cavalos?

Balancei a cabeça.

Ele ficou segurando o iPad com a tela voltada para mim, me mostrando a transmissão ao vivo de uma corrida na Austrália.

— Quer tentar?

— Então você é apostador. Por que não estou surpresa?

— Topa?

Dei de ombros.

— Acho que sim, mas não tenho dinheiro aqui.

— Não tem problema. Vamos fazer a nossa própria aposta.

Aquilo soou uma péssima ideia. Estava com uma forte sensação de que fazer qualquer tipo de aposta com um homem como Ky era comparável a fazer um pacto com o diabo, mas eu era teimosa. Fugir de um desafio não era da minha natureza.

— O que você tem em mente? — perguntei, cautelosa.

— O que você quer?

Pergunta capciosa.

— Saber qual é o seu trabalho — propus, dando de ombros.

Ele sorriu com malícia.

— Uma aposta nada arriscada. Tenta de novo.

Bufei um suspiro.

— Dormir. Quero dormir.

Ele concordou com a cabeça, avaliando.

— Tudo bem. Se o seu cavalo ganhar, te deixo em paz pelo resto do voo, e você pode dormir o quanto quiser.

— E se *você* ganhar? — questionei, sabendo muito bem que, sem dúvida, a disposição daquele acordo iria favorecê-lo.

Ele batucou os dedos no canto do dispositivo.

— Se *eu* ganhar, você vem comigo quando aterrissarmos. Tem uma coisa que quero te mostrar.

Fiquei relutante.

— Você *não pode* estar falando sério.

— Estou falando muito sério, loira.

— Seus pais nunca te ensinaram sobre o perigo dos estranhos? É, tipo, o básico da sobrevivência.

— Não somos estranhos.

— Em que planeta somos alguma coisa *além* de estranhos? Te conheço há mais ou menos seis horas.

— Você me magoa, agindo como se não me conhecesse quando a gente está prestes a começar o nosso terceiro encontro.

Ergui uma sobrancelha para ele. Não ia nem dar moral para aquele comentário com uma resposta.

Seus lábios se esticaram em um sorriso largo.

— Você tem informação suficiente para saber que eu não vou te estrangular e descartar o seu corpo na floresta.

— *Tenho?* — desafiei. — Não sei nem qual é o seu trabalho.

— Ok, vou deixar o acordo mais atraente. Se eu ganhar, você vem comigo, e incluo contar qual é o meu trabalho como um ponto extra.

Péssima ideia, meu cérebro gritou para mim. Era mais do que uma péssima ideia; era a porcaria de uma ideia decisiva e tremendamente estúpida pra caramba.

Estúpida, estúpida, estúpida.

Ainda era uma ideia péssima quando estendi a mão para ele apertar.

— Tudo bem, espertinho, você conseguiu um acordo.

Um sorriso endiabrado passou pelo seu rosto quando ele segurou a minha mão. Tentei ignorar a forma que arrepios subiram e desceram depressa pela minha espinha ao seu toque, mas era impossível. O misterioso Ky Bateman me afetava de um jeito que nenhum homem tinha conseguido antes. Ele mexia comigo, e cada olhar, cada sorriso malicioso, apenas piorava a situação.

Ele descansou o cotovelo perto do meu e montou o tablet entre nós para que ambos pudessem ver.

— Você vai ter que me ajudar aqui, não tenho a menor ideia do significado de nenhum desses números — admiti.

Ele passou os dez minutos seguintes explicando como tudo funcionava: o favorito do grupo de competidores, os prêmios para quem apostava em quem ficava em primeiro e segundo, os *starting gates*, os recordes dos jóqueis, as últimas classificações dos cavalos e as condições da pista. Era muita coisa para absorver.

— Então aquele destacado bem ali é o favorito?

Ele assentiu.

— É o favorito da maioria também. Mal está dando lucro nas apostas para o primeiro lugar.

Reagi com um "hum", concordando, como se soubesse o que aquilo significava quando, na verdade, não tinha a menor ideia.

Ele riu, não se deixando enganar por mim.

— Então vamos lá. Quero essa aqui, *Princesa de Olhos Azuis*. Ela parece uma boa candidata a ganhar.

Eu estava bastante despreparada naquela situação, mas ela era a favorita, e isso parecia uma aposta boa aos meus olhos. Foi como usar o recurso "pergunte para a plateia" num programa de jogos.

Ele aplaudiu devagar.

— Muito convincente.

Mostrei a língua para ele.

— Tem *certeza* de que é essa que você quer?

— Há um motivo para ela ser a favorita. Por que *você* não se preocupa apenas em escolher o *seu* próprio cavalo enquanto *eu* me preocupo comigo? — retruquei.

— Claro. Escolho a *Simplesmente Atrevida*. Me lembra de alguém que conheço.

Esperto, esperto pra caramba.

— *Você* tem certeza, espertinho? As *chances* não me parecem muito boas.

— Essa é a sua opinião de especialista?

— Na verdade, é.

Ele sorriu com malícia e voltou a olhar para a tela.

— Por que você não se preocupa apenas em escolher o seu próprio cavalo enquanto eu me preocupo comigo? — ele me copiou.

Verifiquei de novo os números e, faltando apenas um minuto até o início, meu cavalo ainda era claramente o favorito. O de Ky estava em alguma posição perto dos últimos lugares da classificação. Talvez não tivesse ouvido direito as instruções, mas sua escolha parecia péssima.

— Lá vamos nós, Blake. Que vença o melhor apostador.

Odiei como o meu coração disparou quando ele disse meu nome. Também odiei como estava nervosa em relação àquela corrida idiota, mas precisava ganhar. De jeito nenhum queria entrar em um carro com ele quando saíssemos do avião.

Colocaram o último cavalo na respectiva baia no *starting gate*, e, por mais que tentasse, eu não conseguia entender por que havia uma pequena parte do meu cérebro que achava que perder não seria a pior coisa do mundo.

— O que acontece se nenhum de nós ganhar? — perguntei rápido.

— O primeiro a cruzar a linha de chegada leva — ele murmurou, prestando atenção na tela.

Os cavalos irromperam dos portões, e minha mão tremeu.

Meu cavalo foi para a frente, abrindo uma vantagem inicial, e festejei.

Escutei Ky rindo, mas não olhei para ele. Não conseguia tirar os olhos do cavalo marrom com o jóquei vestido de rosa e branco no dorso.

— Vamos, número dez, manda ver, sua coisa linda! — torci quando meu cavalo assumiu a primeira posição.

— Você está fazendo um escândalo.

— Não interessa, estou *ganhando* — me gabei.

— Você está ganhando... *por enquanto*.

Fiz cara feia, mas fechei a boca. Não sabia nada sobre corridas de cavalos, mas *com certeza* não poderia perder naquele ponto. Meu cavalo estava a metros de distância dos outros.

Os cavalos se espalharam quando fizeram a curva e entraram na reta final, produzindo um estrondo rumo à linha de chegada.

Vamos, vamos, vamos.

A mão de Ky pousou na minha e a apertou, e eu prendi a respiração.

— Lá vai ela. — Escutei-o murmurar.

Assisti, desanimada, quando seu cavalo, número dois, veio voando do nada, ultrapassando o meu com tanta facilidade que qualquer um poderia ser perdoado por pensar que a *Princesa de Olhos Azuis* estava lá apenas para um passeio de domingo.

— *Não* — falei baixinho enquanto outros três cavalos alcançaram e ultrapassaram o meu.

Deixei a cabeça cair na mão dele – a que ainda estava sobre a minha – quando uma imagem de perto da linha de chegada mostrou seu cavalo chegando como o vencedor incontestável.

Meu burro chegou trotando em quinto, o que pode ser ok no mundo das corridas. Só que, no mundo das apostas com estranhos bonitos, se seu cavalo não é o primeiro, não faz diferença se é o último.

— Que azar, loira.

Sua voz sexy me provocou, e seu tom era de divertimento.

— Cai fora, babaca.

— Não fique assim. — Ele riu.

— Por que me sinto como se tivesse acabado de ser enganada?

Houve um silêncio por alguns instantes.

— Já ouviu falar em agentes de apostas?

Me sentei ereta para olhá-lo. Ele ainda mantinha a minha mão presa, mas, sinceramente, essa era a menor das minhas preocupações naquele momento.

— Como aqueles velhos suspeitos nos filmes que pegam dinheiro das pessoas e as incitam a fazer péssimas apostas?

— Não é bem assim que funciona.

— Explique.

— Os apostadores procuram um agente para fazer as suas apostas, costuma ser algo relacionado a esporte, cavalo, cachorro, futebol... esse tipo de coisa. O agente pega o dinheiro e, se achar que a aposta é boa, faz a aposta. Se achar que é ruim, ele não faz. Se o apostador ganhar, o agente paga para ele.

— O que acontece se o agente não fizer a aposta e o apostador ganhar?

— Aí o agente perde. Ele perde dinheiro. Um bom agente sabe tudo sobre os competidores. Sabe diferenciar uma aposta boa de uma ruim.

A ficha caiu na minha cabeça. Tirei a mão de debaixo da dele.

— Ah, seu babaca! Você é um agente de apostas?

Ele abriu um sorriso malicioso, convencido pra caramba.

— Acho que foi uma bênção eles terem levado os talheres embora, no fim das contas.

— Acho que isso foi a coisa mais honesta que ouvi sair da sua boca o dia todo.

— Eu diria "me desculpa", mas não quero começar a mentir logo no começo do nosso relacionamento.

— Você me enganou.

— É assim que as coisas funcionam, querida.

— Você sabia que o seu cavalo ia ganhar.

— Eu tinha uma boa noção de que isso ia acontecer.

— Você é um mestre da manipulação, Ky Bateman — falei, balançando a cabeça.

— Vou considerar isso como um elogio, e, como sou um cara *muito* legal, vou até te dar uns minutos para você absorver a derrota enquanto vou mijar.

Olhei-o de cara feia, enquanto ele deslizava do assento e esticava os braços sobre a cabeça, exibindo um pedaço de abdômen duro e me dando um vislumbre de outro fragmento de tatuagem na lateral do corpo.

Puta. Que. Pariu.

Ele deu um passo, parou e olhou para trás, na minha direção.

— Secretária? — ele chutou.

— Não.

— Que sorte que acabei de arranjar um pouco mais de tempo para adivinhar.

Ele era presunçoso pra caramba.

Droga. Droga. Droga.

E acabei de garantir isso.

Tinha perdido a aposta. Pode não ter sido exatamente um jogo limpo, mas perder era perder, e eu tinha que lidar com o que faria a respeito disso.

Merda. Quem entra na chuva é para se molhar.

Só havia uma coisa que eu podia fazer. Peguei o celular e o conectei ao Wi-Fi antes de abrir meus e-mails.

Ainda endereçava minhas mensagens a Ida, mesmo que eu soubesse muito bem que as estava enviando para uma mulher chamada Soraya, mas eu era esquisita mesmo. É difícil abandonar os velhos hábitos.

Fazia anos que escrevia para a coluna "Pergunte a Ida". Se houvesse uma pequena inconveniência sequer na minha vida, eu escrevia. Não estava necessariamente procurando uma resposta, o que era uma coisa boa, porque quase nunca conseguia uma, mas escrever a questão era terapêutico para mim.

Mas, um dia, recebi não só uma resposta, como uma brutalmente sincera da assistente da Ida naquela época, Soraya. Depois daquilo, escrevia direto para Soraya, e ela respondia com um tipo de sinceridade que só um estranho pode oferecer. Continuei escrevendo, mesmo depois de ela largar o emprego e ter filhos com o marido Graham, e ela ainda tirava um tempo para responder. Ela disse algo sobre a coisa toda ter um valor sentimental para ela.

Respirei fundo e digitei a pergunta.

Cara Ida,

Estou num avião com um homem irritantemente sexy sentado ao meu lado há catorze horas e, resumindo a história, fizemos uma aposta. Perdi. Ele ganhou. A aposta? Preciso ir com ele quando aterrissarmos para ele poder "me mostrar uma coisa". Ele é um completo estranho... Devo ir?

— Amor-perfeito Indeciso, Bem Alto no Céu.

Dei uma olhadinha ao longo do corredor, na esperança de pegar Soraya numa hora boa. Precisava de respostas e precisava delas *naquele instante*, mesmo sabendo, no fundo, que nunca tinha mandado uma pergunta cuja resposta já não soubesse. Para minha sorte, a resposta dela chegou bem rápido.

Caro Amor-perfeito Indeciso,

O quanto ele é sexy? Porque, quando um estranho quer que você o siga até um estacionamento para mostrar uma coisa, em geral, essa coisa é o pênis dele. Risque o que falei, SEMPRE é o pênis dele.

Se você acha que o dele pode ser agradável, minha sugestão é que aja como uma mulher adulta e vá com tudo.

Beijo,

S

Divertido e totalmente inútil como sempre, mas, como de costume, o empurrão de que eu precisava.

CAPÍTULO 7

Ky

Dei uma olhada rápida na Blake quando as rodas tocaram o asfalto do aeroporto de Sydney. Ela tinha estado mais quieta desde que perdeu a aposta, e não a culpei. Caramba, não a culparia se ela saísse correndo no minuto em que seus pés tocassem o chão, mas esperava que ela não fizesse isso.

Não estava pronto para me despedir dela ainda. Me sentar ao seu lado foi o mais doce tipo de tortura. Eu a queria, *desesperadamente*. Mais do que era capaz de justificar na minha cabeça, já que ela só tinha entrado na minha vida fazia menos de vinte e quatro horas. Ela era sexy, atrevida e meiga. A mistura perfeita das três coisas. Ela tinha uma língua afiada, não tinha medo de revidar e, mesmo assim, era boa até a medula. Dava para perceber.

— De volta à terra natal. Qual é a sensação?

Ela tinha vestido as próprias roupas de novo e lavado o rosto um pouco antes. Seus lábios estavam com um tom de rosa deliciosamente tentador.

— É a de que estou prestes a entrar na toca do leão, para ser bem sincera com você.

Soltei uma risada.

— Eu não mordo. Palavra de escoteiro.

— Vinda de um mentiroso patológico, não significa muita coisa.

— Falando em mentira, está a fim de um último show? Eu ia detestar que a esforçada tripulação sentisse que fracassou em fazer a gente reatar.

— O que você tem em mente? — ela perguntou enquanto recolhia seus pertences, e eu fazia o mesmo.

— Você poderia aceitar aquela proposta do banheiro? — Sorri com malícia. — Não vamos entrar para *aquele* clube, mas acho que ainda assim conta.

— Nem pensar.

— Vale a pena tentar.

Sua expressão me assegurava de que não valia.

Pensei por um instante.

— Você confia em mim?

— Nem um pouco — ela gracejou.

Mentirosa.

Ignorei-a.

— Apenas siga a minha deixa.

Me levantei e ofereci a mão para ela.

Ela deu uma olhada, apreensiva.

— É só a minha mão.

Ela revirou os olhos e colocou a palma da sua mão delicadamente na minha.

Eu a conduzi pelo corredor, parando quando ouvi as duas aeromoças se despedindo dos outros passageiros.

Pressionei Blake contra a parede, fazendo sua bolsa cair no chão antes mesmo de ela registrar o que estava acontecendo.

Meus braços a prenderam e ela suspirou, olhando para mim com aqueles olhos grandes e bonitos.

— Não dê uma joelhada nas minhas bolas — murmurei no seu ouvido antes de os meus lábios apertarem sua pele com força.

Ela estremeceu e, juro por Deus, fiquei duro na hora. Isso podia ter começado só como um teatro, mas não havia nada de faz de conta no quanto eu estava desesperado para tê-la naquele momento.

Um dia, e não iria demorar, eu iria beijar esta mulher pra valer, e ela iria desfrutar de cada porra de segundo.

Rocei os lábios na sua garganta e ela murmurou. Sua cabeça tombou contra a parede, enquanto suas mãos agarravam a parte da frente da minha camiseta.

— Bem, estou vendo que vocês dois fizeram as pazes — disse uma voz vinda de trás de mim, e eu sorri, encostado no pescoço da loira. — Desculpa por interromper, mas precisamos que vocês deixem o avião para os outros passageiros poderem fazer o mesmo.

— Sem problema — respondi, me ajeitando e olhando nos olhos de Blake. — Podemos continuar isso a sós.

Suas bochechas esquentaram.

Dei risada, sabendo muito bem que estava desempenhando o papel de babaca arrogante como um profissional, peguei sua bolsa e segurei sua mão, puxando-a atrás de mim, até passarmos pela ruiva, pela morena, e descermos a escada.

— Você é muito idiota — ela sibilou para mim enquanto tentava puxar sua mão da minha, sem conseguir.

— Qual é, loira, foi engraçado. Você sabe que foi.

— Foi *humilhante*.

— E daí? Você nunca vai vê-las de novo.

Ela não respondeu, e eu estava aprendendo que aquilo significava que ela havia percebido que eu tinha razão, mas ela era teimosa demais para admitir.

Fizemos toda aquela lenga-lenga de aeroporto e, por incrível que pareça, ela não saiu do meu lado em nenhum momento.

— Estou esperando você sair correndo — confessei.

— Não posso... Não peguei a minha bolsa ainda. — Ela sorriu.

Ela tinha resposta para tudo. Peguei sua mão de novo enquanto observávamos a esteira girar várias vezes e, dessa vez, ela não reclamou.

— É a minha — ela disse, apontando para uma bolsa de viagem preta de couro.

Minha não estava muito atrás da dela, e também não era muito menor. Fiquei surpreso com a sua escolha para a bagagem. Ela parecia ser meio fresca. Estava esperando que ela tivesse uma mala rosa gigante, recheada de produtos para cabelo e saltos altos ou algo do tipo, mas aquilo ia deixar minha vida muito mais fácil se eu conseguisse evitar que ela se livrasse de mim. Não tinha previsto um segundo passageiro quando planejei minha viagem.

Também não tinha previsto continuar com a nossa mentirinha boba a cada membro da segurança do aeroporto pelo qual passávamos, mas foi divertido e fazia a Blake morrer de vergonha, então lá fomos nós.

— Só isso? — eu a questionei.

Ela tentou tomar de mim e me esquivei dela, balançando nossas duas malas em cima do meu ombro.

— Posso levá-la.

— E fugir de mim? Acho que não.

Ela fez uma beicinho.

— Eu estava *brincando*. Trato é trato. Pode confiar em mim.

Ela piscou rápido, fazendo os cílios vibrarem, mas eu não ia engolir essa.

— Estou sendo um cavalheiro — insisti enquanto a encorajava a ir na direção da saída.

— Chamo isso de papo-furado.

— Qual é, entra no jogo.

Andamos lado a lado pelo aeroporto até sairmos, caindo no sufocante calor australiano.

— Bem-vinda de volta — resmunguei, enxugando o suor que já estava se formando na minha testa.

Não diria que fazia frio na California, embora eles estivessem no inverno naquela época, mas com certeza não era um verão australiano.

— Está quente pra um caralho.

Ri pra valer por causa da frase dela.

— Dá para a gente terminar logo com isso? — ela implorou.

A doce e atrevida Blake não fazia ideia do que a aguardava. Apostaria meu dinheiro em ela estar pensando que eu tinha reservado um Uber, ia levá-la a um café perto dali ou algo do tipo e depois iria despachá-la para ela seguir seu caminho. Ela não poderia estar mais errada.

— Vem comigo.

Serpenteei pela multidão e avancei em direção ao estacionamento onde esperava encontrar meu veículo.

— Espere aqui — falei para ela enquanto entrava correndo no pequeno escritório para pegar as chaves.

Sorri malicioso para ela enquanto passávamos por cada uma das fileiras de carros, todos alinhados um depois do outro.

— Qual é o seu? — ela perguntou por fim.

— Qual você acha que é?

Encontrei seus olhos, e ela inclinou a cabeça de um lado para o outro, avaliando.

— Considerando a aposta que fez no avião, acho que você tem um olhar bastante aguçado e que seus negócios estão indo bem.

Ponto para Blake. Os negócios foram muito bons para mim nos últimos anos.

Desacelerei, e ela fez o mesmo.

— Talvez o BMW? — Ela apontou para um BMW chamativo, novo em folha.

— Não.

— Audi? — ela indagou, esperançosa, apontando para outro carro.

— Errado de novo.

— Land Rover?

— Você não é muito boa nisso.

— Por que você simplesmente não acaba com a minha ansiedade?

Deixei que ela passasse na minha frente e me enfiei atrás dela. Meu braço livre surgiu ao seu lado para apontar.

— *Aquele* é o meu.

Ela suspirou com meu toque antes de os seus olhos encontrarem o meu veículo.

— Você está de *sacanagem* comigo?

— De jeito nenhum. Comprei esta belezinha aqui num leilão on-line e pedi para o cara trazer aqui para mim.

Ela deu meia-volta para olhar feio para mim.

— Então, deixa eu ver se entendi: você não só espera que eu suba nessa armadilha mortal, como também que eu faça isso sabendo que você nunca andou nela antes?

Engoli em seco, com o coração disparando, enquanto me aproximava dela mais uma vez.

— Você acha mesmo que eu te colocaria em perigo?

Era para soar em tom de brincadeira, mas saiu sincero e grave.

A resposta se perdeu nos seus lábios, enquanto ela examinava minha expressão, com seu queixo apontando para cima para que ela pudesse olhar meu rosto.

— Não sei — ela sussurrou, permitindo-se mostrar vulnerabilidade pela primeira vez desde que nos conhecemos.

Estendi o braço e segurei seu queixo entre o polegar e os outros dedos.

— *Jamais* colocaria você em perigo. Prometo, Blake. Quer arriscar? Confia em mim?

— Não tenho roupa apropriada para andar de moto — ela sussurrou.

— Tenho uma jaqueta a mais na mala. Dá para ir de calça jeans.

Ela assentiu, me deixando trazê-la para mais perto da moto.

Peguei as jaquetas e entreguei uma para ela. Ela colocou a peça sobre os ombros, e me vi ostentando uma semiereção de novo. Aquela mulher era irresistível o suficiente por si própria, mas, usando minha jaqueta, era insuportavelmente tentadora.

— Droga — falei baixinho enquanto me distraía, amarrando nossas malas na parte traseira da moto e abrindo a trava que prendia os capacetes.

Eu estava brincando com fogo mais uma vez. Um incêndio violentíssimo, mas era tarde demais para fugir. Estava envolvido, obcecado por cada parte dessa mulher. Queria mais, não, *precisava* de mais.

— Loira?

Seus olhos encontraram os meus.

— Está pronta?

CAPÍTULO 8
Blake

Meu pai costumava dizer que, a todo momento, você está a apenas três segundos de tomar uma decisão que pode mudar o resto da sua vida.

O tempo andou mais devagar quando ele passou a perna por cima do assento da moto potente.

Um...

Ele ofereceu um capacete para mim.

Dois...

Seu sorrido malicioso, aquele que deixava minhas pernas bambas, enfeitou seu rosto perfeito.

Três!

Eu poderia falar "não" para ele, faltar com minha palavra e fugir, mas não era esse tipo de garota. Trato era trato, e eu precisava cumprir minha parte. Mais do que precisava, *queria* cumprir minha parte.

Não era sensato, não era seguro e, com certeza, não era do que eu precisava na minha vida naquele exato momento, mas Ky não estava nem aí para nada disso. Ele não seguia as regras — ele era esperto, porém imprudente —, e eu estava com a sensação de que ele não iria aceitar, de jeito nenhum, um não como resposta.

Dane-se.

Peguei o capacete, prendi-o na cabeça e subi na parte de trás da moto.

— Essa é a minha garota. — Ouvi-o dizer, enquanto eu pressionava as pernas nele com força e entrelaçava os braços em torno da sua cintura dura.

— Se a gente se esborrachar e morrer, te mato.

— Parece contraproducente, porque eu já estaria morto.

O cretino espertinho deu sua risada viciante e sedutora de novo quando o motor começou a roncar, e a enorme moto vibrou embaixo de mim.

Apertei seu corpo com mais força, pressionando a lateral do rosto nas costas dele.

Senti sua risada em vez de escutá-la dessa vez, enquanto ele tirou os pés do chão. Partimos e ele ziguezagueou sem esforço pelas ruas do centro de Sydney.

Demorou um pouco, mas saímos da cidade e caímos na estrada, rumo ao sul. Ele teve a sorte de não podermos conversar, porque eu teria exigido saber aonde estávamos indo muito antes daquele momento, se tivesse tido a oportunidade. Não estava esperando que ele fosse me levar para fora da cidade.

Só Deus sabe aonde estamos indo.

Observei as paisagens rurais passarem por nós, o oceano ao longe, e esperava mesmo que não tivesse cometido um erro quando coloquei minha vida nas mãos daquele homem. Do pouco que eu sabia, ele poderia ser até um *serial killer*.

Aquilo não era nem um pouco a minha cara. Meu lado selvagem estava sob controle havia anos. Não era mais essa garota, a que pula na motocicleta de um estranho sem a mínima ideia do destino. Mesmo assim, ali estava eu, e era tarde demais para desistir, a não ser que quisesse me chocar contra o asfalto a cem quilômetros por hora, o que *não* era o caso.

Ficamos sobre a moto pelo que pareceu uma eternidade, mas que, na verdade, deve ter sido umas duas horas, passando por cidadezinhas, antes de sairmos da estrada e entrarmos numa cidade chamada *Kiama*.

Ky nos levou para o limite do litoral e parou, desligando o motor.

Meus músculos estavam tão tensos de segurar firme por tanto tempo que quase não consegui soltá-lo para descer do veículo.

— Chegamos — ele me avisou.

Me estiquei e desenrolei meu corpo do dele, com as pernas trêmulas, arrancando o capacete, que ficou suado.

— Onde exatamente é *aqui*? — perguntei, observando ao redor e olhando demoradamente o farol alto e branco.

Onde quer que fosse, era bonito, eu precisava admitir.

— Achei que você fosse nativa.

Ele tirou o capacete e sacudiu o cabelo sexy e escuro.

— Sou nativa... de *Sydney*. Sou uma garota urbana; nunca vim para um lugar tão ao sul.

Ele tirou a jaqueta de qualquer jeito, e eu fiz o mesmo.

— Por que isso não me surpreende?

— O que você está querendo dizer, espertinho?

Coloquei as mãos na cintura, encurralando-o com a minha encarada.

O cretino apenas riu e ofereceu a mão para mim.

Devo ter deslizado para outra dimensão enquanto estava na carona da moto, para uma em que eu tinha perdido o juízo, porque minha mão estava na dele antes mesmo de eu ter a chance de pensar se a queria mesmo ali. Ele era como um ímã e, de repente, parecia que eu era feita de ferro.

— A gente costumava vir aqui quando eu era criança. É um dos meus lugares favoritos no mundo.

Conseguia ver por quê; era lindo. Gostei de ele ter me trazido ali, a um lugar que tinha significado para ele.

— Você vinha muito aqui?

Ele assentiu. Se eu fosse menos esperta, teria imaginado que ele poderia estar nervoso.

— O que todas aquelas pessoas estão olhando? — falei, inclinando a cabeça na direção de uma plataforma de observação, onde havia gente parada e câmeras de prontidão.

— Isso é o que eu quero te mostrar.

Ele me puxou naquela direção e murmurou alguma coisa sobre as ondas altas se deslocando para o sudeste, seja lá o que isso significava.

Estávamos na metade do caminho quando uma onda enorme rolou para a praia, fazendo um imenso esguicho de água subir, bem na nossa frente, dando um banho em metade do público.

— Ai, meu Deus! É um gêiser marinho? — perguntei, toda animada.

Desde que assisti àquele filme chamado *Um Amor de Tesouro* quis ver um gêiser marinho. Era louca pelo Matthew McConaughey.

— Isso é *muito* legal.

Puxei a mão dele, ansiosa para chegar mais perto, mas ele me puxou de volta, me detendo, e me girou até eu ficar de frente para ele.

Olhei para aqueles olhos escuros e intensos, e meu pulso acelerou. Ele estava me encarando com uma expressão tão meiga e terna que foi difícil lembrar como fui capaz de pensar, em algum momento, que ele era irritante.

Engoli em seco.

— *O que foi?*

Ele balançou a cabeça.

— Nada. Só estou feliz por você estar aqui.

Eu também. O pensamento me surpreendeu, mas percebi que era verdade. Me sentia feliz por estar naquele lugar *com ele*. Por mais maluco que fosse, não conseguia imaginar estar em nenhum outro lugar naquele momento.

Nem com minha irmã, nem nos Estados Unidos. Nenhum outro lugar, exceto *aquele*.

Abri um sorriso tímido para ele e puxei sua mão.

Ele riu e me deixou fazer o que eu queria, se posicionando ao meu lado e jogando o braço ao redor dos meus ombros.

— Por favor, diga que vamos ver aquilo de novo.

— A corrente está avançando da forma perfeita para isso acontecer, então, sim... O próximo vai ser bom, a segunda onda é a maior.

— Parece que você sabe do que está falando.

— Surfista *hipster*, lembra? Além disso, estive aqui tantas vezes quando era mais novo que ficou gravado na minha memória para sempre. Minha mãe sempre dizia que eu deveria ter trabalhado como guia turístico.

— Ela mora aqui perto?

Ele já tinha mencionado que o pai morava em Brisbane e que havia se casado de novo, mas era a primeira vez que eu o ouvia falar da mãe.

Ele ficou quieto por dois longos segundos.

— Ela morreu quando eu tinha doze anos.

— Sinto muito.

Já conhecia a sensação de perder um pai ou uma mãe, e não era algo que desejaria a um adulto, muito menos a um menino de doze anos.

— Eu também.

— Do que ela morreu?

— Câncer de mama. Descobriram tarde demais.

— Não deve ter sido uma experiência fácil para você.

Minha mãe não morreu, mas foi embora, nunca mais foi vista. Então, pela falta de notícias, ela poderia até já ter morrido. Isso tinha acontecido havia vinte anos, e ainda sentia um nó na boca do estômago quando pensava no assunto, mesmo assim não conseguia imaginar como ele deve ter se sentido quando pensou na perda da mãe.

— E não foi. Meu pai foi embora três meses depois que ela morreu, e a partir daí as coisas ficaram tensas entre a gente.

Não sabia o que dizer. Não havia nada que eu pudesse ter dito que poderia fazê-lo se sentir melhor em relação a uma situação como aquela.

— Ky, eu...

— Eu sei, loira, eu sei — ele disse, com os olhos no horizonte.

Outra onda avançou, disparando o esguicho de água de novo, mas não tão grande quanto da primeira vez.

Estávamos perto o suficiente para a água espirrar em nós, e os respingos frios foram refrescantes, ajudando a aplacar o ar pegajoso do verão que estava grudando na minha pele. O braço de Ky em volta do meu corpo não estava ajudando a me resfriar nem um pouco. Sentia como se minha pele estivesse queimando onde ela se encontrava com a dele.

— Minha mãe foi embora quando eu tinha oito anos — deixei escapar. — Nunca mais voltou.

Ele me segurou com mais força enquanto ficamos parados lado a lado, observando a próxima onda se aproximar do litoral. Ele tinha razão, ela *era* a maior do grupo.

— Que merda — ele reagiu.

— Éramos só meu pai, Carmen e eu depois disso.

— Cara sozinho criando duas filhas. Não deve ter sido fácil.

A água colidiu com violência contra a praia, e o gêiser marinho não decepcionou, fazendo a água disparar como um foguete subindo no ar, dando um banho em nós mais uma vez.

Ri enquanto sacudia os braços e tentava enxugar as gotas do rosto.

— Isso foi *incrível*.

Ky virou meu corpo na direção dele, apoiando seu outro braço molhado nos meus ombros.

Era impossível saber o que tinha dado em mim, mas copiei o que ele estava fazendo e coloquei os braços em volta da sua cintura, puxando-o para mais perto. Ele era muito mais alto do que eu. O topo da minha cabeça só chegava aos ombros dele.

— Ele se casou de novo? — Ky murmurou.

Balancei a cabeça.

— Eterno solteirão.

— Que droga.

Fiquei piscando para evitar derramar as lágrimas que estavam surgindo nos meus olhos e concordei com a cabeça.

— Ele teria sido um bom marido.

Sua mão saiu das minhas costas e depois senti seus dedos no meu queixo. Ele ergueu meu rosto da posição baixa em que eu o havia colocado para escondê-lo dele.

— Bom... E agora, Blake?

Que pergunta difícil de responder.

Sabia o que ele estava querendo dizer. Subi na carona da sua moto, contrariando meu bom senso, e dessa vez me vi em mais um dilema, naquele lugar, a horas de viagem de onde eu tinha planejado estar, sem uma ideia concreta do que iria acontecer em seguida.

— Não sei — admiti.

Seus olhos examinaram os meus.

— Me diz o que está se passando nessa sua cabecinha linda.

Perguntar o que *não* estava se passando na minha cabeça teria resultado uma lista bem mais curta.

— Nem imaginei que você ia me trazer numa viagem de duas horas no meio do nada. Você meio que me enganou.

— É mesmo? Talvez você devesse ter sido mais específica quanto às regras.

Seu tom era de brincadeira.

Revirei os olhos.

— Vem comigo.

Ele transbordava sinceridade.

— Ir com você aonde? — falei baixinho, embora já soubesse o que ele quis dizer.

— Para a casa do meu primo. Não sei o que está acontecendo aqui, mas ainda não estou pronto para essa coisa acabar. Sei que você sente o mesmo.

— Ky... Eu... Eu não sei.

Malditos sejam ele e aqueles olhos escuros lindos... Aquele sorriso sexy... Na verdade, eu *sabia*. Também não estava pronta para aquela coisa acabar.

Ele me fez a pergunta do século.

— Há algum outro lugar onde você preferiria estar?

Havia? Sinceramente, não conseguia pensar em sequer um lugar. Acho que não era preciso recorrer ao "Pergunte a Ida" dessa vez. Tinha descoberto sozinha. Queria estar onde ele estivesse.

— A verdade é que, por mais que me doa admitir, não há.

Ele abriu um sorriso tão largo que fiquei sem fôlego.

Estava claro para todo mundo ver que minha resposta o agradava tanto quanto me apavorava.

— Você não é um *serial killer*, é?

Ele fingiu pensar por um segundo.

— Em que ponto um assassino se torna um *serial killer*?

— Acho que é quando a contagem de corpos chega a três ou mais.

— Então não. — Ele sorriu. — Está tudo sob controle.

Sabia que ele estava brincando, mas já tinha assistido àquele documentário do Ted Bundy muitas vezes.

Ele riu, e seu olhar me paralisou.

— Pode confiar em mim, loira... Na verdade, acho que você já confia.

Maldito.

— Tudo bem — falei baixinho. — Vou com você.

Ele me puxou para perto e me perdi nele, na sensação do seu corpo no meu, no seu cheiro... e nas batidas fortes e contínuas do seu coração.

No que é que fui me meter?

CAPÍTULO 9

Ky

Quando cheguei na entrada da casa de Chance e Aubrey, eu estava uma pilha de nervos. Meu coração estava acelerado e a palma das minhas mãos suava pra caramba.

Nunca tinha levado uma mulher para casa para conhecer meu pai, e eu era muito mais próximo de Chance do que jamais havia sido dele, então trazer Blake era um acontecimento memorável.

Ela tinha aumentado a força com que estava apertando minha cintura, e percebi que também deve ter ficado nervosa. Não a culpava por isso.

A garota tinha mesmo colhões: subiu numa moto com um cara que ela mal conhecia e ia ficar na casa de pessoas que não ela nunca tinha visto e também não sabia quase nada sobre elas. Era preciso ter coragem.

Subi devagar com a moto pelo caminho da garagem, assimilando a imensa propriedade. Ela era elevada, não exatamente na praia, como eu esperava de um cara como Chance, mas acho que uma areazinha espremida ao lado do mar não era a condição ideal para a criação de bodes.

Fui desacelerando a moto até estacionar e desliguei o motor.

— Aqui estamos.

Fomos recebidos por duas criancinhas maravilhosas, que eu via crescer por fotos e videochamadas. Fazia anos que tinha visto Chance e Aubrey, e Bree era recém-nascida na última vez que fiquei com eles.

— Você não estava de brincadeira sobre o bode — Blake disse, dando uma risadinha quando Pixy, o ridículo bode que desmaiava, veio correndo de dentro de casa, atrás das crianças.

— Tio Ky! — Bree gritou enquanto eu descia da moto e abria os braços para ela se atirar neles.

Podia não ter convivido muito com eles pessoalmente, mas amava aquelas crianças como se fossem minhas, e me senti incrivelmente culpado por não ter vindo antes, mas, a partir daquele momento, tudo iria mudar. Eu estava lá e não tinha planos de ir a outro lugar tão cedo.

— Por que vocês não estão na escola? — perguntei, enquanto CJ se juntou ao abraço.

— Tenho só três anos, bobinho. — Bree sorriu, enquanto seu cabelo castanho-avermelhado balançava. Ela era a cara da mãe.

— Começo no ano que vem — CJ, que estava com cinco anos, falou, sorrindo para mim.

— Que incrível, carinha.

— Quem é a moça bonita? — Bree perguntou quando eles me soltaram, e Pixy grudou em Blake.

A loira abriu um sorriso tão largo para o bode ridículo que fiquei com inveja dele. Fiquei com mais inveja ainda quando ela se agachou para acariciar a cabeça dele, que estava com cara de bobo.

— Bree, CJ, esta é a Blake.

— Esse é o Pixy — Bree informou a Blake bem quando aquela porcaria idiota desmaiou, caindo de lado no chão.

Blake suspirou.

— Ai, meu Deus, o que foi que eu fiz?

Bree soltou risadinhas histéricas.

— Ah, seu pestinha! — Escutei Chance gritar. — Princesa, o maldito bode está desmaiando de novo.

— Juro, mal encostei nela — Blake respondeu com um tom apavorado.

— Ele é menino — CJ disse, entrando na conversa.

— Ele desmaia o tempo toooodo — Bree acrescentou.

Ela foi andando devagar, se aproximando de Blake, e colocou a mão no braço dela.

— Você é bonita *mesmo*.

O olhar de Blake ficou saltando entre mim, Bree, CJ e o bode antes de parar em Bree.

— É sério que ele faz isso o tempo todo?

Bree assentiu. Seus olhos verdes estavam arregalados enquanto ela olhava para cima, encarando Blake com adoração.

— Ele vai ficar bem?

Droga. Parecia que eu não era o único que estava enfeitiçado pela loira.

— Vai. — Bree esticou o braço para alcançar o cabelo longo de Blake, sorrindo para ela.

Chance correu até nós, com seu cabelo desalinhado caindo nos olhos, e Aubrey apareceu logo atrás, vinda de fora da casa.

— Cara, você conseguiu. — Ele sorriu para mim. — Estava começando a achar que você tinha se perdido.

Ele me puxou para um abraço, dando batidinhas nas minhas costas.

— Pegamos um desvio. Queria mostrar o gêiser marinho para a Blake. Além disso, você mora mesmo no meio do nada.

— Nem me fala, cara, eu tinha uma coisa mais central em mente, mas só faço o que me mandam hoje em dia.

Ele me soltou e voltou sua atenção para a loira, que tinha se levantado e estava segurando a mão de Bree.

A menina age rápido. Eu até ia pegar algumas dicas.

— Chance, esta é a Blake, uma amiga minha.

— Oi, mocinha. Ele não te sequestrou, né?

— Não. — Blake fez beicinho. — Perdi uma aposta.

Chance riu, e seu corpo todo se sacudiu.

— Não tinha como você conseguir fazer uma mulher bonita desse jeito ir a qualquer lugar com você por livre e espontânea vontade.

Mostrei o dedo do meio para ele. *Cretino convencido*.

Aubrey escolheu esse momento para se juntar a nós, passando por mim e indo direto para Blake.

— Princesa, esta é a Blake, a refém do Ky — Chance apresentou a ela.

Passei os dedos pelo cabelo e resmunguei.

— Ela veio de bom grado. Dá um tempo.

Blake ergueu uma sobrancelha na minha direção, enquanto Aubrey a puxou para um abraço, que foi de um braço só da parte de Blake, já que parecia que Bree não estava considerando soltar sua mão num futuro próximo.

Os abraços continuaram até todo mundo ter sido apresentado e, em algum momento no meio disso, Pixy voltou a ficar de pé e começou a mordiscar uma planta como se ele não tivesse acabado de desmaiar.

— Você é a namorada do tio Ky? — Bree perguntou a Blake.

Os olhos de Blake dispararam na minha direção antes de voltarem para a menininha.

Dei risada. Não ia jogar uma corda salva-vidas para ela.

— Somos amigos — ela explicou.

— Você é menina, então é namorada dele. Quando um menino e uma menina são amigos, eles namoram — CJ disse, tentando reprimir uma risadinha sarcástica. — Tive *duas* namoradas nos Estados Unidos.

Balancei a cabeça, achando graça do raciocínio dele.

— Você ainda não deveria estar naquela fase de achar que meninas têm piolho ou algo do tipo?

— Tio Ky, eu *não* tenho piolho — Bree argumentou.

Eles tinham um sotaque fofinho, uma mistura estranha do inglês australiano, do pai, e do americano, da mãe.

— Claro que não, querida, você é feita de unicórnios, mel e arco-íris que levam para o céu.

Ela soltou uma risadinha.

— E o CJ é feito de quê?

— De chulé de sapato e do rabo do gato que comeu o rato — recitei uma rima.

Ela abriu um sorriso tão grande que meu coração até doeu. Ela era mesmo linda. CJ também parecia ser um bom menino, mas aquela menininha... Dava para perceber que ela ia conseguir que eu satisfizesse todas as suas vontades sem precisar fazer quase nenhum esforço.

Fiz cócegas nela, que riu com vontade.

Peguei os olhos de Blake em mim enquanto eu me levantava. Ela estava me olhando com uma emoção que não consegui identificar.

— Vem, quero te mostrar o meu quarto. — Bree puxou a mão de Blake.

Ela olhou para mim em busca de ajuda.

— Você vai me devolver a minha garota, BB? — provoquei.

Eu a tinha chamado de BB nas nossas conversas semanais por vídeo durante a maior parte da vida dela. Significava "bebê Bree".

— Não — ela disse, enquanto saltitava, puxando a mão de Blake, com Pixy bem atrás delas.

— Você está por conta própria — gritei para ela.

— Você pode, por favor, ir se certificar de que a sua irmã não mantenha a Blake lá o dia todo? — Aubrey pediu a CJ.

Ele assentiu e saiu correndo atrás delas.

Respirei fundo, enfim me sentindo em casa, embora nunca tivesse estado naquele lugar na minha vida.

— Senti saudade, gente.

— Também sentimos a sua falta, cara — Chance respondeu, apoiando o braço sobre o ombro de Aubrey.

— Então... — Aubrey falou com os olhos brilhando. — A gente não sabia que você ia trazer companhia.

Passei os dedos pelo cabelo.

— Desculpa. Deveria ter ligado ou algo assim. Não foi exatamente planejado...

— Ela é mais que bem-vinda. A menos que a tenha sequestrado. — A sobrancelha de Aubrey se ergueu. — Ela veio *mesmo* de bom grado, não é?

— De forma geral, sim. — Sorri com malícia.

— Há quanto tempo exatamente você conhece essa mulher? — ela perguntou, com os olhos verdes me colocando contra a parede.

— O voo durou quinze horas, depois foram três horas na estrada... Vamos dizer que umas vinte horas.

Isso surpreendeu a ambos.

— A gente acabou de deixar uma completa estranha entrar em casa, *sozinha*, com os nossos filhos?

— *Merda*.

Dei um passo à frente. Não que estivesse preocupado, já confiava em Blake, mas isso não significava que Chance e Aubrey confiavam.

— Foi sem pensar, me desculpem.

Chance riu e cutucou a esposa.

— Você é muito má.

Aubrey sorriu.

— Relaxa, bonitão. Vi tudo o que precisava saber quando ela ficou preocupada com o Pixy. Ela é gente boa.

— *Sério*?

— Claro, sou excelente quando se trata de ler a natureza das pessoas.

Ela fez minhas preocupações desaparecerem.

— Deve ser mesmo. Ela soube que gostava de mim no momento em que me conheceu — Chance se gabou.

— Bom... Não sei se eu iria *tão* longe.

Eles fizeram carinhas fofas um para o outro que me fizeram ter vontade de vomitar. Eram ridiculamente carinhosos e apaixonados.

Meta de relacionamento bem na minha frente.

— Não sei o que há nessa mulher, mas não me canso dela. Eu a vi no aeroporto e sabia que precisava descobrir mais — admiti.

— Owwwnn...

— Não fique incentivando — Chance resmungou, bem-humorado.

— Acho bonitinho.

— Claro que acha, princesa.

Nós três ficamos lá, sorrindo uns para os outros. Nossa, como era bom voltar a conviver com gente que eu amava.

— É um quarto lindo. Queria que o meu fosse bonito assim.

Olhei de relance na direção de onde vinha a voz dela e não consegui reprimir o sorriso que apareceu no meu rosto quando a vi. Bree tinha dado um jeito de conseguir uma carona de cavalinho nas costas de Blake. A menina tinha talento.

— Parece que você não é o único que gosta dela. — Aubrey soltou uma risadinha.

Chance correu até lá, tirou Bree das costas de Blake e jogou a criança no ar, enquanto ela dava gritinhos e ria.

— Estão todos bem? — perguntei enquanto pegava a mão de Blake e puxava seu corpo para o meu lado.

Ela olhou para cima, para me ver com aqueles olhos grandes dela, e assentiu.

— Ela é um amorzinho.

— Com certeza.

— Você tem uma casa linda — Blake falou, voltando a atenção para Aubrey.

— Obrigada. Sabe, não estava *totalmente* convencida na primeira vez que ele sugeriu nos mudarmos para cá, mas Chance queria mesmo dar às crianças uma criação australiana e, preciso admitir, aqui é lindo. Além disso, consegui a casa que queria, então todo mundo saiu ganhando.

As meninas ficaram jogando conversa fora sobre a casa por alguns minutos. Enquanto isso, observei Chance correr para cima e para baixo com Bree, depois com CJ e Pixy também.

— Não consigo acreditar que vocês cruzaram meio mundo com esse bode — falei, rindo.

— Ele é da família. Além disso, convenci o cara a nos dar um belo desconto na passagem.

— Claro que sim. — Sorri, malicioso.

Se havia uma coisa na qual Aubrey era especialmente habilidosa, essa coisa era negociar um acordo. Acho que era a advogada que habitava nela.

— Vamos acomodar vocês. — Ela bateu as mãos uma contra a outra. — É sério que essas são as únicas malas que vocês trouxeram? — Ela fez um gesto na direção da moto. — E o que há de errado com vocês, homens da família Bateman, que explica essa aversão a veículos de quatro rodas?

— É que a gente sabe como vocês, moças, amam motos — Chance entrou na conversa.

Abri um sorriso largo. Podia jurar que Blake e Aubrey reviraram os olhos ao mesmo tempo.

— Espero que não se importem em dividir um quarto. O outro quarto extra está meio bagunçado... — Aubrey divagou.

— Muito obrigada pela oferta, mas não quero abusar do tempo em família de vocês, posso muito bem encontrar um hotel ou algo do tipo — Blake a interrompeu.

— Nada disso. Você é mais do que bem-vinda aqui em casa.

Podia ter beijado Aubrey. Ela claramente queria que Blake ficasse, então ela ficaria. A loira não sabia disso ainda, mas Aubrey sempre conseguia o que queria. *Sempre.*

— Não é incômodo nenhum. É sério. É alta temporada, está tudo reservado por aí.

Não sabia se Aubrey estava mentindo ou não, mas eu estava gostando.

— Não tinha pensado nisso — Blake murmurou. — Tem certeza de que não tem problema? Ia odiar abusar de vocês.

Aubrey enganchou o braço no de Blake e a puxou de mim.

— E eu ia adorar que você ficasse. Não fiz muitos amigos aqui ainda. Estou sentindo falta de conversa de menina. — Ela virou parte do corpo e olhou para trás, na minha direção. — Vou mostrar a casa para a Blake. Você pode trazer as malas para dentro.

Balancei a cabeça, rindo.

— Sua mulher é uma general, Chance.

— Nem me fale.

Ele abriu um sorriso gigante que deixava óbvio que ele não estava nem um pouco descontente com o comportamento dela.

— Abusado, mostre para o Ky onde ele pode estacionar essa armadilha mortal — Aubrey gritou sobre o ombro.

— Sim, senhora. — Ele fez continência para ela.

Não sabia onde diabos eu estava com a cabeça, que raio estava fazendo, nem qual era a fase final do meu jogo, mas de uma coisa tinha certeza: não podia deixar Blake ir embora. O resto eu descobriria depois.

CAPÍTULO 10

Blake

Esperei, com um alvoroço na barriga, minha irmã atender a ligação.

— Oi. Onde diabos você está? Achei que tinha chegado horas atrás.

Ela tinha se oferecido para me buscar no aeroporto quando meu voo chegou, mas recusei e disse que daria meu jeito. Já não tinha mais certeza de que havia sido minha melhor ideia, dadas as circunstâncias.

— Oi, eu...

— O seu voo atrasou? — ela me interrompeu.

— Não, chegou no horário certo...

— Então onde você está?

Soltei um suspiro profundo e andei de um lado para o outro no quarto mais uma vez. O quarto que dividiria com Ky.

— Estou com uma amiga que encontrei sem querer no aeroporto. Eu sei que disse que ficaria aí, mas os planos mudaram... Estou em Pretty Beach.

— *Pretty Beach?*

— Isso.

Olhei pela janela. A vista do oceano ao longe era muito linda. Pretty Beach com certeza era bonita.

— Esse lugar não fica no meio do nada?

— Hum... Mais ou menos...

— Você não tem nenhum amigo fora da cidade. Com quem você está?

— O nome dela é Aubrey. A gente se conheceu na escola.

A mentira escorregou da minha língua com um pouco mais de facilidade do que deveria.

Ela fez uma pausa por alguns instantes.

— Ok... Então você não vai aparecer aqui ou...

— Não tenho certeza ainda.

Mais uma pausa.

— O que diabos está acontecendo com você, Blake?

E não era essa a pergunta do século?

Eu e Carmen não tínhamos sido próximas havia anos, e menos ainda nos últimos seis meses, mas ela ainda era minha irmã e sabia quando eu estava fazendo besteira.

Chamar a atenção para os meus defeitos sempre tinha sido o passatempo favorito dela.

— Estou apenas dando um tempo — sussurrei.

— É assim que você está se referindo à situação?

— O que está querendo dizer?

— Sabe exatamente o que estou querendo dizer. Sua vida está uma bagunça, Blake. Você precisa dar um jeito nela.

Não brinca, Sherlock.

— Não te liguei para levar sermão, Carmen, liguei para te avisar que não vou ficar aí por enquanto. É isso. Você não pode apenas pegar leve comigo?

— Tudo bem. — Ela bufou um suspiro. — Esse é o seu número?

— Não. — Balancei a cabeça. — É o da Aubrey. — *Não era mentira.* — Não comprei um chip novo ainda e não sei ao certo quando vou fazer isso. Ficar um tempo fora do radar talvez seja bom para mim.

— Talvez dificulte para você encarar a realidade, é o que quer dizer.

Eu a ignorei.

— Me manda uma mensagem com o endereço para eu saber onde achar você e essa amiga misteriosa de que nunca ouvi falar. E aí, quando você for assassinada, posso dizer à polícia por onde começar a procurar.

— Ok — falei, revirando os olhos.

Carmen teria ficado confusa se eu tivesse contado a verdadeira história sobre com quem eu estava e o que estava fazendo, e era exatamente por isso que eu *não* contaria nada além do necessário. Ela podia saber o endereço, e isso teria que bastar para deixá-la satisfeita.

— Vou mandar agora.

— Tudo bem. Me avisa se você decidir voltar para a cidade.

— Pode deixar.

Desligamos, sem que nenhuma de nós se preocupasse com as cordialidades, e fiz como prometido, mandando o endereço de Aubrey e Chance, e então me sentei na cama.

— Tudo certo?

Levantei a cabeça depressa, e lá estava ele, em toda a sua gloriosa perfeição, me observando, atento.

— Era a minha irmã. — Segurei o celular para ele ver. — Estou só avisando para ela que, no fim das contas, não vou aparecer lá.

Ele desencostou do batente e perambulou na minha direção.

— Ela ficou brava por eu ter te roubado?

Balancei a cabeça.

— Acho que ela vai superar.

Ele abriu um sorriso malicioso e desabou na cama perto de mim, tão perto que as laterais do nosso corpo pressionaram uma à outra quando o colchão afundou.

— Posso ficar com o sofá hoje à noite. Você dorme na cama.

Ele inclinou a cabeça para trás, apontando para o objeto.

— Não seja idiota, somos dois adultos. A gente pode dividir a cama.

— Você acha que vai conseguir não me tocar? — Aquele sorriso sem-vergonha enfeitou seu rosto de novo.

— Vai ser um esforço enorme, mas acho que dou conta.

— Estou louco para provar que você está errada.

— Desafio aceito — concordei.

— O que você quer fazer hoje?

— Dormir? — sugeri, esperançosa.

Ele riu.

— Não sei nem se vai dar para fazer isso com as crianças pulando pela casa.

— Não se esqueça do bode. O que há de errado com aquele bicho? Achei que o tivesse matado.

Balancei a cabeça, lembrando o momento em que pensei que o maldito animal tivesse caído morto aos meus pés.

Ele riu, e meu corpo sacudiu junto com o seu.

— Lembrei a primeira vez que esse bicho maldito fez isso comigo. A Aubrey e o Chance tinham saído rápido de casa para pegar alguma coisa e me deixaram de babá do bode. Tentei fazer ressuscitação cardiorrespiratória nele.

— Você fez respiração boca a boca num bode? — perguntei, tentando segurar a risada.

— Pode apostar. Aubrey fica assustadora quando está brava, e achei que eu tivesse matado a porcaria do bode dela. Ela teria me pendurado pelas bolas. Ela ama aquele bicho.

— Ele é muito fofinho.

— O bafo dele não é, posso te garantir. — Ele estremeceu. — Estava com as malas mais ou menos feitas para ir embora, e então o safado simplesmente entrou com toda a tranquilidade no meu quarto como se a minha língua não tivesse acabado de entrar na sua garganta, ou quase isso.

Ri, uma risada verdadeira, genuína. Não ria daquele jeito havia meses.

— Isso, continua, pode rir mesmo.

— Você beijou um bode, que engraçado — falei, engasgando entre uma respiração e outra.

— *Eu não* beijei um bode.

— Acho que você beijou, sim.

Ele se moveu tão depressa, eu não estava esperando aquilo. Ele me imobilizou contra o colchão, usando os braços para me prender dos dois lados da minha cabeça.

Minha respiração ficou presa na garganta, e minha risada desapareceu.

— Você fica linda pra caramba quando ri, Blake.

Ele ia me beijar. Podia sentir. Ele baixou a cabeça, diminuindo a distância entre nós.

Eu queria aquilo — meus lábios nos dele —, mas estava dividida... dilacerada... assustada... *confusa*.

— Tão linda... — ele murmurou, trazendo a mão para o meu rosto para tirar uma mecha de cabelo dos meus olhos.

Não conseguia falar, mal conseguia respirar.

Ele aproximou mais os lábios e senti que estava tremendo de ansiedade.

Tinha chegado a *hora*. O momento em que ele iria me beijar pela primeira vez. Já podia imaginar como seria o toque da boca dele, como o gosto dele deveria ser bom. Aquele momento estava sendo preparado desde que olhamos nos olhos um do outro pela primeira vez.

Ele chegou ainda mais perto, e pude sentir seu hálito quente na minha pele.

— Eca! Vocês dois estão se *beijando*?

E foi assim que o momento acabou. Ky gemeu e me lançou um último olhar, com um fogo latente, antes de se levantar para olhar o intruso com cara feia.

Meu rosto foi ficando vermelho enquanto fazia o mesmo que ele, me sentando.

CJ estava parado na porta com uma expressão de nojo.

— Cara, achei que você já teve duas namoradas.

— Mas não as *beijava* — ele respondeu depressa, claramente indignado com a ideia.

— Pelo jeito, eu também não — Ky disse baixinho.

— Papai falou para eu vir perguntar se vocês querem ir para a praia. A gente vai nadar.

Ky se virou para olhar para mim.

— Quer ir?

Se queria? Ky sem camisa, todo molhado com a água salgada do oceano... Se o convite significasse que eu finalmente teria chance de ver aquela tatuagem por completo, estava dentro.

— Não vejo por que não.

— Ótimo. Se apresse e pegue as suas coisas. Estamos perdendo as ondas boas.

CJ foi embora correndo de novo, e Ky balançou a cabeça.

— Um amasso interrompido por um moleque de cinco anos. *Inacreditável.*

Por mais que eu quisesse beijá-lo, meio que fiquei feliz por CJ ter entrado no quarto naquele momento. Precisava colocar a cabeça no lugar. Beijar Ky não era uma coisa inteligente a fazer. Havia coisas suficientes acontecendo na minha vida naquele momento — como a minha irmã tinha lembrado com tanto carinho — sem a complicação adicional de um homem que eu mal conhecia.

Precisava usar a cabeça e impedir que o friozinho na barriga atrapalhasse meu raciocínio. Ky Bateman era atraente, não havia como negar, mas isso não significava que eu precisava transar com ele. Poderíamos nos divertir juntos, mas *vestidos.*

Ele pulou da cama e estendeu as mãos na minha direção para me ajudar a ficar em pé.

Tentei ignorar a excitação percorrendo a minha espinha, que sempre parecia se manifestar quando a pele dele tocava a minha, mas, quando ele me puxou com força, fazendo meu corpo colidir com o dele, perdi a capacidade de raciocinar. Ele era todo feito de músculos, definidos e duros, e sorrisos maliciosos e sensuais. O cretino sabia o quanto era irresistível.

— Você está com o rosto meio corado.

Suas mãos foram para a minha cintura, deslizando um pouco para cima e para baixo nas laterais do meu corpo.

— Estava só pensando no fato de que não tenho um biquíni aqui. É permitido fazer topless nessa praia?

Foi a vez dele de parecer um pouco animado.

— *Ky?* — sussurrei, ofegante.

— Hum?

Seus olhos cheios de desejo não saíram dos meus nem por um instante.

— Você está meio corado.

Levou um tempo para minhas palavras ficarem gravadas na cabeça dele e mais um pouco para ele recuperar o controle. Quando o fez, ele deu risada, passou os dedos pelo cabelo daquele jeito sexy que já estava enraizado nos seus trejeitos e abriu um enorme sorriso para mim, exibindo seus dentes brancos como pérolas.

— Então é assim que você vai se comportar? — ele perguntou e deu um passo para trás, nos dando um espaço bastante necessário.

A tensão sexual estava tão intensa no quarto que fiquei preocupada se ele poderia me engravidar usando apenas a curva dos seus lábios.

— Depende.

— De quê? — ele indagou.

— De quantas vezes mais você está planejando tentar me seduzir.

Ele estendeu o braço para baixo, pegou minha mala e a jogou na cama para mim.

— Sempre, pelo menos mais uma vez, loira — ele disse, com um sorriso.

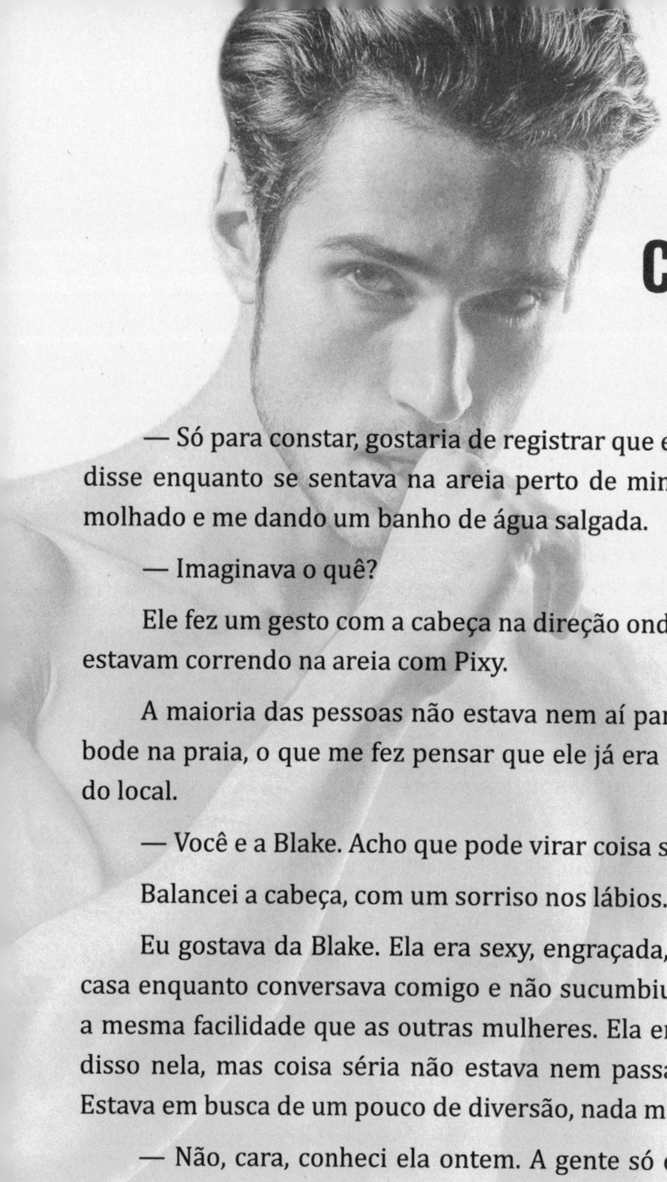

CAPÍTULO 11

Ky

— Só para constar, gostaria de registrar que eu já imaginava — Chance disse enquanto se sentava na areia perto de mim, chacoalhando o cabelo molhado e me dando um banho de água salgada.

— Imaginava o quê?

Ele fez um gesto com a cabeça na direção onde Blake, Aubrey, CJ e Bree estavam correndo na areia com Pixy.

A maioria das pessoas não estava nem aí para o fato de que havia um bode na praia, o que me fez pensar que ele já era um frequentador assíduo do local.

— Você e a Blake. Acho que pode virar coisa séria.

Balancei a cabeça, com um sorriso nos lábios.

Eu gostava da Blake. Ela era sexy, engraçada, não levou desaforo para casa enquanto conversava comigo e não sucumbiu aos meus encantos com a mesma facilidade que as outras mulheres. Ela era diferente, e eu gostava disso nela, mas coisa séria não estava nem passando pela minha cabeça. Estava em busca de um pouco de diversão, nada mais.

— Não, cara, conheci ela ontem. A gente só está passando um tempo junto.

Ele riu de mim.

— O quê?

— Você está ferrado pra caramba e nem sabe disso ainda.

— Você está tentando botar lenha na fogueira?

— Não estou tentando botar lenha na fogueira. Só estou falando o que penso. Você está mesmo apaixonado por essa garota e, por algum motivo que nunca vou entender, parece que ela gosta de você também.

Eu o cutuquei com o ombro, e meu olhar voltou a perambular na direção dos outros cinco.

Blake soltou gritinhos quando CJ jogou água nela com os pés, e ela correu para a areia, com Pixy no seu encalço.

Meu Deus. Eu já achei que ela estava gostosa pra caramba usando calça jeans, mas aquele biquíni verde minúsculo que ela tinha comprado a caminho da praia não deixou sobrar quase nada para a imaginação.

Nunca tinha ficado tão duro com uma visão quanto quando ela apareceu usando aquela porcaria. Estava tentando fazer desaparecer uma ereção por pelo menos duas horas, e ela não estava mostrando sinais de querer desistir.

— Acho que você está confundindo desejo com amor.

— Dá para transar com uma mulher até ela desmaiar e também querer ficar com ela para sempre, *acredite em mim*.

Eu não queria mesmo ouvir sobre sua vida sexual, mas Chance quase nunca escutava, e sua mania de falar demais sobre a própria vida não conhecia limites, então não me dei ao trabalho de fazê-lo ficar quieto.

— Foi como aconteceu comigo e a Aubrey... Queria transar com aquela mulher até passarmos mal desde o momento em que pus os olhos nela. Ela estava sendo uma chata, mas ainda assim eu a desejei.

— Que... *legal*.

Aubrey tinha se tornado como uma irmã ao longo dos anos, e a última coisa que qualquer pessoa queria discutir era sobre a própria irmã transando.

Ele riu.

— A questão é que me apaixonei por ela durante o processo e foi a melhor coisa que aconteceu comigo.

Os olhos de Blake encontraram os meus, atravessando a praia, e ela abriu um enorme sorriso. Não pude evitar, minha boca se curvou para cima da mesma maneira. Ela acenou, e eu retribuí com um aceno.

— Definitivamente ferrado — Chance comentou.

— Cala a boca.

Fiquei em pé e tirei a areia das mãos.

— Não estou dizendo que seja algo ruim, mas, um dia, quando vocês dois estiverem juntando as escovas de dente, vou falar "eu te *avisei*" — ele gritou para mim.

Como você quiser, cara.

Os olhos de Blake se iluminaram quando cheguei mais perto, e eu deveria ter dado um soco no meu primo imbecil por ter colocado aquela porcaria na minha cabeça, porque, agora que ele havia me mostrado, eu podia ver. Podia me ver me apaixonando de verdade por aquela mulher, mesmo que nunca tenha imaginado uma coisa dessas.

— Parece que você está se divertindo.

— E estou.

Ela abriu um sorriso largo quando Bree agarrou sua mão.

— Tio Ky, me balança!

— Você vai ter que pagar, BB.

Ela deu uma risadinha.

— Quanto?

Agachei na sua frente.

— Um beijo grandão bem aqui — falei, apontando para uma das minhas bochechas — e outro aqui — concluí, indicando a outra.

Ela riu de novo, então se atirou para a frente e deu dois grandes beijos no meu rosto.

— Pagamento recebido. — Sorri para ela.

Ela deu a mão para mim e a outra voltou para a de Blake.

— Ei, onde está o meu pagamento? — Blake fez beicinho.

Me inclinei na direção dela, com Bree entre nós dois, e tirei o cabelo molhado que estava colado no seu pescoço antes de aproximar os lábios da pele macia bem abaixo da sua mandíbula.

Ela prendeu a respiração, e seus olhos fechados tremularam por alguns segundos.

— Essa é a sua parte do lucro. — Rocei na sua orelha.

Ela pressionou os dentes no lábio inferior quando me afastei, e Bree começou a puxar as nossas mãos.

— Me balança!

— Sim, senhora — Blake respondeu, ruborizada.

Passeamos pela praia, olhando um para o outro e lançando sorrisos mútuos de paquera enquanto balançávamos Bree no ar no espaço entre nós, até que ela finalmente anunciou que estava com fome e nos abandonou, correndo pela areia de volta para onde Aubrey tinha colocado uma manta com um piquenique.

Blake sorriu atrás dela.

Fiz um gesto mostrando a areia dourada e nos sentamos, lado a lado, não tão perto a ponto de encostarmos um no outro, mas perto o suficiente para eu sentir o calor da sua pele nua na minha.

— Cabeleireira?

— *O quê?* — Ela riu.

— Ainda estou tentando adivinhar o seu trabalho. Você é cabeleireira?

— Cortei a minha franja uma vez quando tinha uns oito anos. Isso conta?

Dei risada.

— Acho que não.

Ficamos sentados em um silêncio confortável.

— Eles são mesmo incríveis. Que família linda.

Ela tinha ficado observando Chance, Aubrey e as crianças.

— Eles são — concordei. — Você quer ter filhos?

— Um dia, adoraria ter uma família.

Mexi a cabeça, concordando, mas não disse mais nada.

— Você já se apaixonou?

Sua pergunta me surpreendeu, e por um segundo me perguntei se ela teria, de alguma forma, dado um jeito de ouvir a conversa que tive com Chance, mas não era possível.

— Não. Não cheguei nem perto.

Ela fez careta.

— Como assim, *não cheguei nem perto*?

— Bem isso que eu disse. Nunca conheci ninguém que me fizesse estar disposto a arriscar entregar o meu coração.

— Você faz a coisa soar muito assustadora.

— Deixar alguém possuir um pedaço de você parece bastante assustador para mim.

Aqueles olhos absurdamente vibrantes dela olharam para mim como se talvez ela nunca tivesse pensado sobre o assunto daquele jeito.

— E você, *você* já se apaixonou? — perguntei, desviando o foco de mim.

— Já. — Ela suspirou. — Quer dizer, acho que sim...

— Sinto que há uma história por trás disso.

— Não uma que eu esteja disposta a contar agora.

Eu a tinha pressionado muito nas horas que se passaram desde que nos conhecemos – porque isso era tudo o que havia sido até então, uma questão de horas, embora parecesse uma eternidade –, mas alguma coisa no seu tom deixou claro que aquela questão não era negociável.

— Qual foi a coisa mais idiota que fez você terminar com um cara?

— O que te faz pensar que terminei com caras por motivos idiotas? — Ela ergueu uma sobrancelha na minha direção.

— Qual é, todo mundo já fez isso. Vou até falar primeiro.

Ela lançou um olhar de "vá em frente" para mim.

— Não diria *terminar*, mas não liguei mais para ela depois do nosso primeiro encontro, porque ela comeu o espaguete colocando uma ponta na boca e chupando o macarrão como os cachorros naquele filme bobo.

Ela tentou, sem sucesso, reprimir a risada, e o som fez minha respiração acelerar. Me esquentou por dentro do mesmo jeito que o sol estava me esquentando por fora.

— Sério? Foi, tipo, uma garfada ou o prato inteiro?

— A droga do prato inteiro. Sério mesmo.

— Você poderia ter evitado lugares que servissem massa. — Ela soltou uma risadinha.

— Pois é, mas tem algumas coisas que você simplesmente não consegue "desver". — Fingi um calafrio.

Ela estalou os dedos.

— Tudo bem, acho que consegui uma vantagem sobre você. Terminei com o meu namorado porque ele pegou um livro meu emprestado e dobrou a pontinha da página para marcar onde tinha parado a leitura.

Dei risada.

— Tive uma namorada que cortava as unhas do pé na pia da cozinha.

Ela fez um gesto fingindo que estava com ânsia de vômito.

— Isso não é só estranho, é falta de higiene.

— Manda outra. — Sorri.

— Ele roncava.

— Ela sempre comia metade de uma fruta e jogava o resto fora.

— Cutucava o nariz e comia o que saía.

Dessa tive que rir.

— Você estava saindo com um menino de dois anos?

Ela balançou a cabeça, e seu sorriso foi surgindo mais uma vez.

— Não, mas vou te dizer uma coisa: ver um marmanjo comendo a própria meleca é uma coisa que não tem volta.

— Com que tipo de cara você anda saindo? — perguntei, rindo.

— Você não está nem podendo falar nada. Parece que também não teve uma sequência muito interessante.

— É a mais pura verdade... E você se perguntando por que não me apaixonei por nenhuma delas.

— Se você tivesse começado pela história das unhas dos pés, teria feito muito mais sentido.

Ri de novo.

Não sabia se era o *jetlag* ou a companhia dela, mas me senti satisfeito, como se pudesse ficar sentado naquela praia com ela por dias sem me cansar disso.

— Personal trainer? — falei, após alguns instantes de silêncio.

Ela balançou a cabeça.

— Chef?

— Não! Sou péssima cozinheira.

— Que sorte que eu sou um mago na cozinha, então.

— Sorte por quê?

Ela bateu seu joelho no meu enquanto seus dedos percorriam a areia quente, fazendo desenhos e depois os desfazendo.

— Porque um de nós vai ter que ensinar os nossos filhos a cozinhar.

Ela bufou uma risada.

— Acho que você está colocando a carroça na frente dos bois, tipo, *muito* na frente dos bois. Ainda não decidi se consigo tolerar ficar perto de você mais de vinte e quatro horas.

— Se você diz...

— É verdade. Não sou eu mesma agora. Continuo sem dormir e tomando champanhe demais. Estou praticamente delirando.

— Você mente muito mal. Vou ter que ensinar nossa filha a ser mais convincente.

— Ah, temos uma filha agora?

— Duas meninas e um menino.

Podia estar só brincando, mas, graças ao Chance e aos seus joguinhos psicológicos idiotas, também conseguia ver essa realidade com ela. Blake seria uma mãe incrível; ela era muito boa com a Bree e o CJ.

— Professora — deixei escapar quando a ficha caiu. — Você é professora.

Seu sorriso ficou maior.

— Você finalmente chegou lá, espertinho.

— Mesmo?

— Hum-hum, sou professora de jardim de infância.

— Muito legal.

— Esse deve ser o único motivo que me faz entender tão bem todas as suas tendências imaturas.

— E é piadista também, senhoras e senhores. — Bati palmas devagar.

Ela mostrou a língua para mim.

— E *eu* é que sou o imaturo — brinquei.

— Vou te dizer o que sou neste momento. Sou uma pessoa *exausta*.

— Eu também. Quer voltar?

— Só se eu puder dirigir. — Ela sorriu e se levantou.

Estendi a mão para ela me puxar e a segurei com força quando ela tentou me levantar. Chance e Aubrey já estavam falando sobre nós dois, então imaginei que poderia acrescentar alguma coisa à conversa deles. Ela ficou persistindo na tentativa de me fazer soltar sua mão, depois suspirou e desistiu.

— Você tem carteira de habilitação?

— Claro que tenho. Quem não tem?

— Pensei que você pudesse ser o tipo de garota que gosta de andar de Uber.

— Dá para parar de insinuar que sou uma garota da cidade cheia de frescuras?

— Dá para parar de insinuar que estou te insultando só porque estou respirando?

Ela riu.

— Você não me insulta ao respirar, espertinho. — Apertei sua mão com mais força enquanto esperava o resto da chacota. — Esse privilégio é reservado para quando você fala.

Pronto.

— Agora você passou dos limites — eu a adverti.

Ela tirou a mão dela da minha, soltou gritinhos agudos e correu pela praia o mais rápido que conseguiu.

Dei a ela uma vantagem inicial de três segundos antes de disparar, capturando-a com facilidade e jogando-a sobre o ombro.

Bree nos viu e começou a festejar, e ela e Pixy se juntaram a nós na água rasa, enquanto eu entrava no mar.

— Ky Bateman, não se atreva a...

Não ouvi o resto da sua ameaça. Ela estava ocupada demais submersa no mar.

CAPÍTULO 12

Blake

— O Ky te contou como eu e o Chance acabamos juntos?

Tomei outro gole de vinho e balancei a cabeça.

— Quer saber? A gente não teve tempo de conversar muita coisa sobre assunto nenhum.

Senti minhas bochechas ficarem coradas. Ela deve ter pensado que eu era maluca, vindo até ali com ele por impulso. Talvez eu *fosse* maluca. Com certeza sentia como se estivesse fora de controle.

— Tudo aconteceu muito rápido... e agora aqui estou eu.

— Conheço a sensação — ela respondeu, com um sorriso brincando nos lábios.

As crianças tinham ido para a cama — apagado, na verdade — havia mais ou menos uma hora e, mesmo eu estando acabada, sabia que iria me livrar do *jetlag* mais depressa se ficasse acordada até um horário razoável e fizesse o possível para dormir a noite inteira.

Ky e Chance tinham ido ao galpão para ver pranchas de surfe ou algo assim, então estávamos só eu e Aubrey, sentadas perto da lareira externa, bebendo vinho. Era uma situação estranhamente confortável.

— O Chance e eu fizemos uma viagem como completos desconhecidos.

A frase me fez sentar reto.

— Estava no meio do Nebraska, indo para a Califórnia, com umas vinte horas de viagem pela frente. A moto dele quebrou, e eu precisava de alguém para trocar o meu pneu, então fizemos um acordo: se ele desse um jeito no meu pneu, poderia ir de carona comigo. Ele me deixou doida, e fui uma chata insuportável com ele, mas em algum ponto do caminho... as coisas mudaram. Acho que ele me venceu pelo cansaço.

— Ela me chupou — a voz de Chance soou atrás de mim.

Aubrey olhou para trás para ver o marido.

— O que você disse?

— Disse que você me conquistou — ele respondeu.

Segurei a risada. Ele estava com um sorriso pretensioso, e consegui entender por quê; com certeza não foi isso que ele havia dito, mas Aubrey não percebeu ou não ligou, porque continuou a história, enquanto Chance se sentou com ela, puxando-a para o seu colo.

— Enfim, encontramos esse cara no caminho — ela apontou para o bode dormindo no chão, na frente do meu lugar —, gritamos "puta" no Grand Canyon, nos casamos de mentira em Las Vegas e, como dizem por aí, o resto é história.

— Uau... É... uma bela de uma história.

— O jeito que você e o Ky interagem um com o outro me lembra de nós dois — ela disse, me chocando ainda mais.

— Que nada, sou muito mais bonito que o Ky. — Chance sorriu, malicioso.

Não me dei ao trabalho de dizer que ele estava errado.

— Claro que é, abusado. Mas, falando sério, a provocação, a química... Vejo tudo isso em vocês.

— Não sei não — argumentei. — Talvez tenha funcionado para vocês dois, mas não consigo ver a gente adotando um animal abandonado, muito menos nos casando e tendo filhos.

— Ah, eu não diria exatamente que funcionou para nós dois... Não de imediato. Este cara fez uma bela tentativa de estragar tudo antes.

Chance passou a mão no cabelo.

— Sério, princesa? Você precisa mesmo contar essa parte para todo mundo que a gente conhece?

Ela o ignorou, lançando um olhar na minha direção que dizia que ele não tinha voz ativa naquele assunto.

— Bom, fomos na tal da viagem, estava me apaixonando perdidamente por este cretino abusado, e o que ele fez? Me abandonou em Vegas logo depois que dormimos juntos.

Olhei boquiaberta para ela.

— Quer saber? Acho que vou atrás do Ky. — Chance tentou se levantar, mas foi puxado para baixo pela esposa.

— Senta a bunda aí.

Ele resmungou em voz baixa alguma coisa que não consegui ouvir.

— Então, voltando, ele me abandonou em Vegas, foi para a *cadeia* por dois anos e aí, um dia, simplesmente reapareceu, tão irresistível quanto no instante em que foi embora, mas com uma tendência ainda maior para me perseguir do que no começo.

— E, resumindo a história, eu a reconquistei e aqui estamos — Chance terminou por ela, claramente tentando colocar um ponto final nessa viagenzinha ao passado.

— Aposto que você não sabia que estava ficando na casa de um ex-presidiário, não é?

Estava prestando tanta atenção em Chance e Aubrey que não escutei Ky chegando de fininho atrás de mim. Dei um pulo e depois um tapinha no seu braço, de brincadeira, enquanto ele se inclinava sobre mim.

— Dá para *parar*?

Ele sorriu com malícia, contornou o sofá da área externa e se espremeu no espaço atrás de mim.

— Por favor, fique à vontade.

— Pode deixar.

Ele ocupou ainda mais espaço antes de envolver o braço ao redor do meu ombro e me puxar para trás para me encostar no seu peito.

Podia sentir seu coração batendo forte às minhas costas, e fiquei feliz por ele não conseguir ver meu rosto, porque com certeza teria ficado óbvio como ele estava me afetando.

Chance e Aubrey trocaram olhares cúmplices, e eu fiz uma cara feia.

Eles podiam ter se conhecido numa espécie de golpe de sorte, e funcionou para eles, mas não era o que estava acontecendo comigo, *não é*? Não podia ser. Não tinha como o momento ser mais inadequado. Ky estava certo quando me acusou de estar fugindo de alguma coisa; eu *estava*. Estava fugindo da realidade.

— Dá para sossegar? — exigi, enquanto ele continuava se mexendo, quase me puxando para o seu colo.

— Desculpa, ainda estou com um excesso de adrenalina acumulada de quando voltamos de carro da praia.

— Fica quieto. Shhhh!

Aubrey olhou para nós com curiosidade.

Ky estava só tentando criar encrenca. Ele tinha deixado eu dirigir o cupê utilitário de Chance de volta para casa, com relutância, mas tinha, e então ele ficou o tempo inteiro com os pés no breque invisível ou com a mão colada na alça de teto.

— Ela dirigiu o seu carro como se o tivesse roubado — ele opinou.

— Ele está sendo dramático.

— Estou sendo *honesto*. Que sorte o Pixy não ter vindo com a gente, ele teria desmaiado. Você dirige como a droga de uma maluca irresponsável.

Revirei os olhos.

— Você ficou em perfeita segurança o tempo inteiro, querido.

— Ah, com todo respeito, discordo pra cacete.

— Não sei se você entende o que a expressão "com todo respeito" significa.

— Tudo bem. Então, concordo, mas *sem respeito nenhum*.

Ele estava fazendo aquilo de novo. Me deixando toda irritada. *E excitada*. Por mais que eu odiasse admitir.

Ele tinha me paquerado o dia inteiro e, depois do nosso quase beijo de manhã, fiquei na expectativa de que ele tentasse de novo, mas não foi isso que ele fez. De certa forma, isso me deixou feliz porque, se fosse para eu beijar Ky, queria estar na minha melhor forma, não cansada e confusa.

— Seu exagerado — murmurei.

Ele riu, enquanto Chance e Aubrey apenas observavam, se divertindo.

— Você é de Sydney, Chance? — perguntei, mudando de assunto.

— Melbourne, na verdade, mas morei na Califórnia por muito tempo.

— Com o que você trabalha?

Tinha me perguntado isso o dia todo. Não sabia ao certo se ele teve o dia de folga para estar ali com Ky, ou se sua rotina era ficar em casa com a família.

— Pois é, Chance, com o *que* você trabalha? — Ky entrou na conversa, com um tom de brincadeira.

Chance sorriu de orelha a orelha, e covinhas se formaram nas suas bochechas. Ele era maravilhoso. Podia entender por que Aubrey aceitou deixar que ele participasse da sua viagem sem fim pelos Estados Unidos. Homens como Chance e Ky colocavam sua bela aparência para trabalhar como se ela fosse uma espécie de magia proibida, que transformava as garotas inteligentes em burras. Garotas como eu.

— Bem, mocinha, estou no ramo dos modelos de bunda.

Tinha acabado de tomar um gole de vinho, e quase o cuspi de volta com a resposta de Chance.

Engoli, tentando não engasgar, enquanto Ky passava mal de tanto rir, colocando todo o meu corpo em estado de alerta máximo.

— Desculpa, você disse “modelos de bunda”?

Ele riu.

— Pode apostar. Já fui jogador profissional de futebol australiano. Não vingou, mas parece que o meu físico continuou firme, né, princesa? Na verdade, faço mobília também, mas achei que você estaria mais interessada na primeira coisa.

Ele achou certo.

— Com certeza vou te pesquisar no Google depois — falei para ele.

— Fiz a mesma coisa! — Aubrey exclamou.

Eu gostava de Aubrey. Ela era gentil, mas não levava desaforo para casa. Ela me lembrava de mim mesma, tirando a falta de inteligência para tomar decisões. Gostava de Chance também; ele era presunçoso, mas de bom coração. Ky era parecido com ele em vários aspectos.

— Andei dando uns cursos de coaching na Califórnia antes de a gente se mudar e, além disso, a Aubrey tinha o abrigo, então éramos bem ocupados.

— Fui visitar quando eu estava por lá. — Os dedos de Ky subiam pelo meu braço nu enquanto ele falava. — O Eddie está fazendo um bom trabalho.

— Quem é Eddie? — questionei.

— Meu ex-colega de cela — Chance respondeu. — Ele saiu não faz muito tempo. Veio ficar com a gente e gostou tanto que comprou a nossa casa quando fomos embora.

Estava quase com medo demais para perguntar por que ele tinha sido preso. Achei que ele ia me contar se eu perguntasse – Chance parecia mesmo um livro aberto –, mas decidi que a dúvida iria ficar para a minha pesquisa no Google. Assim, não precisaria tentar fazer cara de paisagem na frente dele quando descobrisse o que ele tinha feito.

— O Eddie é legal, gostava dele — Ky comentou.

— Você gostava apenas do fato de que ele deixava você apagar no quarto de hóspedes dele — Chance brincou.

— Com certeza isso não o fez perder pontos comigo.

— A gente cuidava de um abrigo de animais em Hermosa Beach — Aubrey explicou, olhando para mim, que devo ter feito uma cara de desorientação compatível com o que estava sentindo. — Tínhamos todos os tipos de animais lá e, sério, queria trazer todos comigo para cá, mas, felizmente, o Eddie apareceu. Ele se saiu muito bem com eles e ficou feliz em assumir o trabalho, então decidimos que só o Pixy ia viajar com a gente.

— Ele é o único animal de estimação de vocês?

Aubrey abriu um sorriso, e Chance soltou um gemido.

— Vou pegar dois porquinhos amanhã.

— Sério?

— Eles ainda são bebês. A mamãe deles está se recusando a alimentá-los, então eu disse que ficaria com eles e os criaria na mamadeira.

— Demorou incríveis cinco minutos para ela avisar à comunidade *inteira* que a gente estava disposto a receber animais abandonados — Chance reclamou.

— Também temos um pato que não sabe voar, três galos e uma ovelha — Aubrey anunciou, orgulhosa. — Mas o Pixy é o único que pode entrar em casa.

— Mal desempacotamos a mudança e este lugar já virou um zoológico.

— Você não ia querer que fosse de outro jeito e sabe muito bem disso. — Aubrey sorriu.

— Eu ia te deixar gozada.

— *O quê*? — ela perguntou, tentando olhar de relance para a cara dele por sobre o ombro.

— Eu disse: "Só quero te deixar realizada" — ele a enrolou.

Ky riu de novo.

Balancei a cabeça, achando graça do casal. Eles estavam tão apaixonados. Pensar em alguém me amando do jeito que Chance amava Aubrey me deixou magoada.

De repente, senti que precisava de um pouco de espaço.

— Acho que vejo vocês amanhã — anunciei.

Ky me soltou com relutância.

— Falando em amanhã, loira, você pode me ajudar a empilhar feno no celeiro depois do café.

Não tinha a menor ideia do que empilhar feno em um celeiro exigia, mas faria uma tentativa.

— Claro. — Concordei com a cabeça. — Posso fazer isso.

Ky deu uma olhada rápida na minha cara de dúvida e rachou de rir.

— Você é a típica garota da cidade grande.

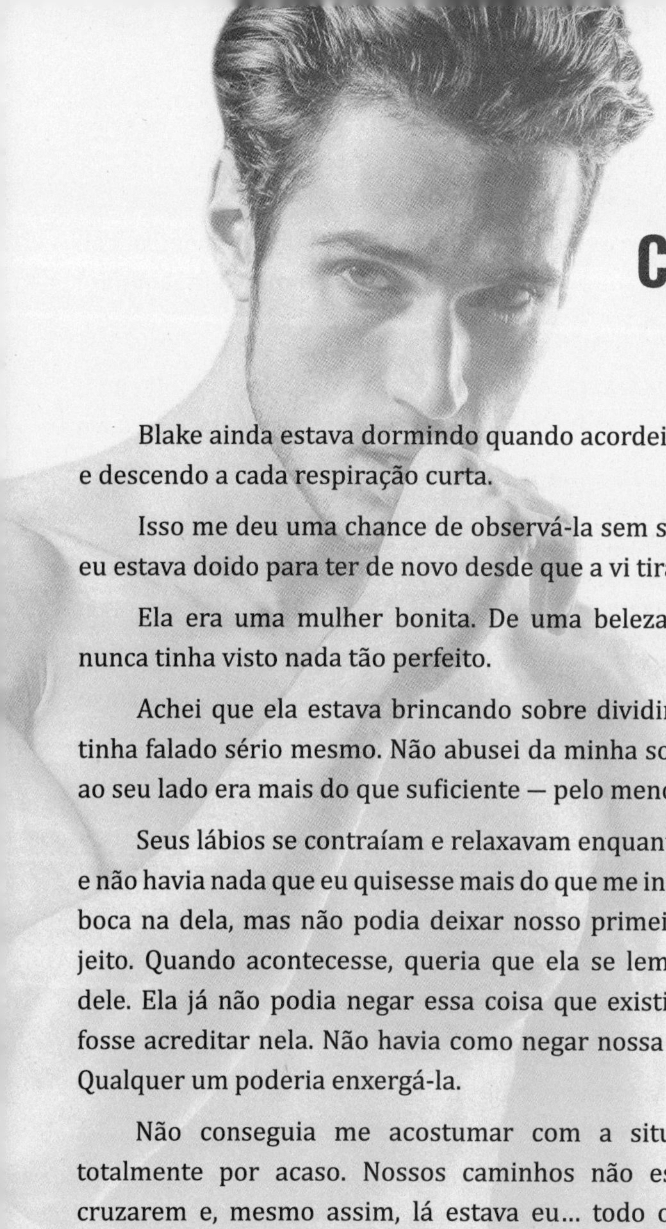

CAPÍTULO 13

Ky

Blake ainda estava dormindo quando acordei. Seu peito ficava subindo e descendo a cada respiração curta.

Isso me deu uma chance de observá-la sem ser pego. Uma chance que eu estava doido para ter de novo desde que a vi tirar o cochilo no avião.

Ela era uma mulher bonita. De uma beleza impecável, elegante. Eu nunca tinha visto nada tão perfeito.

Achei que ela estava brincando sobre dividirmos uma cama, mas ela tinha falado sério mesmo. Não abusei da minha sorte tocando nela; dormir ao seu lado era mais do que suficiente — pelo menos por enquanto.

Seus lábios se contraíam e relaxavam enquanto eu a observava dormir, e não havia nada que eu quisesse mais do que me inclinar e pressionar minha boca na dela, mas não podia deixar nosso primeiro beijo acontecer desse jeito. Quando acontecesse, queria que ela se lembrasse de cada segundo dele. Ela já não podia negar essa coisa que existia entre nós. Não que eu fosse acreditar nela. Não havia como negar nossa química. Era eletrizante. Qualquer um poderia enxergá-la.

Não conseguia me acostumar com a situação. Nos conhecemos totalmente por acaso. Nossos caminhos não estavam destinados a se cruzarem e, mesmo assim, lá estava eu... todo obcecado por ela. Nunca tinha me apaixonado antes, mas precisava me perguntar se era assim que acontecia. Devagar, mas de uma só vez.

Ela bocejou, e suas pálpebras tremularam antes de finalmente se abrirem.

— É bizarro observar as pessoas dormindo — ela disse quando seus olhos entraram em foco, e ela me viu deitado de lado, de frente para ela.

— Não ligo.

— Bom, eu ligo. Devo estar toda bagunçada.

Seu cabelo estava desarrumado e emoldurava o rosto sem maquiagem. Ela não era a mesma mulher que vi quando nos conhecemos — era melhor.

— Para mim, você está perfeita assim.

Aqueles olhos impressionantes vasculharam os meus, procurando meu papo-furado e debochado de sempre, mas não encontraram nada. Eu estava falando muito sério.

— Você também não está nada mal — ela respondeu, afinal.

Não foi exatamente um elogio entusiasmado, mas sua expressão dizia a verdade, então iria deixá-la mentir com as palavras. Dessa vez.

— Como está o *jetlag*?

— Estou me sentindo descansada.

— Pronta para um dia inteiro de trabalho, garota da cidade grande?

— Ah, é, os porquinhos!

Ela se sentou, fazendo o lençol cair abaixo da sua cintura, e eu gemi.

Meu Deus. Essa mulher estava tentando me matar. Ela havia ido para a cama depois de mim, quando a luz estava apagada, então aquela era a primeira vez que eu estava vendo a regata fina e branca com que ela tinha dormido. Esqueça os concursos Garota Camiseta Molhada. Essa coisa já era transparente o suficiente.

— Loira, você está acabando comigo.

Ela seguiu a minha linha de visão até seu peito, bem onde seus mamilos enrijecidos estavam cutucando o tecido fininho.

Ela cruzou os braços depressa, se cobrindo.

— Desculpa, não tinha mesmo nenhuma roupa apropriada para dormir.

Deixei a cabeça tombar no travesseiro e encarei o teto enquanto fazia a pergunta óbvia:

— O que você costuma usar para dormir?

Estava quase com medo da resposta.

— Hã... durmo sem roupa.

Um rugido estrangulado saiu da minha garganta. Pronto. Ela *definitivamente* estava tentando me matar. Não podia pensar nela sem roupa. Não com Bree e CJ nos quartos que ficavam um de cada lado do nosso.

— Vou achar alguma outra coisa para vestir.

Senti a cama se mexer quando ela se levantou, e devo ter perdido alguns neurônios, porque me torturei, espiando-a.

Ela estava com o corpo curvado, fuçando na mala, com nada além de uma minúscula calcinha preta de renda cobrindo sua bunda deliciosa.

— Droga — sussurrei.

Puxei minha camiseta sobre a cabeça e joguei a peça de roupa para ela do outro lado do quarto.

— Pelo amor de Deus, coloca isso antes que eu comece uma coisa de que você vai se arrepender.

Ela se virou e pegou minha camiseta.

— Pare de olhar!

— Há um limite para o autocontrole de um homem. Você não pode andar por aí desse jeito e esperar que eu não note.

Saber que tinha dormido ao lado dela a noite inteira enquanto ela vestia quase nada de roupa estava fazendo uma coisa maluca no meu corpo. Tinha acordado com uma semiereção, mas meu pau estava todo ereto agora. Ela fez questão de que isso acontecesse.

Ela vestiu minha camiseta e observou enquanto a roupa foi até a metade das suas coxas.

— Está melhor?

Eu estava muito encrencado. Estava pior. Muito, *muito* pior.

O cabelo sexy e bagunçado de quem tinha acabado de acordar, os olhos arregalados e os lábios carnudos combinaram com a minha camiseta no corpo dela, e eu estava ferrado até não poder mais.

Sentia mais do que tesão por essa mulher. Com certeza havia muito disso – sentia desejo intenso e de sobra toda vez que olhava para ela, mas era mais do que isso. Ficava ansioso pelo seu sorriso, suas respostas insolentes... Queria olhar naqueles olhos malucos e únicos dela enquanto ela me permitisse.

— Ky? — ela perguntou, com um tom tímido.

— Sim? — Minha voz soou áspera.

— Você está bem?

Balancei a cabeça.

— Não com você assim... usando a minha camiseta... *merda.*

— Desculpa.

Seu rosto ficou vermelho.

— Não se desculpe. Só coloque uma roupa.

— Você precisa sair daqui, então.

— Nem pensar.

— O quê? *Por quê?*

— Estou com a barraca armada... se é que você me entende. Então, a não ser que queira ficar e me ajudar a cuidar da situação...

Seus lábios formaram um pequeno "O".

— Deixa que eu vou levar algumas coisas para o banheiro — ela anunciou depressa.

— Boa ideia.

Ela pegou alguns itens e saiu correndo do quarto.

Deixei minhas costas baterem nos travesseiros de novo enquanto ria. Chance tinha razão: estava num mar de problemas com essa mulher.

Pensei em bater uma pensando na bunda dela inclinada na minha frente, mas não podia fazer isso. Iria gozar com vontade por causa dela e, quando isso acontecesse, queria estar enterrado no seu corpinho apertado.

Gemi, me levantei e me vesti ao mesmo tempo em que repetia para o meu pau para que ele relaxasse.

Blake não voltou, então, quando eu finalmente tinha me preparado para ficar em um estado aceitável para interação humana, perambulei pela casa em busca dela. Eu a encontrei na cozinha, sentada à mesa com Aubrey e Bree. Minha sobrinha estava em pé numa cadeira atrás de Blake, escovando seu cabelo.

— Bom dia.

Minha voz saiu rouca enquanto olhava nos olhos dela.

Ela retribuiu minha encarada por uns longos instantes antes de ficar vermelha e desviar o olhar. Sabia que ela estava pensando no meu pau e se tinha me rendido e me satisfeito ou não.

Sorri com malícia. Gostava pra valer da Blake atrevida, mas tinha que admitir, deixar a Blake vermelha de vergonha era sexy pra caramba também.

— Bom dia, tio Ky.

— Como você está, BB?

Cruzei a cozinha e beijei o topo da cabeça de Bree.

— Bem, a Blake está me deixando ser a cabeleireira dela.

— Parece divertido, quer que eu pegue uma tesoura para você?

— Ky Bateman, nem brinque com isso — Blake rosnou.

Bree soltou umas risadinhas.

— Onde está o seu papai? — perguntei a ela.

— Pedi para ele deixar o celeiro lá atrás pronto para os porquinhos — Aubrey me informou.

— Estou tão animada! — Bree soltou uns gritinhos.

— Quietinha, querida — pedi.

Bree lançou um olhar de "ops" e então continuou arrastando a escova por todo o cabelo longo e dourado de Blake.

— Quer um pouco de café? — Blake ofereceu.

Balancei a cabeça.

— Não suporto essa coisa. Às vezes, parece que você não me conhece nem um pouco.

— Deve ser porque eu *não* conheço você nem um pouco. — Ela riu. — Mas, sério, nada de café? Como você tem tanta energia para me deixar louca?

— É pura habilidade natural. Não é necessário cafeína — respondi, enquanto abria a porta e saía em busca de Chance.

Eu precisava de um pouco de ar.

Estava sentindo todo tipo de maluquice lá dentro, observando Blake com Bree. Ela era muito meiga com a garotinha. Paciente, gentil e carinhosa. Nada menos do que incrível. Tinha entrado no meu mundo sem fazer esforço.

Estava acontecendo. Com muita intensidade, com muita rapidez, com muito... *tudo*.

— Chance? — gritei quando cheguei ao celeiro.

— Aqui, cara.

Eu o encontrei numa pequena área cercada, onde ele estava depositando feno, presumivelmente para os novos moradores.

— Não acredito que você está adotando porcos.

— Nem eu, mas desisti de discutir com aquela mulher faz tempo. Ela sempre ganha.

— Vocês dois parecem felizes aqui.

Ele parou de mexer no cercado e ficou em pé para me encarar.

— E somos. Foi a melhor coisa que já fizemos. Adoro os Estados Unidos, mas queria que os meus filhos crescessem tendo a mesma infância que tivemos. Lembra quando a gente costumava passar dia após dia na praia ou na fazenda dos McIntyre andando de bicicleta? Meus filhos não tinham sequer visto um canguru pessoalmente antes de chegarmos aqui.

— Me lembro dos McIntyre.

A lembrança me fez sorrir com carinho. Depois que minha mãe morreu e as coisas ficaram ruins com meu pai, eu passava todas as férias escolares com Chance e Adele. Ver corridas de cavalo com a mãe deles foi o que me deixou viciado no assunto. Não que em algum momento eu tivesse imaginado fazer disso uma carreira.

— Acho que é mesmo um lugar incrível para criar os filhos.

— E não faz mal nenhum o fato de a gente poder surfar umas ondas bem legais aqui pertinho.

Dei risada.

— Imagino que não.

— Joga esse rastelo para mim.

Passei a ferramenta para ele e depois dei uma olhada no resto do celeiro.

— Você tem muito espaço para os animais abandonados aqui, cara.

— Nem me fale. Isso me assusta, mas que se dane. Ela fica mais feliz quando está rodeada de animais. Mesmo dementes como aquela peste.

Chance apontou para Pixy, que baliu, como se estivesse seguindo a deixa.

— Você se aventurou no Hipódromo Archer? Estou pensando em levar a Blake lá amanhã, tem uma competição grande rolando.

— Não. Acho que nasci sem o gene da aposta. Sou um péssimo apostador.

Tinha me esquecido disso. Ele sempre havia sido mais propenso a escolher o cavalo que seria o último do que o campeão.

— O que está rolando entre vocês? Sabe que podem ficar o tempo que quiserem, *os dois*, mas vocês conversaram sobre o que virá depois?

— Nem sequer a beijei, imagina ter uma conversa profunda sobre o nosso futuro — admiti.

— Sério? Achei que vocês dois estivessem transando.

— Com o tempo. Eu só a conheço há uns cinco segundos.

— Aubrey demorou só alguns dias para se apaixonar por mim — ele respondeu, todo convencido.

— É, sorte sua, mas não estou planejando desaparecer por dois anos sem dar notícias quando conquistar a garota.

Não culpava Chance por ter feito o que fez e ter sido preso, mas o culpava mesmo por não ter sido honesto com Aubrey desde o começo. Ela teria esperado por ele, e os dois teriam sofrido muito menos de coração partido.

— É. Bom, serve de lição para você — ele resmungou.

Sorri com malícia.

— Não se preocupe com a minha vida amorosa, tenho tudo sob controle.

— Ky? — Ouvi Blake chamar.

Abri um sorriso.

— Aqui, loira.

— Você gosta mesmo dela, não é? — Chance disse, fazendo todo vestígio de crítica a mim sumir.

— Acho que sim.

Ele me observou, e um sorriso se espalhou pelo seu rosto.

— Bem-vindo ao clube do amor, cara.

CAPÍTULO 14

Blake

Bom, acabou que trabalho braçal não era para mim no fim das contas, mas isso não significava que eu não poderia desfrutar da visão de Ky arremessando fardos de feno, com suor brilhando no seu peito nu e bronzeado.

Eu tinha razão sobre aquela tatuagem; ela era uma obra de arte. Pode ser que a tela merecesse tanto crédito quanto o artista, mas, de uma forma ou de outra, ela era sexy num nível sem noção. O mesmo valia para a outra que ficava na lateral do corpo dele. Nunca havia pensado direito se era fã de tatuagem ou não, mas, em Ky, eu podia confirmar que com certeza era.

Ele estava fazendo aquilo havia horas, e eu fiquei limpando baba do meu queixo o tempo todo. Todos os músculos definidos e duros do seu corpo estavam fazendo hora extra e, meu Deus, davam uma bela visão.

Chance estava lá também e, por mais bonito que ele fosse, eu só tinha olhos para seu primo.

Ky se virou, me flagrou o encarando de novo e sorriu com malícia. Droga, odiava aquele sorriso — e também amava, mas a questão não era essa. Queria arrancar aquele sorriso abusado do seu rosto.

Ele estava me deixando louca.

Eu não estava em posição de querer um homem daqueles, mas meu corpo desleal me traía cada vez mais conforme os minutos iam se passando.

— Livros ou filmes? — ele gritou, me fazendo sorrir.

Esse tinha sido nosso jogo na última hora ou algo assim.

— Livros — respondi.

— Filmes — ele escolheu.

Podia jurar que ele estava escolhendo tudo aquilo que era diferente do que eu respondia só para me atormentar.

— Tenha um pouco de imaginação, espertinho.

— Ah, acredite em mim, estou imaginando *um monte de coisas* neste exato momento.

A sugestão escorreu dos seus lábios sem dificuldade. Seus olhos estavam pecaminosamente escuros, e seu corpo, injustamente sexy, enquanto ele estava em pé na minha frente. Aquilo não estava indo bem. *Eu* não estava nada bem.

Prendi a respiração, e ele não deixou de notar.

Cretino.

Ele agarrou outro fardo, e seu bíceps se avolumou quando ele atirou a carga contra a parede do celeiro, no topo da pilha.

— Chocolate amargo ou ao leite? — perguntei, tentando mudar de assunto.

— Ao leite.

— Eu também.

Ele piscou para mim, e apertei uma coxa na outra para tentar afastar a pressão crescente no meu núcleo.

Eu era a pior pessoa do mundo por sentir essas coisas por ele, dada a bagunça que tinha deixado pelo caminho, mas não podia evitar que isso acontecesse. Algo no íntimo dele falava para o meu íntimo. Eu não estava no controle da situação, mas precisava estar.

Ele voltou a trabalhar, e eu voltei a secá-lo com os olhos.

Precisava de conselhos. Já sabia o que deveria estar fazendo – *fugindo*... deixando Ky Bateman para trás –, mas não sabia como. Merda, eu nem sabia o que estava fazendo ali, para início de conversa. Toda reflexão racional desapareceu quando me deparei com aquele homem e seu sorriso malicioso e sexy.

Peguei o celular, ainda sem chip, e digitei a senha do Wi-Fi que Aubrey tinha me passado naquela manhã.

Abri minha conta de e-mail e escrevi minha pergunta.

Cara Ida,

Sou uma pessoa terrível por querer arrancar a roupa de um estranho e literalmente deitar e rolar no feno com ele?

— Moralmente Fodida, No Meio do Mais Absoluto Nada.

Tirei uma foto das costas nuas e suadas do Ky, enquanto ele levantava um fardo de feno sobre a cabeça, e a anexei ao e-mail.

— Gatos ou cachorros? — ele perguntou sem se virar.

— Você não pode me obrigar a escolher.

— *Escolha*, loira.

— Me recuso. Quero os dois.

— Você não respeita as regras.

Ele riu, e seus olhos foram na direção dos meus.

Ergui uma sobrancelha, esperando que ele me desse sua resposta.

— Gatos.

Sua escolha me surpreendeu. Estava esperando que ele fosse o tipo de cara que gostava mais de cachorro.

— Sério? Pensei que gatos e suas atitudes seriam demais para um sujeito como você.

— Tenho um fraco por insolência e xaninhas. Você já deveria ter percebido.

Não sabia ao certo se aquilo era um insulto ou um elogio, mas com certeza sabia que estava ficando vermelha de vergonha.

Meu celular zuniu com um e-mail, e sorri.

Cara Moralmente Fodida,

Você foi com ele! Que bom. Como é o pênis dele? E, sim, você vai para o inferno — te encontro lá.

Beijo,

S

Tive que rir. Se havia uma coisa que ela sabia era ser brutalmente honesta.

Ela tinha acrescentado uma foto do seu bebê sorrindo. Era uma criança muito fofinha.

Suspirei, enfiei o celular no bolso e pulei do banco no qual tinha sentado.

— Quando a Aubrey vai buscar os porquinhos? — perguntei a Chance.

— Ah, não, mocinha, ela deu um jeito de convencer o cara a trazê-los e tudo o mais. A minha Aubrey sempre consegue o que quer. Eles devem chegar aqui em mais ou menos uma hora.

Eu gostava mais dela a cada dia.

Uma das crianças gritou para Chance naquele momento, e ele parou o que estava fazendo e saiu do celeiro para investigar.

Eu o observei se afastando, e minha curiosidade foi aumentando.

— O que está se passando nessa sua cabeça ?

Ky tinha parado de trabalhar e estava sentado em um fardo de feno, segurando uma garrafa de água geladíssima na mão, com suor pingando no peito.

Meu Deus, ele era a perfeição materializada.

— O que te faz pensar que tem alguma coisa passando na minha cabeça?

— Por causa dessa ruga no meio das suas sobrancelhas. Venha, sente-se — ele convidou, dando umas batidinhas no lugar ao lado dele.

Minha testa ficou ainda mais franzida. Me preocupava com o fato de ele conseguir interpretar meus sinais com tanta facilidade. Achei que estava fazendo um bom trabalho em manter a guarda alta, mas talvez precisasse reavaliar isso.

Diminuí a distância entre nós e me sentei o mais longe possível dele. Não porque ele estivesse suado e fedido, mas porque não confiava na minha capacidade de não colocar as mãos nele.

Meu autocontrole estava perdendo as forças. Pra valer.

— Disse a mim mesma que não importava, mas estou morta de curiosidade... O que Chance fez para passar dois anos na cadeia?

Dei uma olhada de canto de olho nele, e ele estava com um meio-sorriso cúmplice nos lábios.

— Fiquei me perguntando quando você ia me fazer essa pergunta.

— Ele não matou ninguém, né? Gosto do cara. Ia odiar de verdade pensar que ele foi capaz de fazer uma coisa assim.

Ele balançou a cabeça, e sua expressão se tornou um pouco mais solene.

— Ele não matou o sujeito, mas fez um belo estrago.

— Por quê? — deixei escapar. — Ele é tão tranquilo. Não consigo imaginá-lo ficando furioso com nada.

— Só existe uma coisa no mundo que faz o Chance ficar louco da vida, e é alguém magoar uma pessoa que ele ama.

Aquilo fazia sentido. Combinava com o homem que eu estava conhecendo aos poucos.

— O homem que ele atacou foi o namorado craqueiro da irmã dele, Adele. Ele bateu no cara por causa de um endereço. Do lugar onde ele poderia encontrar o homem que a estuprou.

Escutei meu próprio suspiro.

— *Não*... Ela está bem?

Ele abriu um sorriso carinhoso e genuíno, sem absolutamente nenhum traço do seu ar convencido habitual.

— Sim. Ela está ótima agora.

— Que bom.

Não conhecia Adele. Nunca havia me encontrado com ela, não tinha a menor ideia de como era sua aparência, mas Ky se preocupava muito com ela. Isso era evidente, e bastava para mim.

— Foi *por isso* que ele abandonou Aubrey em Vegas... — Pensei em voz alta.

— O peste idiota deveria ter sido honesto com ela. — Ele suspirou, passando a mão pelo cabelo escuro como breu. — Teria economizado uma bela dose de coração partido para os dois.

Uma bola se formou na boca do meu estômago. *Eu também poderia me poupar de uma dose de coração partido?*

Sei que deveria ter sido honesta com Ky e contado a ele a série de eventos que me levaram até aquele aeroporto na Califórnia, mas estava com medo. Eu não gostava da pessoa que tinha me tornado, e estava preocupada com a possibilidade de que ele também não fosse gostar.

Nem sabia ao certo por que me importava. Aquela viagenzinha não poderia durar para sempre, mas eu gostava do jeito que ele olhava para mim, a suavidade nos seus olhos ao me escutar era viciante, e eu queria desfrutá-la enquanto pudesse.

Ele estava com esse olhar agora, enquanto me observava processar as informações, e mais uma vez fiquei impressionada com o quanto seus olhos eram realmente escuros — as manchas douradas me deixavam maravilhada.

— Acho que algumas pessoas têm medo de ser honestas — deixei escapar.

— A verdade sempre aparece no final.

Estava quente ali? Parecia quente. Como se minha temperatura estivesse altíssima. Eu não estava doente, e não fazia mais calor lá fora do que uma hora atrás, mas sentia que minha pele estava corando. Deve ter sido o efeito Ky Bateman.

Ele foi esticando o braço aos poucos e segurou minha mão. Depois ficou brincando com meus dedos, sem dizer uma única palavra.

Era acolhedor demais, confortável demais. *Merda.* Estava *muito* encrencada.

A tensão aumentou, e percebi que ele estava pensando em me beijar.

Também estava pensando em beijá-lo.

— Blake! — Aubrey berrou de algum lugar fora do celeiro. — Depressa! Os porquinhos chegaram!

Ele suspirou.

Lancei um olhar sentido para ele quando me levantei.

Ele não largou minha mão. Em vez disso, me deixou ir até onde meu braço conseguiu se esticar antes de me puxar de volta para ele.

Suspirei quando ele me puxou direto para o seu colo.

— Por que tenho a sensação de que eles estão todos trabalhando juntos para evitar que eu te beije? — ele resmungou.

— Você quer me beijar, espertinho?

Tentei manter um tom leve e brincalhão, mas deu muito errado. Não consegui esconder o quanto estava nervosa. Estava no colo dele, pelo amor de Deus. Ele estava suado, atraente e inacreditavelmente sexy.

— Quero te beijar desde o primeiro instante que te vi.

Sua confissão fez meu coração disparar.

— O que está te impedindo? — sussurrei, enquanto seu rosto se aproximava aos poucos do meu.

— Blake! Eles são muito fofinhos! — Bree gritou antes de entrar voando no celeiro.

— O universo — Ky murmurou.

Ele pousou a testa na minha, e seu olhar estava intenso, com um fogo latente.

— Eca! — Bree deu risadinhas.

Ky se inclinou, roçou seus lábios salgados nos meus apenas uma vez e se endireitou.

— Eu *vou* te beijar, Blake Vincent, depois vou fazer muito mais. É uma promessa.

Ia cobrar isso dele.

Saí do celeiro com as pernas bambas e a mão de Bree na minha, enquanto ela tagarelava sobre o quanto os porquinhos eram lindos e como se chamariam.

Mal escutei o que ela disse. Minha atenção estava dispersa demais por causa do homem moreno, alto, bonito e sensual que tinha acabado de prometer que iria transar comigo.

Esperava que ele estivesse certo.

CAPÍTULO 15

Ky

Eu a observei tomar seu café matinal com o mesmo interesse que um homem faminto sente ao olhar para um prato de pedreiro.

Tinha formulado um plano depois que fomos interrompidos de novo no dia anterior. Precisava que ela ficasse sozinha. Precisava mostrar o quanto a gente podia dar certo junto.

A tensão entre nós estava num nível recorde. Sabia que ela estava com a expectativa de que eu a beijasse quando ficamos sozinhos no quarto na noite anterior, mas havia me comportado como o cavalheiro perfeito. *Nem sabia que tinha isso dentro de mim.*

Agora que eu tinha imaginado como queria que as coisas acontecessem, não estava disposto a me contentar com nada menos.

Devia estar fazendo um estardalhaço por pouca coisa, mas só se tem um primeiro beijo com uma pessoa, e queria que ele fosse um que ela nunca esqueceria. Algo no meu cérebro me disse que todos os momentos com ela eram preciosos, que *ela* era preciosa. Diferente. *Especial*.

Meu Deus, eu estava soando como um maricas. Se um dos meus amigos falasse essas bobagens para mim, teria dito que eles apenas precisavam transar. E eu precisava *mesmo* transar, mas havia só uma mulher que seria capaz de matar aquela vontade específica, e isso significava preparar o terreno. Blake não era o tipo de garota que simplesmente se entregava, se não houvesse um esforcinho.

— Vamos sair hoje — anunciei.

Os olhos dela pularam de mim para Aubrey e depois para Chance.

— Não, só você e eu.

Suas sobrancelhas se ergueram com a surpresa.

Dei risada.

— Não faça essa cara de assustada.

— Não tenho medo de você — ela desafiou.

— Não? Pois deveria.

Ela revirou os olhos, e esse gesto fez meu pau estremecer.

— Vá se aprontar — instruí.

— E se eu não quiser ir?

Ela queria ir, mas simplesmente *precisava* me desafiar a cada etapa.

— Tem uma oferta melhor?

— Talvez eu tenha... Peppa e George *são* muito fofinhos.

— Então estou abaixo dos porcos. Que maravilha.

Chance riu. Aubrey observava sem se manifestar, como se fôssemos uma série de televisão que ela nunca se cansava de assistir.

— Eles são menos respondões. — Ela abriu um sorriso malicioso.

— Fique pronta — exigi. — Vista uma roupa legal.

Ela colocou a xícara na pia e deu um passo na minha direção.

— Você está dizendo que não estou bonita sempre?

— Meu Deus, só coloque um vestido, ajeite o cabelo e me encontre lá fora em trinta minutos.

Ela estalou a língua para mim em sinal de reprovação.

— Como você é mandão...

Eu a agarrei quando ela tentou passar, me ignorando.

— Você não tem a menor ideia do quanto posso ser mandão.

Ela não precisava de explicação para entender minhas intenções.

Sua respiração veio na forma de arfadas rápidas quando aqueles olhos, *aqueles malditos olhos*, os que estrelavam todos os meus devaneios, se arregalaram para mim.

— Teste a minha paciência, Blake, você sabe que quer fazer isso — murmurei.

— Talvez eu queira.

Ela mordeu o lábio inferior enquanto lutava para manter a compostura.

— Mal posso esperar — prometi, soltando-a tanto da minha mão quanto do meu olhar.

Observei-a sair da cozinha, rebolando, sem nem saber quem tinha acabado de vencer aquela rodada.

— Uau, acabou de ficar *quente* aqui. — Aubrey abanou o rosto com um tom teatral.

— Cala a boca — resmunguei.

— Não dá, Romeu. Você está mesmo fazendo de tudo para conquistar essa garota.

— Gosto dela.

— Não me diga.

— Não sei como um sujeito com uma cara feia como a sua conseguiu despertar o interesse de uma mulher assim, mas gosto dela também — Chance entrou na conversa.

— Ela é *muito* bonita — Aubrey concordou com ele.

— Bonita demais para ele.

— De jeito nenhum, o Ky é gostoso.

— Princesa, não chame o meu primo de gostoso.

— Você tem olhos, *sr. Cretino*, consegue enxergar que ele é gostoso.

— Hã, vocês sabem que eu ainda estou aqui, não é? — perguntei.

Aubrey me rejeitou com um aceno desdenhoso.

— Enfim, estou só dizendo. Ela é linda, você é lindo, não estrague tudo.

— Vou fazer o meu melhor — respondi, seco, saindo depressa.

Esperei até ouvir Blake sair do quarto e ir ao banheiro antes de entrar de fininho no cômodo e vestir uma camisa preta e uma calça jeans escura.

Olhei no relógio. Já tinham se passado quarenta minutos, e ela ainda não estava mostrando nenhum sinal de que iria sair do banheiro.

Bati de leve na porta.

— Pronta?

Puxei o colarinho. O nervosismo vibrava na minha barriga.

— Quase — ela respondeu. — Me dê cinco minutos.

Apoiei o corpo na parede, esperando como um pateta a mulher que me roubava o fôlego toda vez que olhava para mim.

Estava evidente que ela era mesmo péssima com essa coisa de tempo, porque esperei mais *quinze* minutos, ficando mais impaciente a cada segundo.

— Vamos nos atrasar — resmunguei enquanto esticava o braço para tocar na maçaneta.

A porta se abriu antes de os meus dedos agarrarem o objeto.

A visão diante de mim era de deixar qualquer um pasmo.

— Puta merda, falei para você vestir uma roupa *legal*, não sexy pra cacete — falei com dificuldade.

Nada que tinha visto na minha vida era tão lindo quanto Blake Vincent naquele exato momento.

Seu corpinho sexy estava coberto com um vestido branco justo, que abraçava *cada curva dela*.

Ela estava mais alta do que eu estava acostumado, com os saltos altíssimos nos pés, fazendo sua testa ficar na mesma altura que minha boca.

Não conseguia me segurar, precisava sentir o gosto da pele dela. Me aproximei e encostei os lábios na sua testa, beijando-a uma vez.

— Está bom assim? — ela perguntou com nervosismo, puxando o tecido no quadril.

— Está mais do que bom, querida, você está... *Meu Deus*, estou sem palavras, Blake.

Ela baixou os cílios grossos, cobertos de rímel, e suas bochechas ficaram coradas.

— Obrigada.

Encaixei um dedo embaixo do seu queixo e tentei fazer contato olho no olho.

— Você está perfeita.

Seus dedos deslizaram de leve no colarinho da minha camisa.

— Você fica bonito arrumado.

Parecia um idiota perto dela, mas não me importei. Ela estava comigo. Isso era o principal.

— Pronta?

Ela assentiu.

Peguei sua mão e a conduzi para fora, cruzando a sala e passando pelos assobios e *fiu-fius* do meu primo idiota e da sua esposa dada a jogar lenha na fogueira, até chegarmos ao cupê utilitário dele.

— Não vou poder dirigir? — Ela fez um biquinho quando abri a porta do passageiro para ela.

— Em hipótese nenhuma.

— Estraga-prazeres.

— Você já dirige mal *sem* esses sapatos.

Ela olhou de relance para os pés.

— Você não gostou dos meus sapatos?

Era bem o contrário disso, na verdade.

Ajudei-a a entrar no veículo.

— Gostei, loira. Consigo te imaginar só com eles enquanto transo com você sem dó nem piedade.

Ela ficou de queixo caído.

— Você disse isso mesmo?

Segurei minha risada enquanto contornava e entrava no carro.

— O que aconteceu com as insinuações? — ela quis saber. — Você simplesmente vai falar essas merdas na lata agora?

— Achei que era para a gente ter um momento de pura honestidade. —

Pisquei para ela. — Vou me certificar de voltar para comentários sexualmente sugestivos a partir de agora.

Ela resmungou alguma coisa em voz baixa, enquanto eu arrancava da propriedade em direção à estrada.

— Aonde estamos indo, afinal? Você não me contou.

Olhei de relance para ela.

— Para as corridas de cavalo. Tem uma grande competição acontecendo. Pensei que você estivesse a fim de uma revanche.

Ela abriu um sorriso perverso.

— Não perdi aquela aposta. Você me *enganou*.

— Talvez. O que vai me impedir de fazer isso de novo?

— Ninguém me engana duas vezes — ela respondeu, presunçosa.

Não sabia o que estava se passando na sua cabeça, mas minha garota estava com cara de quem tinha um plano. Ela não precisava de um, ela me *possuía* – ela poderia me subjugar sempre que quisesse. Tudo o que ela tinha que fazer era dizer.

Liguei o rádio e o som da música preencheu o carro.

Fiquei cantando uma música que estava tocando de que eu gostava até sua mão surgir de repente e baixar o volume.

— Você sabe que essas não são as palavras certas, não é?

— Não são?

— Nem de longe.

Dei de ombros.

— Elas me pareciam as certas.

— Você é doido? — ela quis saber, conquistando um sorriso meu. — Você acha mesmo que Jefferson Starship cantou *construímos esta cidade em enroladinhos de linguiça*?

— A moça manja dos seus artistas pop rock dos anos 90.

— E você manja dos seus salgadinhos, pelo visto.

Dei risada. *Sempre uma resposta afiada para tudo.*

— Quem morreu e te nomeou a rainha das letras?

— Deve ter sido a mesma pessoa que te coroou o rei da destruição dos clássicos.

— *Touché*, loira, *touché*.

Sorri quando a próxima música começou. Sabia muito bem quais eram as palavras daquela vez também, mas não conseguia não mexer com ela. Aumentei o volume.

Kings of Leon, *Sex on Fire*. Impossível errar.

Ela chiou quando me juntei aos artistas cantando o refrão.

— Agora você está de sacanagem.

Ri, e meus olhos deixaram a estrada por um instante para absorver a expressão dela antes de se voltarem para a frente.

— Sério mesmo que você acabou de dizer *dyslexics on fire*?

— Não? — Franzi a testa com fingimento. — Foi isso que você ouviu? Que *estranho*.

— Você é um babaca.

— Uns dizem um babaca, outros dizem um pedaço de mau caminho.

— *Pedaço de mal caminho*? — Ela fez força para não rir. — O século passado ligou. Ele quer a gíria carinhosa de volta.

Nunca me cansaria de ver e escutar a risada dela. Batia fundo em mim toda vez.

— O que posso dizer? Sou apenas um cavalheiro à moda antiga.

Ela torceu o nariz na minha direção antes de mostrar a língua.

— Pop ou rock, loira?

— Pop.

— Sou mais o tipo de cara que curte rock.

— Claro que é.

Outro revirar de olhos. Se ela não tomasse cuidado, eu acabaria bancando o Christian Grey com o traseiro dela.

— Verão ou inverno? — perguntei quando o silêncio nos envolveu.

— Verão. Adoro o calor, a sensação de uma brisa quente à noite... a praia... O verão é a melhor época do ano.

— É basicamente verão o ano inteiro por aqui.

— Talvez eu me mude. — Ela suspirou, melancólica.

Eu também. Com você.

Precisava achar meu freio de mão interno e puxar aquela porcaria. Minha mente estava muitos passos à frente da minha realidade.

— E você? — ela me pressionou, me puxando de volta para o presente.

— Hã?

— Verão ou inverno?

— Verão. Sempre.

— Olha só, finalmente concordamos em alguma coisa.

Ela pareceu satisfeita com isso.

— Nosso futuro é puro raio de sol e chocolate ao leite.

Percebi que o fato de eu lembrar as respostas dela a agradava, mesmo que ela nunca admitisse.

Ela tirou o celular da bolsa, olhou para ele e o guardou de volta.

— Está esperando uma ligação?

Ela balançou a cabeça.

— Não. E, mesmo se estivesse, estou sem chip.

— Pode pegar o meu emprestado, se quiser.

— Está tudo certo, obrigada. A única pessoa com quem quero conversar está bem do meu lado.

Fiquei contente pra caramba ao escutar aquilo, mas não pude deixar de me perguntar o que ela tinha deixado para trás na Califórnia. Com certeza ela tinha amigos, colegas de trabalho... *Alguém* que quisesse trocar figurinha com ela.

Não iria pressioná-la, aquilo dizia respeito a ela, e, sinceramente, se quisesse me dar toda a sua atenção, eu não recusaria.

— Você acabou de me fazer um elogio?

Ela sorriu e balançou a cabeça.

— Não fiz isso não.

— Acho que fez, *sim*.

— Você não pode provar nada. É a minha palavra contra a sua.

Fizemos essas brincadeirinhas um com o outro por uma hora, até chegarmos ao hipódromo. Aprendi que ela preferia crossfit a corrida, laranja a maçã, salto alto a sapatilha e cavalo a vaca.

Desliguei o motor e me virei no assento para encará-la.

— Chegamos.

Ela olhou pela janela o mar de carros no estacionamento.

— Uau! No que estou me metendo aqui?

Coloquei a mão dela na minha.

— Não posso estragar a surpresa.

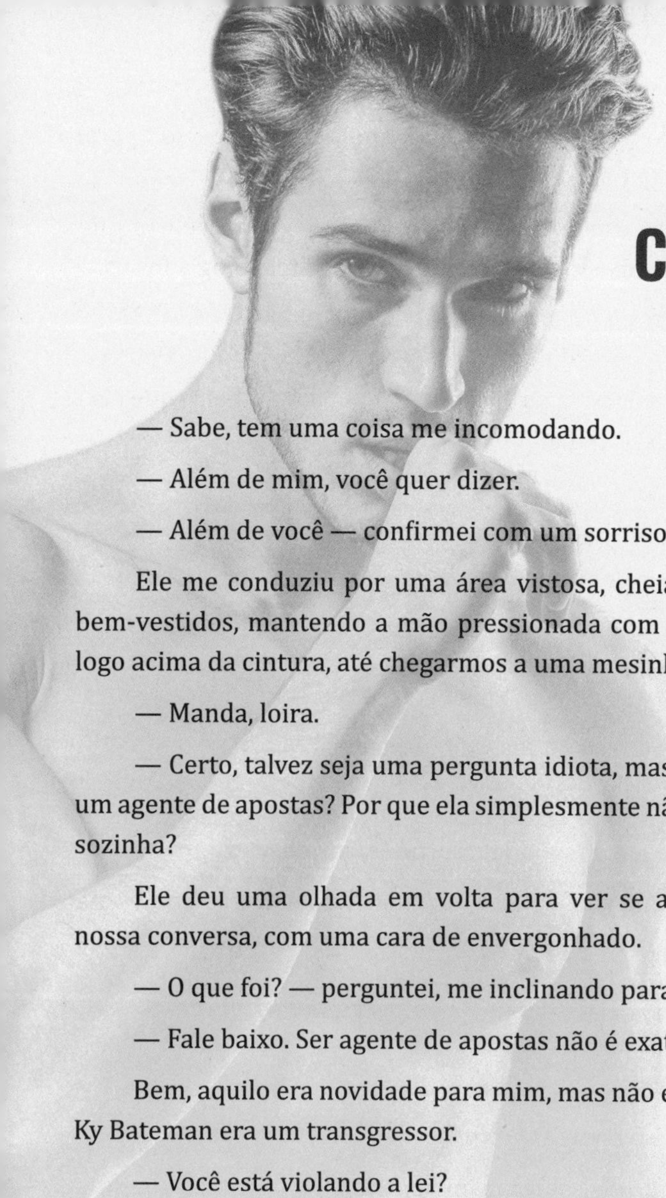

CAPÍTULO 16
Blake

— Sabe, tem uma coisa me incomodando.

— Além de mim, você quer dizer.

— Além de você — confirmei com um sorriso.

Ele me conduziu por uma área vistosa, cheia de homens e mulheres bem-vestidos, mantendo a mão pressionada com força nas minhas costas, logo acima da cintura, até chegarmos a uma mesinha do outro lado do local.

— Manda, loira.

— Certo, talvez seja uma pergunta idiota, mas *por que* uma pessoa usa um agente de apostas? Por que ela simplesmente não faz as próprias apostas sozinha?

Ele deu uma olhada em volta para ver se alguém estava escutando nossa conversa, com uma cara de envergonhado.

— O que foi? — perguntei, me inclinando para chegar mais perto.

— Fale baixo. Ser agente de apostas não é exatamente legal.

Bem, aquilo era novidade para mim, mas não era exatamente chocante. Ky Bateman era um transgressor.

— Você está violando a lei?

— Não neste exato minuto. — Ele piscou.

Ergui as sobrancelhas e esperei que me desse uma resposta clara.

— É uma profissão em extinção — ele explicou. — Antes, o único jeito de apostar era pessoalmente, e quem queria fazer isso nem sempre conseguia ir às competições de corrida para registrar a aposta. A forma mais fácil era apostar por meio de um agente.

Assenti.

— Ok, faz sentido. Com certeza existe um aplicativo para isso agora, não é?

— Isso mesmo. Ainda existe um punhado de caras mais velhos que permanece fiel àquilo que sabe, mas, em grande parte, a tecnologia fez esse aspecto do trabalho redundante... Porém, o outro motivo que faz as pessoas recorrerem a um agente é o crédito.

— Vocês deixam as pessoas fazerem apostas com um dinheiro que elas não têm? — Ergui uma sobrancelha.

Ele encolheu os ombros.

— Às vezes.

— E *essa* é a parte ilegal. — Assenti, compreendendo.

— Correto.

— Qual foi o máximo que alguém já ficou devendo para você?

— Cinquenta mil — ele respondeu, sem pestanejar.

— Cinquenta mil o quê? *Dólares?*

— Não, *conchinhas* — ele respondeu, seco. — Sim, *dólares.*

Não podia acreditar no que estava ouvindo. Também não conseguia decidir se essa nova informação estava me fazendo gostar mais ou menos dele.

— Você conseguiu o seu dinheiro?

Ele riu, com uma bufada.

— Eu *sempre* consigo o meu dinheiro.

Seu olhar me disse que ele estava falando sério.

— Você é uma espécie de descendente de mafioso que age por baixo dos panos? Porque, se for, agora é a hora de me contar.

Ele riu.

— Não há perigo quanto a isso.

Graças a Deus.

— Estou meio que sem palavras.

— Deve ser a primeira vez que isso acontece. — Ele sorriu, malicioso.

Olhei para ele com uma cara feia.

— Os Estados Unidos estão cheios de caras que apostam mais do que podem, você só precisa saber onde encontrá-los.

— Isso soa como... *manipulação*.

— Porque deve ser. — Ele confirmou com a cabeça.

— E isso não te incomoda?

Ele encolheu os ombros, e seu olhar perambulou para o outro lado da janela alta de vidro, até parar nos cavalos trotando do lado de fora.

— É fácil separar um idiota do seu dinheiro. Além do mais, se não fosse eu, teria sido outra pessoa. Pelo menos eu não apareci na casa deles e aterrorizei suas famílias ou qualquer porcaria desse tipo. Nunca precisei dar uma surra em ninguém como os outros caras faziam.

— Parece que você tinha ótimas companhias.

— Às vezes. Enfim, como é um negócio em extinção e tal, me adaptei, fui deixando a atividade tanto quanto podia.

Olhei para ele com curiosidade.

— Se você me disser que é traficante de droga, estou fora.

Ele riu de novo, e sua cabeça caiu para trás, enquanto todo o corpo se sacudia.

— Não sou traficante. Caramba, você é muito engraçada.

— Fico feliz em ver que você está se divertindo.

— Eu aposto. Ok? Acho que dá para dizer que sou um apostador profissional.

Tinha ouvido falar de jogadores de pôquer profissionais, caras contando cartas e aquela coisa toda, mas aquilo parecia ridículo. Eram animais e humanos. Não havia quase nenhuma garantia nas apostas envolvendo cavalos.

— Você aposta em *cavalos*?

— Na maior parte do tempo. Às vezes, me aventuro com os cachorros, mas prefiro me ater ao que conheço melhor.

— Então, deixa eu ver se entendi: você ganha a vida apostando em cavalos?

Ele confirmou com a cabeça e piscou.

— Não se esqueça da parte em que engano velhinhos vulneráveis para eles arriscarem as economias de uma vida inteira e depois vou atrás deles com a minha gangue de capangas.

— Ah, ha, ha. Você é muito engraçado.

— Sarcasmo. Que ótimo.

— O que acontece quando você perde? — quis saber.

Quanto mais ouvia sobre o assunto, mais ridículo parecia, só que mais intrigada eu ficava.

— Perco *pra valer*. — Ele deu de ombros. — Não é frequente e, em geral, não é muito dinheiro, mas às vezes acontece. É tudo parte do processo. O que faço envolve um risco, mas você não consegue recompensa sem risco.

— Quero ver você em ação.

— Aposto que sim. — Ele mexeu as sobrancelhas de maneira sugestiva.

Revirei os olhos.

— Estou falando sério. Quero observar. Me mostra como se faz, duplo M.

— Duplo M?

— *Mestre da manipulação*.

— Que bonitinho.

— Também achei.

Ele abriu o caderno da corrida que tinha pegado a caminho da mesa e o examinou com atenção antes de andar até a pequena tela, a poucos passos de distância, e observar o que ela estava exibindo por um bom tempo. Ele pegou o celular, mexeu um pouco nele e depois voltou a se sentar ao meu lado.

— Certo. Aposte trezentos para o número seis como o campeão.

Ele ofereceu uma pilha de dinheiro para mim.

— O quê? Por que eu?

— Você é o meu amuleto da sorte.

Ele colocou o dinheiro na minha mão com força e me segurou pelos ombros, me guiando em direção à fila curta da cabine de apostas.

— *Trezentos?* Tem certeza? — Ele sorriu.

— Tenho. A corrida começa daqui a dois minutos. Anda logo.

— É muito dinheiro — argumentei quando chegou minha vez de apostar.

Seus olhos brilharam de tanto que ele estava se divertindo.

— Você está empatando a fila.

Dei um passo à frente e mostrei o dinheiro para o homem de cabelo branco atrás do vidro.

— Trezentos para o número seis como o campeão, por favor.

— *Odds* fixas — Ky acrescentou.

— *Odds* fixas — repeti.

Não tinha a menor ideia do que aquilo significava, mas o homem atrás do balcão pareceu entender muito bem.

Ele tomou o dinheiro de mim e apertou alguns botões.

— Trezentos no número seis como o campeão, *odds* fixas pagando um retorno de quarenta e cinco dólares e sessenta centavos.

Peguei o bilhete dele, e o meu queixo foi caindo.

— Posso ser nova nisso, mas, se um cavalo está pagando quarenta e cinco se for campeão, isso não significa que ele não é tão bom assim?

Ky riu, pegou o bilhete em uma das mãos, a minha mão na outra e me conduziu para a saída.

— Acho que estamos prestes a descobrir.

Fui atrás dele conforme ele passava pela multidão, até estarmos perto da frente, com uma visão perfeita da pista.

Consegui ver os cavalos sendo colocados nos *starting gates* no lado oposto da enorme pista oval.

Eu estava nervosa. Não sabia por que, já que não era meu dinheiro que estávamos apostando, e Ky parecia tão sossegado que só faltava tirar um cochilo, mas meu estômago estava dando cambalhotas desde o momento em que havia registrado aquela aposta.

Aposta significa adrenalina.

— Hora do show — Ky disse com uma piscadela.

Observei com apreensão os cavalos serem liberados dos enormes portões de metal e voarem para a pista.

— Ah, não, ele está tentando ir para a frente — chiei, cutucando as costelas de Ky com força, usando o cotovelo.

— Está tudo bem, loira.

— Não, não está! Quando o meu cavalo foi para a frente, acabou sendo ultrapassado!

— Só que não é o seu cavalo, é o *meu* cavalo.

Ele sorriu para mim quando nossos olhos se encontraram antes de se virar para continuar assistindo ao seu cavalo.

O animal tinha começado a corrida mais ou menos em quinto, mas agora conseguiu alcançar a terceira posição e não estava com cara de que iria desacelerar nos segundos seguintes.

— Deixem-na correr. — Eu o ouvi murmurar quando o barulho da torcida ficou mais alto ao nosso redor.

As pessoas já estavam de pé, gritando e torcendo pelo cavalo no qual tinham apostado seu dinheiro conseguido a duras penas.

Fiz força para ficar na ponta dos pés, tentando enxergar por cima das cabeças da multidão quando os cavalos chegaram com seu estrondo à reta final.

Posso não ter conseguido ver porcaria nenhuma, mas foi uma adrenalina como nenhuma outra que já tivesse vivido. Estava chapada com a atmosfera.

Ele deu um soco no ar em silêncio quando a corrida acabou.

Não... Não pode ser...

— Cruzando a linha de chegada em primeiro está Orgulho de Alizay por dois corpos. Em segundo...

Impossível.

O som do anúncio foi sumindo quando tomei o bilhete da mão dele para me certificar de que não estava imaginando coisas, mas estava bem ali, preto no branco. Trezentos na aposta de que o campeão seria o número seis: Orgulho de Alizay.

— Puta merda.

— Te falei que você era o meu amuleto da sorte.

Ele me pegou e me girou, enquanto continuei com os olhos fixos no bilhete, em choque.

Ainda não conseguia formar palavras quando ele me levou de volta para nossa mesinha e pressionou meus ombros para baixo para me fazer sentar.

— Você ganhou? — finalmente consegui perguntar.

Ele apenas abriu um sorriso pretensioso.

— Meu Deus.

— Você não estava mesmo botando fé, não é?

— Não vou mentir para você: não estava botando *nenhuma* fé. A aposta foi de mais de quarenta e cinco dólares para o primeiro lugar... Isso dá...

Ele estava com uma cara insuportável de convencido e, sinceramente, não o culpava. Ele tinha acabado de ganhar uma fortuna em dois minutos.

— Isso dá treze... — Franzi a testa enquanto tentava fazer os números trabalharem na minha cabeça. — *Meu Deus*, espertinho, dá mais de treze *mil* dólares.

— Cuidado, gênia. Se você continuar com essa matemática rápida, vão ter que banir você dos cassinos.

Coloquei as mãos na cintura.

— Você acabou de ganhar quase catorze mil e ainda assim não tem nada melhor para fazer do que dizer uma besteira para mim?

— Eu não ia querer que o dinheiro subisse à minha cabeça agora, não é?

Eu o observei com atenção. Ele estava animado, sem dúvida, mas sua animação parecia estar atrelada a mim, não ao fato de ele ter acabado de ganhar aquela quantia de dinheiro. O bilhete tinha sido colocado com certa displicência na mesa, entre nós, não agarrado pelas mãos dele como uma propriedade valiosa.

Comecei a entender.

— Isso não é grande coisa para você, né?

Ele levantou os ombros, depois os deixou cair de novo.

— Quanto você ganha? — exigi saber.

Um sorriso dissimulado se espalhou pelo seu rosto.

— Uma dama nunca revela essas coisas.

— Você não é uma dama.

— Os mesmos princípios se aplicam.

— Quanto, Ky?

Ele pensou um instante antes de responder.

— Ganhei quase cem mil numa corrida no ano passado.

— Cem mil? Numa corrida de *cavalos*? Quanto você apostou?

— Cinco mil.

Fiquei sem palavras. Quem em sã consciência colocava cinco mil dólares numa *aposta*? Aquilo deixou a ideia clara para mim: Ky Bateman era mentalmente instável.

— Não é essa coisa toda que você está pensando, loira. Fiz uma aposta de cem dólares e transformei esse dinheiro em cinco mil, depois apostei esses cinco mil. Tudo que podia perder naquele dia eram míseros cem paus.

— Essa lógica é toda errada. — Ri, parecendo uma histérica. — Você é *doido*. Não sei se estou intimidada ou empolgada.

Seu olhar ficou picante, carregado e sedutor.

— Preferiria a segunda opção.

— Como? — perguntei.

Ele franziu a testa.

— Como você fica "empolgada"? É isso?

Balancei a cabeça.

— Não, seu tarado, *como* você *sabe* em qual cavalo apostar?

— É a mesma coisa que pedir para um mágico revelar seus segredos.

— Então os revele, homem mágico.

Ele iria me contar. Eu faria isso acontecer.

— São muitas coisas. Um olho bom, conhecimento sobre a pista, os cavalos, o jóquei, o treinador. Existem muitos fatores.

— Me diga por que você escolheu o número seis.

O cavalo era uma zebra – *claramente*, nunca foi destinado a ser o campeão, mas, de alguma forma, Ky o tinha escolhido mesmo assim.

— Esse foi fácil. Dois anos, apenas duas corridas no currículo e nunca tinha sido testado nessa distância.

Aquilo de forma alguma soou como um bom motivo para colocar dinheiro no animal. Abri a boca para argumentar, mas ele ergueu o dedo no ar para me impedir.

— Olhei o cruzamento. Orgulho de Alizay foi gerado por Sonhos de Alizay, um dos melhores cavalos de corrida da Austrália durante sua curta carreira. A maioria das pessoas não ouviu falar dele porque ele foi aposentado cedo demais, mas, caramba, quando esse cavalo estava na pista, era imbatível nessa distância. Aí tem o jóquei. Ele pode não ser mais o melhor na sua profissão, mas é famoso por suas colocações nas pistas mais curtas. Ele sabe como tirar o melhor proveito de um cavalo nessa distância.

— Você sabia tudo isso?

— A informação está bem na sua frente se você sabe o que está procurando.

— *Hum*.

— Então, observo os prêmios, a flutuação, as subidas, as descidas. —

Ele chegou mais perto, como se estivesse me contando um segredo íntimo. — Existe uma ciência nesse esporte, um algoritmo, você sabe o que está procurando e consegue enxergar isso.

A maior parte do que ele estava dizendo não fazia o menor sentido para mim, mas eu estava vidrada em cada palavra que ele sussurrava, como se fosse um segredo que levaria para o meu túmulo.

— Qualquer um bem-informado, treinadores, compradores, criadores, apostadores importantes, espera quase até o início da corrida para fazer suas apostas. Esse pessoal não quer entregar nenhuma dica que leve a uma aposta em massa no cavalo que eles acham que vai ganhar. Quanto mais apostas num cavalo, menor o prêmio e maior seu favoritismo, então eles esperam o máximo que podem para garantir o melhor retorno. É arriscado deixar para fazer uma aposta na última hora. Às vezes, eu perco. Mas, se conseguir identificar a flutuação, em geral, combinando com algum tipo de informação, como o garanhão e o jóquei nesse caso, aí consigo ver que deve ser uma boa aposta.

— Você é mesmo inteligente, não é?

Um sorriso se espalhou aos poucos pelo seu rosto.

— Dou para o gasto.

Ele estava sendo modesto. Era muita coisa. Ele não estava apenas apostando. Estava fazendo apostas qualificadas, seguindo fórmulas, avaliando o terreno. Eu estava impressionada de verdade.

Bem quando tinha pensado que ele não poderia ficar mais atraente.

— Sempre existe erro nesse negócio, Blake, ainda mais com o fator humano pesando tanto, mas, se apostar com esperteza, pode acabar ganhando quando importa.

— Dá para ver.

Meu olhar saltou depressa para seu bilhete premiado.

Ele riu, se levantou e envolveu o braço nos meus ombros.

— Vem, loira. Você está com cara de quem está precisando muito de uma bebida... É por minha conta.

CAPÍTULO 17

Ky

Eu havia levado para casa um pagamento bem maior do que o que tinha no bolso naquele momento, mas esse era o que jamais iria esquecer.

Por causa dela.

Tudo ficava melhor quando era com ela. Ela ficou animada quando recebeu o valor da sua aposta de dez dólares. Foi muito fofo.

Tínhamos decidido largar aquela coisa chique e optado por assistir à última corrida do dia no estacionamento.

Blake tinha se livrado do salto e estava com uma garrafa de cerveja na mão esquerda enquanto andava para lá e para cá. Nada a ver com o rótulo que eu havia dado para ela, o da garota fresca que dava golinhos no coquetel.

Aquela mulher continuava me surpreendendo a cada nova oportunidade; toda vez que eu achava que a tinha entendido, ela falava ou fazia alguma coisa que me obrigava a reavaliar. Tipo, bem naquele momento, quando ela rodopiou descalça na grama comprida antes de saltar rumo à cerca e escalar a beirada de concreto.

Ela olhou por sobre o ombro para ver se eu a estava seguindo.

— Ky, vem!

Tomei um gole da minha cerveja, observando preguiçosamente, enquanto ela se agarrava à cerca de malha metálica. Seu traseiro era o retrato da perfeição naquele vestido.

— Eu poderia dar um tapa nessa bundinha.

— O quê?

— Eu disse: "A grama está cheia de erva daninha".

Ela me encarou, semicerrando os olhos.

— Ah, não, nem vem, espertinho, o seu primo pode se safar com essa tática, mas se quiser fazer comentários sexuais inapropriados para mim, pode falar na lata.

Dei risada.

— Sem problema. — Olhei bem para ela. — Queria ver a minha impressão digital no seu traseiro, Blake. Observar essa pele cor de leite ficar rosada debaixo da palma da minha mão.

Ela ficou vermelha, mas não respondeu, enquanto tentava ficar na ponta dos pés de novo, se esforçando para enxergar mais da pista ao longe. Mas consegui ver o que minhas palavras fizeram nela: o mesmo que as dela faziam comigo.

— Que foi, loira? Não consegue enxergar?

Fui para trás de Blake, e ela abriu um sorriso largo. Ela não estava bêbada, mas tinha tomado algumas cervejas, que a haviam deixado mais soltinha.

Ela deu meia-volta para ficar de frente para mim. Seus braços envolveram meus ombros ao mesmo tempo em que meus braços encontraram sua cintura.

Ela estava quase da minha altura, graças à elevação da borda na qual se empoleirou.

— Consigo ver perfeitamente bem, muito obrigada. Está prestes a começar.

— Que bom. Então vamos fazer uma aposta.

— Como você vai fazer uma aposta sem as suas estatísticas de corrida, hein, sabichão?

O canto da minha boca estremeceu.

— A boa e velha sorte, eu acho.

— Tudo bem, então — ela concordou, sem tirar os olhos de mim em momento algum. — Quero o cavalo com o jóquei verde.

— Laranja — falei, sem olhar o cavalo.

Deslizei as mãos para suas costas e até embaixo, no seu traseiro, deixando minha garrafa vazia cair na grama.

— Suas mãos estão na minha bunda — ela sussurrou.

— Hum... Estão mesmo... Como isso foi acontecer?

Ela segurou a vontade de sorrir enquanto balançava a cabeça, exasperada.

— Qual é a aposta, espertinho?

Inclinei a cabeça para o lado.

— Se você ganhar, pode ficar com metade do prêmio que ganhei hoje.

Ela revirou os olhos.

— Não quero o seu dinheiro.

— É uma aposta boa. Você deveria aceitá-la — insisti, me aproximando, fazendo nossos corpos encostarem um no outro.

— Você me deixa *louca* — ela resmungou.

Ela odiava o quanto gostava daquele fato. Dava para perceber.

— Acho que é esse o ponto — respondi, com a voz rouca.

Seus olhos focaram em mim, ansiosos.

— Então vamos supor que eu concorde. O que você leva se ganhar?

Fiquei em silêncio por alguns instantes.

— Levo você.

— *Eu?* — ela falou baixinho, se inclinando na minha direção.

— *Você.*

A voz do narrador começou a ecoar, a corrida estava acontecendo, mas nossos olhos permaneceram grudados.

— Temos um acordo, loira?

Ela balançou a cabeça, com um movimento único e curto.

— Não?

Ouvi o estrondo dos cascos quando os cavalos passaram voando por nós, mas, mesmo assim, não olhei para eles.

— Não — ela confirmou.

Fiquei decepcionado. Tinha certeza de que ela sentia a mesma coisa.

— Você não pode ganhar algo que já tem.

Minha ficha caiu, e me ouvi grunhir, um som tão primitivo e possessivo que fiquei chocado. Minha boca estava colada na dela num piscar de olhos, quente e querendo mais.

Seus dedos se entrelaçaram no meu cabelo e sua garrafa se juntou à minha no chão quando pressionei minha língua nos seus lábios e ela se abriu, me dando acesso.

Meu pau enrijeceu dolorosamente contra a costura da minha calça jeans quando ela se rendeu a mim, me deixando reivindicar sua boca, do jeito que eu já estava louco de vontade de fazer havia dias.

Ela tinha gosto de dias longos de verão e de noites mais longas ainda.

Aquilo não era só um beijo. Era uma promessa de que havia mais por vir. Era um sinal de lençóis emaranhados, gemidos sem fôlego e possibilidades ilimitadas.

— Ky... — ela gemeu nos meus lábios, enquanto eu colocava um pouco de ar para dentro.

— *Jesus* — grunhi, sem deixar minhas mãos darem um descanso para o seu traseiro.

Ela estava tão encostada em mim que eu estava ficando maluco. Meu corpo, minha mente... Ela tinha acabado comigo.

— Ky, isso foi...

— *Um divisor de águas* é o que veio à minha mente — completei, com meu sorriso ficando pretencioso, enquanto minha testa descansava contra a dela.

Ela baixou a cabeça, e seus lábios encostaram no meu pescoço, me fazendo estremecer. As coisas que aquela mulher conseguia fazer comigo desafiavam o bom senso.

Estiquei a mão até alcançar seu queixo, segurando-o entre os dedos, enquanto levava seus lábios de volta aos meus. Eu queria — não, nada disso

—, *precisava* sentir o gosto dela de novo. Ela suspirou, sem fôlego, e eu já era um caso totalmente perdido.

Então é isso. É essa sensação que é o amor.

Sabia que era uma maluquice. Tínhamos nos conhecido havia apenas alguns dias, mas não ligava. Blake não era apenas uma garota qualquer que encontrei no aeroporto. Ela era mais importante do que oxigênio naquele momento.

Meu corpo precisava do dela mais do que eu precisava da minha próxima respiração.

— *Blake*? — sussurrei, com o coração martelando no peito, enquanto ela tomava fôlego.

— Hum?

— Você aceita sair comigo na véspera de Ano-Novo?

Seus olhos, tão incomuns, impressionantes pra caramba, encontraram os meus, e a patada verbal e inteligente que eu podia apostar que estava na boca dela desapareceu. Pela primeira vez, ela não me deu nada além de pura honestidade.

— Não há nada que eu fosse adorar mais.

Muitíssimo obrigado por isso.

Passei a ponta do meu nariz em toda a extensão do dela, não fazendo nada que não fosse respirar Blake.

— Não vimos quem ganhou.

— Eu ganhei — falei depressa enquanto a levantava da borda. — Já estou com o meu troféu.

Ela soltou risadinhas, e seu cabelo sedoso fez cócegas no meu rosto. Pousei-a na borda de novo, e seu corpo deslizou deliciosamente no meu, até seus pés tocarem o chão.

— Então por que sinto que *fui* eu quem ganhou o prêmio?

Seus dedos delicados brincavam com o botão da minha camisa enquanto ela me espiava por entre os cílios.

Caramba, eu não era prêmio nenhum. Não era *nada* comparado a ela.

Me inclinei, mergulhando a cabeça para encontrar a dela — já que estávamos em pé de igualdade de novo —, e rocei os lábios nos dela, apenas uma vez, no beijo mais suave e doce da minha vida.

Estava bem ali nos meus lábios: o que eu sentia por ela. Poderia ter aberto a boca e revelado tudo, mas me contive. Blake não era uma corrida de trinta segundos. Era uma prova de longa distância. Precisava ir com calma, fazer as coisas do jeito certo.

Fizemos a viagem toda de volta de mãos dadas, inebriados um com o outro. Não podia falar por ela, mas não estava apenas bêbado com as sensações, estava chapado. Tinha que me policiar para calar a boca e dirigir. Toda vez que via uma área de descanso ou um hotel de beira de estrada, tudo o que queria fazer era parar o carro e transar com ela.

Blake não merecia aquilo, uma rapidinha no banco de trás de um cupê utilitário ou um quarto decadente. Ela merecia o melhor, e eu arrumaria um jeito de dar o melhor a ela. Mesmo que isso significasse exercer minha paciência, que estava cada vez menor.

Não era um homem especialmente paciente, para começo de conversa, mas também não era um idiota, e sabia que por certas coisas valia a pena esperar.

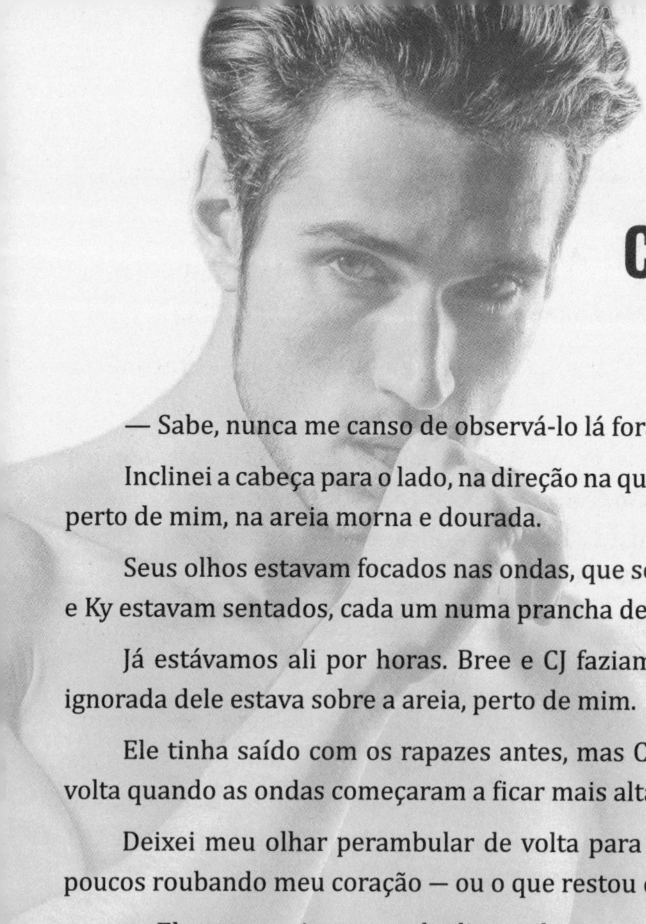

CAPÍTULO 18

Blake

— Sabe, nunca me canso de observá-lo lá fora.

Inclinei a cabeça para o lado, na direção na qual Aubrey estava reclinada perto de mim, na areia morna e dourada.

Seus olhos estavam focados nas ondas, que se quebravam onde Chance e Ky estavam sentados, cada um numa prancha de surfe.

Já estávamos ali por horas. Bree e CJ faziam um castelo, e a prancha ignorada dele estava sobre a areia, perto de mim.

Ele tinha saído com os rapazes antes, mas Chance decidiu trazê-lo de volta quando as ondas começaram a ficar mais altas.

Deixei meu olhar perambular de volta para o homem que estava aos poucos roubando meu coração — ou o que restou dele.

— Ele vem aqui quase todo dia — ela continuou. — Acho que o tempo para quando ele está no oceano. Às vezes, acontece de ele me dizer que vai ficar fora de casa por uma hora, e aí volta seis horas depois... Com o cabelo pingando e um sorriso bobo.

Dava para notar, pelo jeito com que falava, que ela não se incomodava com o fato de o marido desaparecer por horas a fio.

— Às vezes trago as crianças e fico só observando o que ele costuma fazer. É incrível. É como se ele tivesse nascido do mar ou algo assim.

Sabia o que ela queria dizer. Tinha sentido a mesma coisa observando Ky deslizar sem esforço pela água quando pegou uma onda. Era tão natural, tão perfeito... Parecia que a onda tinha simplesmente se aberto e o acolhido dentro dela.

— Ky gosta mesmo de você.

Ela me surpreendeu com suas palavras.

— Ele te disse alguma coisa? — perguntei, olhando para ela de novo.

Ela balançou a cabeça.

— Não. Não foi preciso. Nunca o vi desse jeito com uma mulher: doce, atencioso. Brincalhão, até. Você traz à tona o que ele tem de melhor.

— Acho que ele traz à tona o que tenho de pior — reconheci, envergonhada.

— Todos os melhores caras fazem isso. — Ela abriu um sorriso cúmplice. — Nunca tinha conhecido um sujeito cretino e presunçoso desse jeito quando encontrei aquele cara. — Ela inclinou a cabeça na direção do marido. — Mas ele acabou se revelando muito mais do que isso.

— Existem coisas sobre mim que o Ky não sabe — admiti, embora aquela atitude me deixasse apavorada.

— Com certeza, existem coisas que você não sabe sobre ele também, mas essa é a beleza da comunicação. Você pode simplesmente abrir a boca e deixar tudo sair. Ele te olha como se você fosse a coisa mais extraordinária do mundo, Blake, e não consigo imaginar que isso vá mudar do nada.

Concordei com a cabeça, pensativa.

Ela tinha razão. Sabia que tinha. Eu precisava conversar com Ky, mas estava com medo. Aquele havia sido o dia perfeito, e não queria estragá-lo contando os detalhes do meu passado. Ele não olhava para mim apenas como se eu fosse a coisa mais extraordinária do mundo, e sim a do universo — eu não era cega, conseguia enxergar isso.

Observei quando ele pegou uma onda bem em direção à praia antes de saltar da prancha, enfiá-la debaixo do braço e vir na minha direção com uma corridinha.

— Hum... Nossa! — sussurrei.

Ele era perfeito: braços e ombros sensuais... tatuagens que podiam muito bem ser lambidas... abdômen durinho e definido... e, para completar, ele estava encharcado, com água escorrendo do cabelo para o corpo.

— Sei como é duro — Aubrey murmurou. — Esses Batemans com certeza têm um belo patrimônio genético.

Peguei o celular, que estava sobre uma toalha perto de mim, e tirei uma foto.

Essa vai direto para a galeria da fantasia.

Também ia para Soraya. Digitei um e-mail curto para mandar para ela quando conseguisse sinal de Wi-Fi de novo.

Cara Ida,

Por que um homem fica gostoso pra caramba quando está ensopado?

— Babona Idiota, Pretty Beach

Sorri para mim mesma quando anexei a foto e apertei "enviar".

Ela iria ganhar um mimo quando aquela foto chegasse.

Os olhos de Ky encontraram os meus e não os largaram mais enquanto ele se aproximava da praia, parecendo um modelo.

Ele sorriu — não o sorriso malicioso e abusado de sempre, mas um de verdade, cheio da mais completa felicidade.

Todo o resto desapareceu quando ele olhou para mim daquele jeito. Até onde eu sabia, a gente poderia ser as únicas duas pessoas naquela praia. Não via ninguém, nem ouvia nada. Só ele. Só eu. Só *nós*.

Ele parou bem perto de mim, colocou a prancha na areia e se agachou.

— Sentiu minha falta, loira?

Fiz que sim com a cabeça, incapaz de formar palavras, enquanto cada centímetro de músculo definido dele me tentava.

Ele riu.

— Você sabe o quanto fico duro quando você me olha desse jeito? Estou precisando de todo o meu autocontrole, Blake, para não transar com você bem aqui, na praia.

Aquilo me mandou direto para a realidade. Me virei, pronta para pedir desculpas a Aubrey pela visão de que com certeza ela não precisava, mas ela tinha ido praia adentro com o marido e os filhos.

— Ninguém gosta de areia naqueles lugares — salientei.

Ele esticou o braço, e seus dedos frios me fizeram sentir arrepios na espinha quando roçaram a minha mandíbula.

Ele girou meu rosto para deixá-lo de frente para o dele de novo.

— Estou feliz pra caramba por você estar aqui.

Nunca o tinha escutado soar tão sincero.

— Também estou feliz por estar aqui — sussurrei.

Embora eu não devesse.

Embora eu seja uma pessoa horrível.

Embora eu esteja fadada a te magoar no final.

Não podia falar por ele, mas acho que, se alguém me oferecesse a chance de escolher entre ficar com ele, mesmo sabendo que iria terminar em coração partido, e não ficar com ele nunca, escolheria a primeira opção. Só me restava ter a esperança de que ele também pensasse assim, e que, quando eu contasse a realidade da minha vida, ele conseguisse entender.

Posso ter agido como se o tivesse odiado à primeira vista, mas, se ele acabasse me odiando de verdade, eu ficaria arrasada.

Ky era abusado, arrogante e bronco, mas também era bondoso, gentil e atencioso.

Ele era uma mistura perfeita de anjo e demônio, e eu odiava o universo por tê-lo colocado no meu caminho naquele momento — num momento em que não havia nem como eu merecê-lo.

— Posso comprar o seu jantar?

Respondi que sim com a cabeça. Ele poderia ter se oferecido para me dar uma injeção, e provavelmente eu ainda teria dito sim. Já era um caso perdido.

— Você está bem? — ele perguntou, juntando as sobrancelhas.

Não.

Sim.

Nem de longe.

Nunca estive melhor.

Não conseguia escolher uma resposta, então dei a ele a única coisa que passou pela minha cabeça que não era uma mentira.

Estiquei o braço, fazendo minha mão serpentear atrás do seu pescoço, e o puxei sobre mim. Seu corpo grande e molhado me pressionou na areia quando nossas bocas se encontraram em um beijo ávido, apaixonado e cheio de emoção.

Eu o peguei de surpresa, mas o susto durou pouco. Suas reações rapidamente se adaptaram e ficaram no comando, com seu macho alfa interior se manifestando conforme ele foi assumindo o controle.

Nunca tinha sido beijada daquela maneira, e já havia sido beijada muitas vezes. Ninguém jamais tinha feito eu me sentir como se fosse preciosa como um cristal e sexy como o pecado ao mesmo tempo.

Os olhos de Ky eram gentis, mas suas mãos eram firmes.

Ele olhava para mim como se tivesse toda a intenção de me cultuar, mas seu corpo eram outros quinhentos. Ele curvou o quadril, fazendo sua ereção pressionar minha barriga.

Sabia que estávamos indo por aquele caminho, mas agora que estávamos ali, prestes a consumar o ato, eu sentia medo.

Não sabia como eu iria embora depois daquilo. Não sabia como ele poderia sobreviver ileso.

— Nunca me canso de você, Blake — ele murmurou nos meus lábios.

Sentia a mesma coisa.

Meu Deus, sentia *tudo*. Eu era uma pessoa horrível... A pior de todas.

— Você me deixa louca — respondi.

— Que bom — ele rosnou antes de beliscar meu lábio inferior com os dentes.

Devolvi no mesmo nível em que recebi, e nossos lábios, línguas e mãos duelaram para decidir quem tinha o controle.

Ele ganhou. Acredito que ele sempre iria ganhar.

— Acho que é melhor a gente ir embora dessa praia — falei, ofegante, quando ele finalmente soltou minha boca.

— Não está a fim de uma exibiçãozinha pública, loira?

Ele abriu um sorriso ao rolar para sair de cima de mim e me puxar com ele.

— Isso *foi* uma "pequena" demonstração pública de afeto — informei a ele. — Temo que os nativos vão acabar discordando se a gente deixar a coisa esquentar.

Ele riu.

— Estraga-prazeres.

Ergui uma sobrancelha para ele.

— Agora você é um exibicionista?

— Quando o assunto é você, sou um monte de coisas, e nenhuma delas é lá muito inteligente.

Engoli em seco com força. Suas palavras me acertaram em cheio. Se ele ao menos tivesse a exata noção do quanto era estúpido me deixar entrar na sua vida...

— Vamos, loira, ainda não estou pronto para o dia de hoje acabar.

Sorri, concordei com a cabeça e dei a mão para ele.

Ele nos levou para casa de carro, e dei uma risadinha quando recebi uma resposta da Soraya.

Cara Babona Idiota,

Vou enviar uns babadores para você. Que inferno, acho que posso precisar de um também.

Beijo,

S

Ky me lançou um olhar de dúvida, enquanto eu ria da tela do meu celular, mas fiz um sinal com a mão para que ele não se aproximasse. Aquilo era papo de mulher, e, com certeza absoluta, ele não era uma mulher.

Depois de tomar banho e se trocar, ele nos levou para um lugarzinho no centro da cidade ao qual Aubrey insistiu que a gente fosse.

Ele estava dirigindo — *ele*, porque, pelo visto, não dava mais para confiar em mim — quando um canguru apareceu com um salto e atravessou pulando a via.

— Minha nossa, você viu aquilo? — reagi.

— O canguru? — ele perguntou, confuso.

— Sim, *o canguru*. Que diabo ele está fazendo aqui?

— Você é a típica garota da cidade. — Ele riu.

— Você tem toda razão e, de onde venho, os cangurus não saem por aí atravessando a via, saltando como se fossem pedestres.

Ele parou em uma vaga e desligou o motor.

— Bom, a Bree me falou que isso é comum por aqui.

Olhei pela janela de novo, mas ele tinha ido embora fazia tempo.

— Que coisa mais selvagem.

— Eu acho muito legal.

— Você gosta mesmo daqui, não é?

Ele respondeu que sim com a cabeça.

— Estou me apaixonando por este lugar.

Estou me apaixonando por você.

— É incrível mesmo.

Ele soltou o cinto de segurança e se encostou no assento.

— E você, loira? Se vê morando num lugar assim?

Seu tom era casual, mas a intensidade nos seus olhos escuros era inegável.

Era uma pergunta capciosa. Uma que me deixou apavorada.

Não tínhamos trocado uma única palavra sobre que diabos estávamos fazendo lá, ou o quanto aquilo poderia durar. Não havíamos chegado nem perto do assunto "o que vem em seguida" e, de minha parte, estava grata. Não podia dar a ele nada além do agora, e mesmo sobre isso eu tinha minhas ressalvas. Ele merecia alguém que daria a ele tudo de si — sua honestidade, seu futuro.

Não sabia ao certo qual seria meu futuro.

Minha vida estava um caos. *Eu* estava um caos.

— Sinceramente... Não tenho a menor ideia de qual vai ser o meu próximo passo. Amo este lugar, é lindo, mas não sei nem onde vou estar na semana que vem.

Ele concordou com a cabeça devagar, e seu pomo de adão subiu e desceu quando ele engoliu em seco. Duvidava de que era a resposta que ele tinha esperado, mas eu precisava começar a ser honesta em algum momento, e aquela me pareceu uma boa oportunidade para iniciar o processo.

— Estou apenas vivendo um dia de cada vez, me divertindo... Por mais que me doa te fazer um elogio.

Aquela confissão me rendeu um sorriso.

Ele não ficou me perguntando mais nada em todo o restante da noite. Nada de conversa profunda e importante — só brincadeira leve, divertida e sexy. Então, me dei um *vale night*. Me permiti esquecer tudo do passado e apenas vivi o momento, com Ky.

Ele me contou sobre seus destinos favoritos ao redor do mundo — tinha estado em quase todo canto —, e eu falei para ele das crianças que haviam sido minhas alunas nos Estados Unidos. Conversamos por horas e horas, e foi como se o tempo tivesse parado... E, quando adormeci nos braços dele naquela noite, enfim senti como se talvez estivesse exatamente onde eu deveria.

CAPÍTULO 19

Ky

Acordei com minha ereção cutucando o traseiro dela.

— Eu sei, cara, eu sei — murmurei para mim mesmo.

Meu pau estava pronto para entrar em ação, mas ia ter que se acalmar. Eu tinha um plano para surpreender Blake e não iria ferrar com tudo deixando meus hormônios tomarem as rédeas.

Percebendo que eu estava acordado, ela se mexeu, antes de rolar e bocejar.

— Feliz véspera de Ano-Novo — eu disse.

— Isso não existe — ela respondeu, sonolenta.

— Não me importo.

— Bom, pois deveria.

— Você vai fazer eu me importar, loira?

Mal sabia ela que ela já fazia eu me importar, não com falar abobrinha, mas com ela, com *tudo*... Com coisas que nunca tinha sequer considerado antes de ela aparecer.

— Talvez — ela respondeu sem entusiasmo em meio a outro bocejo.

— Volte a dormir. — Beijei sua testa. — Preciso organizar umas coisas.

Ela piscou algumas vezes, já com cara de que poderia adormecer de novo.

— Tem certeza? Me sinto mal com isso.

Dei risada. Ela era uma mentirosa, e não muito boa.

— Tenho. Durma um pouco.

Seus olhos se fecharam e fiquei sentado ali, observando-a dormir por alguns minutos antes de sair da cama, o tempo todo orientando meu pau a relaxar.

— Sua hora vai chegar, amigão — murmurei. — Tenha um pouco de fé.

Tomei banho, me vesti e fui em busca de comida.

Chance estava na cozinha, batendo alguma coisa no liquidificador terrivelmente barulhento, já que ainda era meio cedo.

— Cara! Bom dia. Já estava me perguntando quando você ia arrastar seu traseiro para fora da cama.

Conhecendo Chance e sua energia sem fim, ele já devia ter dado um tratamento paisagístico a um jardim, tosado uma ovelha ou alguma porcaria assim naquela manhã.

Se eu era cheio de energia, então ele era uma bateria na casa dos megawatt totalmente carregada: sempre pronto para entrar em ação e a fim de qualquer coisa.

Ele despejou uma espécie de vitamina em dois copos e me passou um.

— São só nove horas.

— O dia começou três horas atrás.

Não sabia direito se andei vivendo uma vida tranquila ou se tinha viajado por tempo demais, ou se ele não era tão bom da cabeça, mas, até onde eu sabia, seis horas não era nem manhã.

— Onde está sua cria? Preciso ter uma conversa séria com o CJ. Aquele merdinha colocou sabão na minha escova de dente ontem à noite.

Aquela foi uma surpresa não tão agradável antes de eu ir para a cama no dia anterior.

Chance riu alto.

— Bem que te avisei para não ensinar para ele os nossos velhos truques.

— Talvez eu retribua espalhando pasta de dente no rosto dele enquanto ele dorme. Ele já acordou?

— Aubrey já levou os dois para a casa da babá. Na verdade, são amigos nossos que têm filhos da mesma idade. As crianças ficaram nos atazanando para ir desde que acordaram. Vão passar a noite lá. Vai ser a primeira véspera de Ano-Novo desde que viramos pais que a gente vai ter uma chance de ficar acordado até meia-noite.

— Nossa, os tempos mudaram.

Ele passou a mão no cabelo.

— Vou te falar uma coisa, cara, ter filhos é o compromisso mais desafiador que já assumi, mas não faria nada diferente. Bree está dando sinais de que vai colocar o atrevimento da mãe no chinelo, e o CJ é muito parecido comigo. Me apavora pensar no que vai acontecer quando ele tiver quinze anos, mas, caramba, eles são a minha vida.

— Eles são boas crianças. Você e a Aubrey estão mandando muito bem na educação deles.

Ser pai combinava com ele. Ele era paciente, justo e engraçado. Era o que um pai deve ser, e eu esperava que, um dia, quando minha hora chegasse, eu pudesse ser metade do pai que ele era. E já seria mais do que duas vezes o pai que o meu foi.

O rosto de Blake piscou como um lampejo na minha cabeça quando pensei nos meus futuros filhos — se tivesse acontecido com qualquer outra mulher, ainda mais com uma que eu tivesse acabado de conhecer, ficaria em pânico. Mas, quando se tratava da loira, conseguia vê-la ficando barriguda dos nossos filhos... Segurando nosso bebê... Não era tão assustador.

Sabia que precisava controlar esses pensamentos. Lá estava eu, praticamente escolhendo os nomes dos nossos filhos, e não tínhamos nem dormido juntos.

Minha esperança era de que isso mudasse naquela noite.

— Você acha que pode me ajudar com uma coisa? — perguntei a Chance.

— Claro.

Ele concordou com a cabeça sem nem ao menos perguntar com o que eu queria ajuda.

Esse era o Chance, senhoras e senhores: ele se desdobrava para ajudar sem pensar duas vezes. Ele faria você sofrer depois, mas, mesmo assim, ajudaria.

Foram necessárias as duas horas seguintes, duas viagens para a cidade e mais alguns palavrões para organizar tudo, mas, quando ficou pronto, estava perfeito.

Blake iria adorar.

— Nunca imaginei que você fosse do tipo romântico. — Chance sorriu, sarcástico, enquanto admirávamos nosso trabalho manual.

— Olha só quem fala! Já te vi pegando flores no jardim para dar para a Aubrey.

Ele ergueu as mãos em defesa.

— Sou pau-mandado mesmo, não tem graça, mas não estamos falando de mim, estamos falando de *você*.

Saí do celeiro e fechei a porta assim que ele passou, depois de mim, e não abri a boca. Sabia quando estava sendo provocado, e aquele era um desses momentos.

Chance riu.

— Vou assumir que o seu silêncio é uma confirmação.

— Como você preferir, cara.

Andamos lado a lado em direção a casa, cutucando o ombro um do outro de vez em quando, como costumávamos fazer quando éramos mais jovens, tentando ver quem conseguia fazer o outro perder o equilíbrio primeiro.

— Parece que a sua garota finalmente acordou.

Minha garota.

Meus olhos procuraram por ela, encontrando-a na varanda, encostada nos balaústres, tomando pequenos goles de uma xícara que eu sabia que teria café, e nos observando, com um sorriso brincando nos seus lábios carnudos.

Dei uma corridinha, me afastando de Chance, logo diminuindo a distância entre mim e Blake. Tinha estado bem próximo dela havia apenas algumas horas, mas meu corpo sentia falta do dela. Era como se um pedaço de mim estivesse faltando quando ela não estava por perto.

— Oi, espertinho.

— Bom dia, loira.

— Desculpa por dormir até tão tarde.

— Você me avisou que precisava mesmo das suas oito horas.

Ela tinha dormido por, tipo, umas doze, mas percebi que ainda devia a ela uma cota do nosso voo.

— O que os rapazes estão fazendo aí fora?

— Bom dia, mocinha — Chance interrompeu, inclinando na direção dela o chapéu ridículo que ele usou a manhã inteira.

— Que diabo é isso na sua cabeça? — ela quis saber.

Dei risada.

— Nunca viu um chapéu na sua vida?

— Claro que já, mas *isso aí*... — ela falou, apontando um dedo acusador na direção de Chance — *não* é um chapéu. É uma coisa que faz o olho doer.

— Ah, qual é! — Ele sorriu. — É um clássico da Austrália.

Parecia que um filme clichê sobre a vida no campo na Austrália tinha vomitado na sua cabeça. Ele estava usando um chapéu de pescador ridículo, com rolhas de cortiça penduradas na aba que balançavam toda vez que ele se mexia.

— É ridículo. — A voz de Aubrey veio de algum lugar atrás de nós.

— Não diga isso, princesa. Achei que você gostava do tanto que eu era australiano.

— Gostava do seu *sotaque*, não do seu senso de moda. Além disso, agora que estamos morando aqui, esse sotaque já está batido.

— Assim você me magoa, Aubrey.

Não deixei de notar o jeito com que ele pronunciou o nome dela para soar ainda mais australiano. AH-BREE.

O cara era um sem-vergonha. Me ensinou tudo o que eu sabia.

Aubrey revirou os olhos e desapareceu casa adentro, e Chance foi atrás, recitando expressões australianas ridículas como "vou colocar mais camarão no churras" e "estar com a molesta".

Blake balançou a cabeça, e seus olhos brilhavam de tanto que ela estava se divertindo.

— Sabe, o fato de ele ainda ter todos os dedos é mesmo uma prova do autocontrole dela.

— Desta vez, concordo com você.

Agora que estávamos só nós dois, me aproximei, puxando-a para o meu corpo.

— Como você dormiu?

— Como um bebê.

Me inclinei e rocei meus lábios nos dela. Ela estava com gosto de café e raios de sol.

— Senti sua falta.

Ela riu, e suas bochechas ficaram levemente coradas.

— Você é cheio de lábia. Acha que pode simplesmente sussurrar umas palavras fofas no meu ouvido e me conquistar?

Encolhi os ombros.

— Você é quem deve me dizer, loira. Está funcionando?

Ela mordeu o lábio inferior, mantendo os olhos colados nos meus.

— *Talvez*. Talvez eu prefira o seu palavreado chulo.

Cacete. Eu poderia me beneficiar disso.

Deslizei o nó dos dedos pela lateral do seu rosto, e ela o inclinou para encontrar minha mão. Aquele movimento simples me disse tudo de que precisava saber.

Ela pode ter sentido vontade de dar um soco no meu pescoço metade do tempo que passamos juntos, mas o que eu estava fazendo... *estava* funcionando.

— O que está programado para hoje à noite?

— Vamos a uma festa.

— Que tipo de festa?

Sinceramente, eu não tinha a menor ideia.

— Vista uma roupa bonita.

Seus lábios se curvaram em um sorriso malicioso.

— Da última vez que me disse para vestir uma roupa legal, você ficou bravo comigo por fazer isso.

Uma mulher como Blake nunca ficaria apenas "bonita". Ela tinha duas configurações: *gostosa* e *gostosa pra caramba*.

— Nada de vestido branco. Meu autocontrole não aguenta — rosnei.

Ela colocou a xícara sobre uma mesinha e passou as mãos no meu peito, depois nos meus ombros e ao redor do meu pescoço. Seus dedos brincaram com os cabelos na minha nuca.

— Você vai se arrumar para mim? — ela sussurrou, quase ronronando.

— Talvez.

— Vou te contar um segredinho, espertinho. — Ela se inclinou para falar no meu ouvido. — Tenho um fraco por homens de terno.

Um formigamento subiu e desceu na minha espinha. Puta merda, então seria um terno.

— Posso providenciar — falei, com a voz rouca.

— Quais são os *seus* fracos, espertinho?

Quando olhei naqueles olhos dela, um azul, um verde, só havia uma resposta no mundo inteiro.

— *Você*.

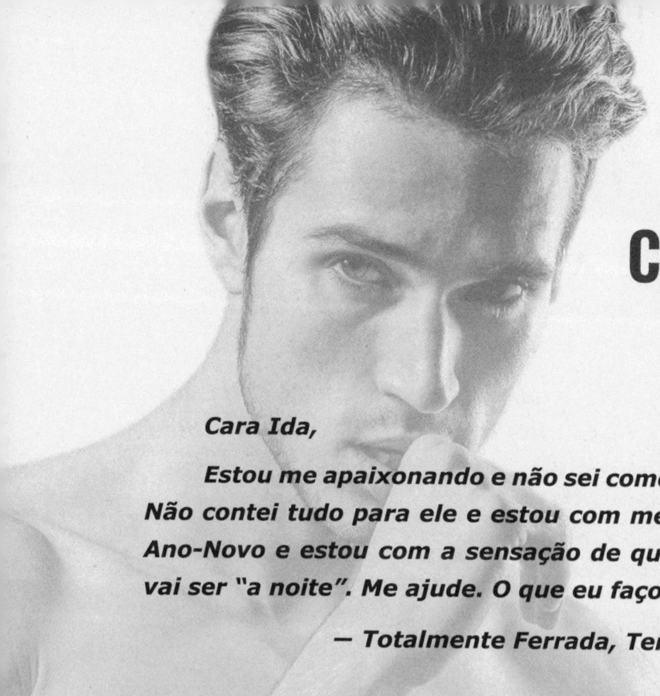

CAPÍTULO 20

Blake

Cara Ida,

Estou me apaixonando e não sei como fazer isso parar. Não contei tudo para ele e estou com medo. É véspera de Ano-Novo e estou com a sensação de que a noite de hoje vai ser "a noite". Me ajude. O que eu faço? Fico ou fujo?

— Totalmente Ferrada, Terra dos Cangurus.

Coloquei o celular na cama, perto de mim, e a cabeça entre as mãos.

Já estava vestida, maquiada e o cabelo domado na forma de cachos macios. Estava pronta para ir. Ky me esperava, mas, de repente, eu não conseguia respirar direito.

Eu era uma pessoa horrível. Deveria estar em outro lugar naquele exato momento, mas estava ali, e não havia nada que pudesse fazer para mudar aquilo. Não que eu teria feito se tivesse escolha, o que apenas me transformava num ser humano ainda *pior*. Estava magoando pessoas.

— Que diabo estou fazendo? — sussurrei para mim mesma.

Eu gostava de Ky — *mais* do que gostava —, e esse era o problema. Não tinha esse direito. Não estava em uma situação que me permitia dividir minha vida com alguém e, mesmo assim, lá estava eu, fazendo isso.

Olhar pela janela mais cedo naquele mesmo dia e vê-lo andando com aquele maldito bode na guia foi o que bastou para eu me apaixonar ainda mais por ele.

Eu o tive para mim por três dias. Não conseguia nem imaginar o quanto meus sentimentos por ele poderiam se intensificar depois de três semanas, três meses, três anos... Caramba, até três décadas!

Meu celular vibrou com um e-mail novo na caixa de entrada, e o tirei da cama.

Cara Totalmente Ferrada,

Você vem do futuro. Que da hora. Existem carros voadores aí?

Se você fugir, sugiro sapatos confortáveis. Uma vez, tentei fugir usando salto alto, e deu ruim. Ah, e dose bem a sua energia. Ouvi dizer que a Austrália fica muito longe.

Beijo,

S

Gemi. Maldita Soraya. Já deveria ter me ocorrido que ela era muito melhor fazendo comentários sarcásticos do que dando conselhos de verdade.

Ela sabia muitíssimo bem que eu não iria fugir. Ela estava tirando sarro da minha cara.

Larguei o celular e fiquei em pé. Ela poderia ter sido tão útil quanto uma nuvem sem chuva sobre o deserto, mas levantou umas questões interessantes. A primeira foi que eu não tinha nenhum sapato confortável, e a segunda foi que eu *estava* na Austrália, no meio do nada. De fato, não havia como escolher quando se tratava daquele assunto. Eu ficaria, sendo a coisa certa a fazer ou não.

Olhei no espelho e jurei que iria conversar com Ky. Contar a verdade a ele antes que qualquer outra coisa acontecesse entre nós. Devia isso a ele.

— Loira?

Houve uma batida na porta antes de ela se abrir, e Ky entrou sem esperar uma resposta.

Fiquei sem fôlego.

Puta merda.

Não sei nem por que ele usava qualquer outro tipo de roupa. Ky Bateman preenchia um terno como um rei. Seus ombros largos estavam cobertos por uma camisa de botão e um paletó preto, e uma gravata preta foi amarrada com capricho em volta do pescoço.

Ele era o homem mais sexy que já tinha visto na vida, e estava olhando para mim como se o sol brilhasse de dentro do meu corpo.

Isso não pode estar errado.

Decidi ali mesmo que iria simplesmente me divertir. Conversaria com Ky depois, mas, primeiro, deixaria aquele homem lindo me levar para sair.

— Minha nossa, loira. Você poderia ter me avisado que o vestido preto te deixava ainda mais gostosa do que o branco.

Sua expressão era de sofrimento, como se ele estivesse lutando para manter a compostura.

Maldita compostura. Não queria controle, queria que ele perdesse a cabeça.

— Esta coisa velha?

Girei devagar, me exibindo.

Ele gemeu.

— Você tem um traseiro fenomenal.

Soltei uma risada, bufando.

— Esse deve ter sido o maior elogio que ele já recebeu.

Ele caminhou na minha direção, como um predador atrás de sua presa, e me puxou de forma bruta contra seu corpo.

— Duvido. A maior parte dos caras deve ser covarde demais para dizer o que eles realmente sentem na sua cara.

Segurei seu bíceps com força.

— E você é grande e corajoso?

— Com certeza — ele sussurrou no meu ouvido, fazendo meu corpo todo se arrepiar.

As coisas que esse homem conseguia fazer comigo eram loucas. Andava no fio da navalha toda vez que ele estava perto de mim.

— Vamos nos atrasar.

— Então vamos andando — sussurrei.

Ele olhou de relance para a cama, depois de novo para mim, e mais uma vez para a cama. Era cômico, na verdade. Sabia como ele estava se sentindo. Seria mais fácil a gente dizer "que se dane", e aí se trancado naquele quarto e passado a noite entre os lençóis, mas isso significaria que eu teria que contar tudo ao Ky bem ali, e eu precisaria de uma bela dose de coragem na forma alcoólica antes de ir por esse caminho.

— Mais tarde, espertinho — prometi. — Primeiro, você me deve um encontro.

Ele sorriu, um sorriso completo, nível megawatt. Ele era demais, bonito demais, cativante demais.

— É verdade.

Ele saiu de perto de mim, e consegui ter o que me pareceu a primeira respiração desde que ele entrou pela porta.

Fomos de carro com Aubrey e Chance até a praia, onde uma tenda enorme estava montada no gramado que ficava bem perto da areia.

Era um cenário magnífico. Pretty Beach com certeza fazia um bom trabalho no quesito estar à altura do seu nome.

Chance abriu a porta.

— Vamos lá, princesa, hora de eu ficar com a barraca armada.

— O que você disse? — Aubrey gritou para ele.

— Eu disse "hora de a gente ir para a tenda armada" — ele respondeu, parecendo o retrato da inocência.

Segurei a risada. Ele era muito sacana.

Ky sorriu para mim com malícia e desceu do carro. Ele ficou segurando minha mão enquanto nos aproximávamos da tenda, bem durante o pôr do sol.

Puxei seu braço quando ele fez menção de ir atrás de Chance e Aubrey.

— A gente pode apreciar a vista um minutinho?

Ele concordou com a cabeça.

Ficamos em pé, parados, de mãos dadas, observando enquanto o sol desaparecia devagar.

Suspirei. Sentiria falta daquele lugar quando tivesse que ir embora — porque, na realidade, essa hora iria chegar. Não poderia permanecer naquela bolhinha de vida de fantasia para sempre, não importava o quanto eu pudesse ter desejado isso.

— Pronta, loira?

— Como nunca estive.

Ele riu.

Entregaram uma taça de champanhe para cada um de nós quando chegamos na enorme tenda, antes de sermos abordados para tirar uma foto.

— Digite o seu e-mail aqui que vou te mandar a foto — a jovem fotógrafa me disse.

Inseri meu e-mail e devolvi o tablet para ela.

Ky pegou minha mão de novo e me conduziu pelo local, até chegarmos onde Chance e Aubrey estavam conversando com um grupo de pessoas.

Fizeram-se apresentações, iniciaram-se conversas, fumaram-se charutos, e drinques demais foram consumidos à medida que as horas passavam voando, sem sequer notarmos.

Me surpreendi com quanto me senti em casa naquele lugar, rodeada de estranhos, com Ky — que era basicamente um estranho também — ao meu lado. Era fácil demais imaginar a vida que eu poderia ter lá. Ela me parecia natural, *leve*, e ao mesmo tempo selvagem e livre.

— É quase meia-noite, loira — Ky sussurrou no meu ouvido.

Virei o corpo para ficar de frente para ele, meio desequilibrada no salto alto, mas certa de que ele jamais me deixaria cair.

— É mesmo, espertinho?

Ele confirmou com a cabeça, me levando para fora, em direção à pista de dança.

— Dance comigo.

Balançamos devagar de um lado para o outro, fora do ritmo da música animada que estava tocando, mas sem darmos a mínima para isso. Éramos só eu e ele de novo.

Ele segurou meu queixo com firmeza quando a contagem regressiva para o Ano-Novo começou e, enquanto todo mundo à nossa volta gritava: "Feliz Ano-Novo!", ele me beijou, e sua boca habilidosa se mexeu com a minha de um jeito que nunca tinha acontecido antes.

Aquilo não era só um beijo, era *tudo*.

Ky Bateman tinha gosto de uísque, tabaco e decisões inconsequentes. E nada nesse mundo jamais teve um gosto tão bom.

Um cara bêbado bateu no peito como se estivesse se achando o próprio Tarzan e depois tropeçou, vindo para o meu lado.

Me virei para lançar um olhar furioso para ele, mas antes de ter a chance de acalmar minha expressão, Ky o havia empurrado para longe com força.

— Olha por onde anda, porra. — Ele olhou feio para o sujeito, assumindo uma expressão sanguinária.

O sr. "Bebi meu peso em cerveja" se afastou, todo desequilibrado.

— Ei! — Puxei o braço de Ky quando ele ameaçou dar um passo ameaçador na direção do cara. — Relaxa. Está tudo bem. Não preciso da sua proteção. Não sou uma mulher fraca.

Nunca o tinha visto tão agressivo.

Seu olhar voou do rapaz para o meu rosto e se enterneceu.

— *Jamais* te protegeria por pensar que você é fraca, Blake. — Ele se aproximou para segurar meu rosto em suas mãos, se esquecendo do nosso amigo bêbado. — Te protegi porque você é *importante*. Talvez a mais importante que já existiu.

Não conseguia desviar o olhar, mesmo com sua confissão me assustando.

— Não diga uma coisa dessas — sussurrei.

— Quer que eu minta para você, loira?

Sim.

Não.

Talvez.

Balancei a cabeça. Eu já estava mentindo o suficiente por nós dois.

— Está pronta para cairmos fora daqui? — Ele se aconchegou no meu pescoço.

Estaria pronta para quase tudo, desde que ele estivesse ao meu lado.

Acenei com a cabeça.

— Ótimo. Tenho uma surpresa para você em casa.

Seus olhos se encontraram com meu olhar fixo, com o dourado neles mais em chamas do que jamais tinha visto. Ele não esperou uma resposta. Nem sequer se importou em se despedir de Chance e Aubrey. Apenas me conduziu para fora da tenda, na direção de um táxi que estava esperando passageiros.

A curta volta para casa ocorreu em silêncio, preenchido com tensão sexual, espiadelas roubadas e toques suaves.

Não podia negar o quanto meu corpo estava desesperado pelo dele. Não estava nem no controle mais. Ele tinha esse poder nas suas mãos.

Ele me conduziu para fora do táxi, mas, em vez de irmos na direção da casa – e da cama –, demos a volta até chegarmos à parte de trás, rumo ao celeiro.

— Vamos fazer uma visita aos porcos?

Ele me lançou um sorriso malicioso, olhando para trás, mas não disse uma palavra.

Ele abriu a enorme porta, e eu suspirei.

Havia pisca-piscas pendurados por todo o celeiro, e alguns fardos de feno tinham sido posicionados para formar um semicírculo pequeno e aconchegante, com cobertores colocados em cima deles. Bem no centro, estava o bode.

— Ah, pelo amor de Deus! — Ky sussurrou.

Pixy baliu.

Cobri a boca com a mão, rindo, enquanto ele correu para dentro, tentando espantar o bode da cama temporária.

— Saia daqui, sua peste.

Ky o conduziu para fora e se virou para mim, encabulado.

— Não era bem isso que eu tinha em mente.

Atirei os braços em volta do pescoço dele e levei minha boca ao encontro da sua, beijando-o ardentemente.

— Está perfeito.

— Está?

— Está, *McKay*, *ainda* não é um nome. É a coisa mais fofa que alguém já fez para mim.

Ele riu.

— Então é assim que vai ser? Te ofereço romance, e você tira sarro da minha cara?

Confirmei com a cabeça.

Soltei um gritinho agudo quando ele me pegou nos braços e me carregou pelo celeiro até os cobertores.

Olhamos nos olhos um do outro, e não consegui desviar mais os meus. Ele tinha o olhar mais expressivo que existia... Naquele exato momento, eles estavam carregados de luxúria, necessidade, desejo. Acho que posso ter visto até um lampejo de amor.

Ele foi nos abaixando no cobertor até ficar sentado, meu corpo aprisionando o seu com as pernas. Meu vestido foi levantado até a cintura, e já conseguia sentir seu pau duro pressionando meu abdômen.

Ele estava pronto, eu estava pronta... Só havia uma coisa me impedindo.

— Ky, eu... preciso te contar uma coisa sobre por que fui embora dos Estados Unidos.

Ele deu beijos suaves no meu pescoço, e minha cabeça caiu.

— Me conta depois.

Sua boca continuou ao longo da minha clavícula e foi abaixando até a elevação dos meus seios.

— Preciso te contar *agora* — falei baixinho.

Ele posicionou o rosto na mesma altura que o meu e colocou um dedo nos meus lábios para me fazer ficar quieta.

— Não quero pensar em nada que não seja você e eu esta noite. Podemos simplesmente tirar a noite para a gente? Não vou a lugar nenhum, Blake. Pode me contar o que você quiser amanhã de manhã.

Concordei devagar com a cabeça.

— Ok.

Sabia que era errado, mas queria a mesma coisa que ele: uma noite que fosse só para nós dois antes de a realidade vir, batendo à porta.

Podia dar isso a ele.

Sua boca encontrou minha pele de novo, e gemi.

Vou contar para ele amanhã de manhã.

CAPÍTULO 21
Ky

A mais absoluta perfeição.

Era isso que ela era. Nunca tinha visto algo tão lindo em toda a minha vida.

Seu cabelo longo e dourado estava caindo em ondas sobre os ombros e pelas costas enquanto eu beijava cada centímetro de pele nua que podia alcançar.

Seus gemidos suaves e ofegantes serviram apenas para me deixar mais excitado, até que não aguentei mais. Eu precisava tanto estar dentro dela que mal conseguia pensar direito.

Aquele vestidinho preto podia ser sexy pra caramba, mas sua função tinha terminado. Estava doido para ver o que havia embaixo dele.

— Abra o zíper — ela murmurou, enquanto deslizei as alças por seus braços.

Segui sua instrução sobre o zíper nas costas do vestido dolorosamente devagar, me deleitando com a forma como a pele dela ficava arrepiada por causa do meu toque. Não que ela não provocasse a mesma coisa em troca. Ela me deixava louco, de zero até o ponto da insanidade, com um único toque.

Abaixei seu vestido, fazendo a parte de cima se acumular na cintura, e fiquei passando os olhos por seu sutiã de renda preto e transparente sem pressa alguma.

Peitos arrebitados fitavam para mim, com os mamilos se eriçando sob o meu olhar.

— Você não tem ideia de quantas vezes já te imaginei desse jeito.

Suas mãos se entrelaçaram no meu cabelo e puxaram minha cabeça.

— Talvez eu tenha.

— Estou duro demais por sua causa, loira.

Ela puxou meu cabelo, forçando meu rosto a chegar bem perto do dela.

— Então me possua.

Ela não precisava falar duas vezes. Acho que não precisava falar nada. Eu iria possuí-la: aquela dança entre nós já tinha se transformado num caminho sem volta.

Seus olhos estavam incandescentes de desejo quando puxei os bojos do sutiã para baixo e mergulhei a boca para chupar um dos mamilos enrijecidos.

Sua cabeça tombava, enquanto eu envolvia, lambia e sugava, antes de passar para o outro.

— *Ky* — ela disse baixinho, fazendo as mãos deslizarem nos meus ombros e me livrando do paletó, antes de lidar com os botões da minha camisa com rapidez.

Ela passou as unhas pelo meu abdômen, e eu estremeci.

Não conseguia mais aguentar. Deitei-a com leveza no cobertor e estiquei o braço para alcançar o vestido, fazendo-o escorregar pelo seu corpo.

— *Puta merda*, loira.

Queria poder ter tirado uma foto. Não que em algum momento fosse esquecer a visão à minha frente. Ela ficaria marcada a ferro quente na minha memória para o resto da minha vida. Nenhuma outra mulher poderia chegar perto daquilo um dia, eu sabia disso. Se aquela coisa entre nós não desse certo, ela estava prestes a me arruinar para qualquer mulher que viesse depois dela.

Atirei a camisa e a gravata para o lado e puxei o botão da calça, desesperado para me livrar dela.

Seus olhos não saíam do meu corpo enquanto me despia de tudo o que estava usando, até ficar completamente nu e me ajoelhar na frente dela.

Ela engoliu em seco quando viu meu membro duro.

— Está vendo o que você faz comigo? — rosnei, enquanto me acariciava lá, da base até a ponta.

Ela lambeu os lábios. Minha nossa, precisava daqueles lábios em volta do meu pau antes da noite terminar.

Peguei um preservativo no bolso da calça e rasguei a embalagem metalizada. Esse foi o único barulho no celeiro. Ela ficou me observando com ansiedade — *com apetite* —, enquanto eu o desenrolava.

— Por favor, Ky... — ela implorou, e não deixei passar, fazendo os últimos resquícios de moderação deixarem o local.

Puxei o pedacinho de renda do espaço entre suas pernas e o atirei pelo celeiro. Suas pernas se abriram para mim, e deslizei no meio delas como se o espaço tivesse sido feito especificamente para mim.

Eu estava alucinado, selvagem, completa e totalmente fora de controle.

Agarrei seu tornozelo com força, trazendo-o até meu ombro, e beijei rudemente a extensão da sua panturrilha, subindo pela coxa, até chegar no ponto com o qual vinha sonhando sem parar desde a primeira vez que seus olhos se encontraram com os meus.

Passei o polegar de uma extremidade da sua abertura até a outra, e ela suspirou.

— Você quer que eu te toque, Blake?

— Quero — ela respondeu, ofegante. — Meu Deus, *por favor*, Ky...

Sorri com malícia. Isso provavelmente fazia de mim um babaca, mas gostava de ouvi-la implorando. Queria meu nome nos seus lábios quando a fizesse se desmanchar de prazer.

Deslizei o polegar para dentro do seu canal quente e, ao mesmo tempo, suguei seu clitóris.

Seu quadril deu um pinote, e seus dedos puxaram meu cabelo até doer. Caramba, nunca tinha ficado excitado daquele jeito.

— Estava louco para saber o quanto seu gosto seria doce — murmurei, antes de mergulhar a língua no espaço que o polegar tinha acabado de deixar vago.

Ela se contorcia embaixo de mim, sem fôlego, enquanto eu a provocava, deixando-a no limite para depois pegar mais leve.

— Quero você todinho — ela gemeu, e suas mãos me arrastaram para cima.

Cedi, dando a ela o que ela queria, porque era tudo o que eu queria também — me enfiar bem dentro da sua boceta perfeita até não conseguir me lembrar da porcaria do meu nome.

Rastejei, subindo pelo seu corpo, e reivindiquei sua boca. Ela gemeu ao sentir o próprio gosto nos meus lábios, fazendo a língua mergulhar na minha boca.

Recuei e tirei um minuto para olhar para ela de verdade, o tom corado nas bochechas, a expressão selvagem nos olhos, o jeito como seus lábios sensuais estavam entreabertos.

— Preciso de você, Ky.

— Que impaciência, loira.

— Vai se ferrar — ela revidou.

Suas pernas envolveram minha cintura, me alinhando com seu centro, e investi para dentro dela, chiando ao senti-la segurando com firmeza cada centímetro do meu corpo pela primeira vez.

Ela soltou um gemido alto enquanto se ajustava ao meu tamanho.

Entrei nela devagar, com os movimentos muito mais contidos do que achei que seria capaz de fazer, antes de meter com força, até o limite.

Senti meus olhos se revirando quando seu canal escorregadio e quente me apertou.

Blake gemeu alto quando comecei a investir, sem parar, pegando do seu corpo cada pedacinho de prazer e dando a ela o mesmo em troca.

Suas unhas arranharam minhas costas, o suficiente para deixar marcas, e rosnei, adorando a ideia de ela entalhar minha pele.

Encontramos um ritmo no mesmo instante, e tremíamos com tensão reprimida.

Encarei-a enquanto acelerava, deslizando mais fundo dentro dela até nós dois desmancharmos de prazer, um depois do outro.

Meu corpo inteiro estremeceu com o gozo, enquanto Blake tremia embaixo de mim. Seu corpo se contorcia a cada movimento meu.

Baixei meu rosto até me aproximar do dela, e a beijei com suavidade quando ela se aquietou, com meu pau ainda enterrado nela.

Houve apenas silêncio entre nós por alguns longos instantes, enquanto ambos lutavam para recuperar o fôlego.

— A surpresa foi boa? — murmurei.

— A melhor da minha vida.

Soltei uma risada.

— Da minha também, loira.

Seus olhos vasculharam os meus, e enxerguei vulnerabilidade neles. Sabia que havia uma coisa que ela queria me contar, mas essa coisa ainda estaria lá pela manhã. Não iria arriscar aquela noite. Aquela noite era nossa, sem interrupções.

Nada de bobagens do passado, nada de bode, nada de sobrinhos empata-fodas. Apenas eu e a mulher por quem tinha me apaixonado.

— Estou feliz pra caramba por você ter perdido aquela aposta.

Ela riu, e senti que estava começando a ficar duro de novo dentro dela, porque o movimento do seu corpo estava me deixando em ponto de bala.

— Se você não está pronta para outro *round*, talvez seja melhor não se mexer — adverti.

— E se eu estiver pronta? — ela ronronou, com um tom sedutor.

Maldita mulher dos meus sonhos.

— Blake, acho que estou...

Seus olhos se arregalaram, e ela ergueu a cabeça para fazer nossos lábios colidirem.

Retribuí o beijo, deixando-a pegar o que ela queria de mim. Sabia o que ela estava fazendo: estava com medo do que eu iria dizer. Ela estava usando o próprio corpo para tentar me distrair.

— Cuidado, loira. Posso começar a pensar que você está tentando me calar — murmurei quando ela finalmente me soltou.

Suas bochechas ficaram vermelhas na hora.

— Não.

— Não?

Ela balançou a cabeça.

— É só que talvez eu saiba o que você ia dizer.

— Sabe, é?

A faísca brincalhona nos seus olhos foi sumindo, e ela mordeu o lábio inferior.

— Tenho certeza.

Tirei alguns fios rebeldes de cabelo do rosto dela.

— Alguma razão específica para fazer você querer que eu fique calado?

Ela deslizou um dedo pela minha mandíbula.

— Se você for me dizer uma coisa importante, quero que seja depois que o sol nascer, quando estivermos sóbrios, e o seu pau já estiver fora de mim. Ok?

Dei risada.

— Está certo.

Eu podia esperar. Mais algumas horas iriam apenas consolidar meus sentimentos, não os mudar. Essas palavras poderiam ser um jeito clichê de dizer adeus, mas eu duvidava de que houvesse alguma coisa no mundo que poderiam mesmo mudá-los naquela altura do campeonato.

— E se eu morrer dormindo?

Ela revirou os olhos.

— Dramático demais, não acha?

— Pode ser que eu tenha só mais um dia de vida, loira. — Sorri.

— Tem algum outro lugar onde você preferiria estar?

Balancei a cabeça e beijei o canto da sua boca.

— *Não*. Mesmo se tivesse só vinte e quatro horas, eu ia querer passar cada uma delas com você.

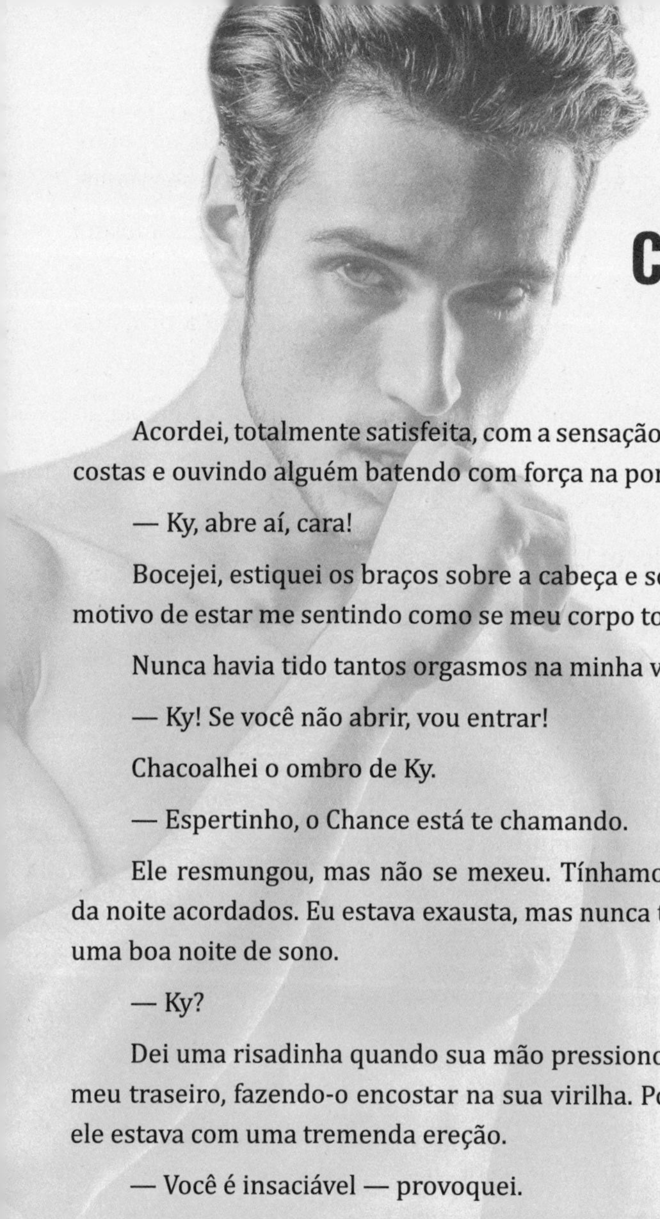

CAPÍTULO 22
Blake

Acordei, totalmente satisfeita, com a sensação do sol quente nas minhas costas e ouvindo alguém batendo com força na porta do celeiro.

— Ky, abre aí, cara!

Bocejei, estiquei os braços sobre a cabeça e sorri enquanto pensava no motivo de estar me sentindo como se meu corpo todo fosse feito de gelatina.

Nunca havia tido tantos orgasmos na minha vida inteira.

— Ky! Se você não abrir, vou entrar!

Chacoalhei o ombro de Ky.

— Espertinho, o Chance está te chamando.

Ele resmungou, mas não se mexeu. Tínhamos passado a maior parte da noite acordados. Eu estava exausta, mas nunca tão feliz por abrir mão de uma boa noite de sono.

— Ky?

Dei uma risadinha quando sua mão pressionou minha barriga e puxou meu traseiro, fazendo-o encostar na sua virilha. Por algum tipo de milagre, ele estava com uma tremenda ereção.

— Você é insaciável — provoquei.

— Só quando tem a ver com você — ele disse com uma voz rouca no meu ouvido.

Meu coração martelou no peito apenas com o som da sua voz. Sentia muito medo dos sentimentos que estavam brotando dentro de mim, mas mal podia esperar para ouvi-lo dizer o que ele sentia por mim com *aquela* voz.

Só me restava esperar que, depois que eu contasse o que tinha escondido até então, ele continuasse gostando de mim exatamente como na noite anterior. Que ele ainda fosse me dizer que estava apaixonado por mim. Ele não disse as palavras, mas eu as vi nos seus olhos — as senti no seu toque.

Sabia o que ele estava sentindo, porque eu estava sentindo a mesma coisa.

— Ky! Pelo amor de Deus! — Chance berrou, esmurrando a porta de novo.

— O que foi? — Ky gritou, enquanto sua mão continuava se movendo para baixo. — Estou ocupado!

— Preciso conversar com você.

Suspirei quando os dedos hábeis de Ky tocaram meu clitóris.

— A conversa não pode esperar? — ele retrucou.

— Não, cara, *não pode.*

Ficamos paralisados, identificando alguma coisa na voz de Chance que nos dizia que aquilo era sério.

— Tem alguma coisa errada? As crianças? Aubrey? — Ky perguntou enquanto pulava da nossa cama improvisada e pegava a calça.

— Elas estão bem, cara, é só que... Você e a Blake precisam vir aqui fora.

Meus olhos se arregalaram quando ouvi meu nome.

Eu? Não conseguia imaginar nem uma única situação que fosse exigir minha presença.

Os olhos de Ky se moveram da porta para mim enquanto ele abotoava a calça e pegava minha lingerie do chão. Ele atirou as peças para mim, e recolheu sua camisa branca de botão às pressas.

Me vesti o mais rápido que pude, e segui Ky em direção à porta. Não estava vestida de forma exatamente apropriada para ficar perto de outras pessoas, mas a urgência que tomou conta de mim foi maior do que a necessidade de recato.

Ky abriu a porta, e os olhos de Chance alternaram entre o primo e mim.

— O que foi? — Ky quis saber, passando a mão no cabelo. — Onde está o incêndio?

Chance assumiu uma expressão de solidariedade quando olhou para Ky, então sua atenção se voltou para mim.

Suas palavras seguintes me deixaram confusa pra caramba.

— Blake, tem uma pessoa aqui procurando por você.

— Por *mim*? — perguntei, me recusando a acreditar.

Ele confirmou com a cabeça.

— *Quem*?

Ninguém além da minha irmã sabia onde eu estava, e era impossível que ela estivesse ali. Duvidava de que ela se daria ao trabalho de ir me ver se eu morasse a alguns minutos da casa dela, imagine fazer uma viagem de três horas para chegar onde eu estava hospedada.

Chance voltou a olhar de relance para Ky, ainda sem me responder.

— *Chance*, quem veio me ver?

Dei um passo para frente, e foi *naquele* momento que meu mundo inteiro desabou. *De novo.*

Avistei um movimento ao lado da casa. Aubrey vinha na nossa direção e, perto dela, estava a última pessoa que eu esperava ver.

— Julian — Chance disse o nome com uma voz baixa. — É o Julian que veio te ver.

Jesus Cristo.

Aquilo não podia estar acontecendo. Pisquei três vezes seguidas, só para garantir que não estava vendo coisas. Talvez eu estivesse sonhando. Essa tinha que ser a explicação – meu cérebro estava fazendo uma pegadinha comigo.

Não havia como *Julian* estar *ali*, só que ele estava. *Bem ali.* Na Austrália. Em Pretty Beach, andando na minha direção, enquanto fiquei imóvel como uma estátua, com Ky ao meu lado.

Merda. Que merda das grandes. Merda. Merda. Merda.

Seus olhos azuis me escanearam, e sua expressão era um misto de mágoa e constrangimento enquanto ele assimilava a visão do meu corpo vestido pela metade, coberto apenas com a camisa de outro homem.

Senti a mão de Ky envolver meu braço, mas não conseguia olhar para ele. Não conseguia falar, não conseguia sequer me mexer à medida que Julian ia chegando cada vez mais perto.

Juro que vi o filme da minha vida passando diante dos meus olhos. Talvez estivesse morrendo. Provavelmente eu não teria reclamado se o chão tivesse me engolido todinha naquele exato momento.

— *Loira* — Ky disse, sacudindo meu braço e me tirando do transe.

Tudo aconteceu em câmera lenta. Julian parou na nossa frente, e me virei para olhar o homem que eu sabia que estava prestes a magoar.

— Me desculpe — sussurrei para Ky.

— Olá, Blake — Julian cumprimentou.

Me virei de novo para o homem loiro diante de mim.

Podia sentir os olhos de Ky no meu rosto, me observando, com certeza com uma expressão de confusão, enquanto ele tentava entender o que estava acontecendo.

Senti lágrimas brotando nos meus olhos. Eu tinha mesmo conseguido daquela vez. Minha maior merda até aquele momento.

— O que você está fazendo aqui, Julian? — sussurrei.

— Vim por sua causa, meu anjo.

Seu sotaque americano era desagradável comparado ao australiano de Ky. Nunca tinha me incomodado antes, mas soou errado aos meus ouvidos quando ele abriu a boca.

— Desculpe, mas o que é que não fiquei sabendo aqui? — Ky vociferou, enquanto sua mão envolvia meu braço com ainda mais força. — Não quero ser grosseiro, mas quem diabos é *você*?

Julian olhou para mim por alguns instantes, com seu rosto bonito em uma carranca enquanto olhava de mim para Ky.

— Meu nome é Julian Knoll.

Ele estendeu a mão para Ky. Ele era sempre muito educado. Aquilo cortou meu coração.

— Ky — ele respondeu com aspereza. — E você conhece a Blake de... — ele quis saber.

— Eu, hã... Sou o noivo dela.

As quatro palavras pairaram no ar entre nós cinco, desabando sobre cada memória feliz que eu havia construído com aquelas pessoas, assassinando os sentimentos que eu tinha deixado por tolice desabrochar e partindo o coração de Ky numa tacada só.

— *O quê?* — Ky perguntou baixinho. — Você é *o qu*ê dela?

Julian ficou passando o peso do corpo de um pé para o outro sem jeito, em silêncio, enquanto eu lutava para respirar. Meu Deus, ele era um homem bom até os ossos. Mesmo numa situação como essa, em que eu tinha pisado na bola com ele do jeito que pisei, ele não queria tornar as coisas piores para mim.

— Blake, que porra é essa? — Ky exigiu saber, puxando meu braço até eu ficar de frente para ele. — É verdade?

Não conseguia encará-lo. Já sabia o que iria encontrar naqueles olhos escuros: mágoa, traição, tristeza, raiva, incredulidade.

— Tentei te contar — falei, as palavras saindo baixinho, quase um sussurro. — Me desculpe... Queria ter contado... Ontem à noite, eu deveria ter contado...

Ele se afastou quando estiquei o braço para tocá-lo, fazendo pouco caso do contato comigo, e finalmente ergui os olhos para olhar nos dele.

Não estava preparada para o que vi no seu rosto. Lágrimas transbordaram dos meus olhos quando vi o que eu havia feito — quando olhei para o homem lindo que eu tinha acabado de destruir sozinha.

Cada fibra do meu ser estava me dizendo que ele era a pessoa certa para mim... Que eu tinha cometido um grande erro não sendo honesta desde o começo... Que essa decisão iria me afetar para o resto da minha vida.

— *Ky!* — implorei. — Por favor, apenas me escute.

Seu peito subia e descia com uma respiração profunda, agitada.

— Não consigo acreditar. Você tem um noivo?

Seus olhos se moveram depressa para a minha mão esquerda, sem dúvida tentando encontrar um anel.

— Ky, eu posso explicar.

Ele riu, seco. Sem sequer uma pitada de humor.

— *Nunca* vem coisa boa depois dessa frase.

Ele se virou e foi pisando duro em direção ao celeiro, e a mágoa irradiava dele.

— *Blake* — Julian sussurrou, mas eu não conseguia olhar nos olhos dele.

— Vamos dar um minuto para vocês — Aubrey disse baixinho.

Também não conseguia olhar para ela. Tinha começado a gostar dela de verdade nos dias anteriores, considerava que éramos amigas, mas havia escondido isso dela também. Eu era uma pessoa terrível.

Chance e Aubrey foram embora, e então fiquei sozinha, parada na frente do homem ao qual tinha prometido um casamento, com o cheiro de outro na minha pele.

Cada músculo meu queria ir atrás de Ky, mas eu também não podia simplesmente abandonar Julian, sem refletir, de novo. Já tinha feito isso uma vez e, se os últimos eventos serviam de base para alguma coisa, o resultado não foi bom para nenhum dos envolvidos.

— Julian, eu... não sei o que dizer. Por que... *por que* você está aqui?

— Por que você acha que estou aqui, meu anjo? Eu precisava te ver. Você foi embora sem dar uma explicação de verdade. — Sua voz falhou. — Achei que, se te desse um pouco de espaço... Pensei que você ia voltar, mas, quando liguei para a sua irmã e ela me contou onde você estava, sabia que não haveria casamento. Você não ia voltar nunca, não é?

Me encolhi quando ele falou a palavra "casamento". Eu deveria ter me casado com aquele homem na véspera do Ano-Novo – provavelmente naquele exato momento no fuso horário da Califórnia. Mas, seguindo a clássica cartilha da Blake, fiz merda.

— Me desculpe. — Minha voz também começou a falhar. — Eu... Eu te disse que não ia conseguir. Nem imaginei que você fosse me esperar. Nunca pensei que você fosse vir atrás de mim.

Seu olhar ficou enternecido, e me odiei ainda mais pela bondade com que ele estava me tratando. Ele era um homem inteligente, incrivelmente inteligente, mas, mesmo se fosse um idiota, não teria sido difícil unir os pontos e me ligar a Ky: cada um de nós estava usando metade de um traje masculino, pelo amor de Deus.

Julian ficou parado na minha frente, sabendo que eu tinha estado com outro homem, e, mesmo assim, ele não levantou a voz. Não gritou nem partiu para o ataque físico.

— Blake, sei que você passou por meses difíceis, mas estamos bem juntos. Você me ama.

Ele tinha razão. Eu o amava mesmo. Ele era um homem bom, mas isso não era suficiente.

Soube disso quando fui embora dos Estados Unidos. Não sabia o que almejava quando abandonei Julian, mas depois entendi. Era o que eu tinha com Ky.

— Vem para casa comigo, meu anjo. A gente pode tentar de novo, fingir que isso nunca aconteceu.

Eu poderia ter feito isso. Teria sido fácil. Nada jamais havia sido tão fácil quanto o meu relacionamento com Julian, mas eu queria mais. Queria fogo, queria alguém de quem discordar... Alguém com quem tivesse química.

Mais lágrimas brotaram dos meus olhos e rolaram pelas bochechas.

— Eu... preciso ir atrás dele.

Ele engoliu em seco, e seu olhar ficou sem vida. Ele assentiu.

Caramba, naquele dia eu estava sendo cruel com todo mundo que eu encontrava.

— Me desculpe, Julian, apenas... apenas me dê um minuto, ok? A gente pode conversar. Só preciso de uns minutos antes.

Ele assentiu de novo. Seu olhar foi parar no chão, e, suas mãos, nos bolsos.

Me virei, respirei fundo e voltei para o celeiro, fechando a porta atrás de mim.

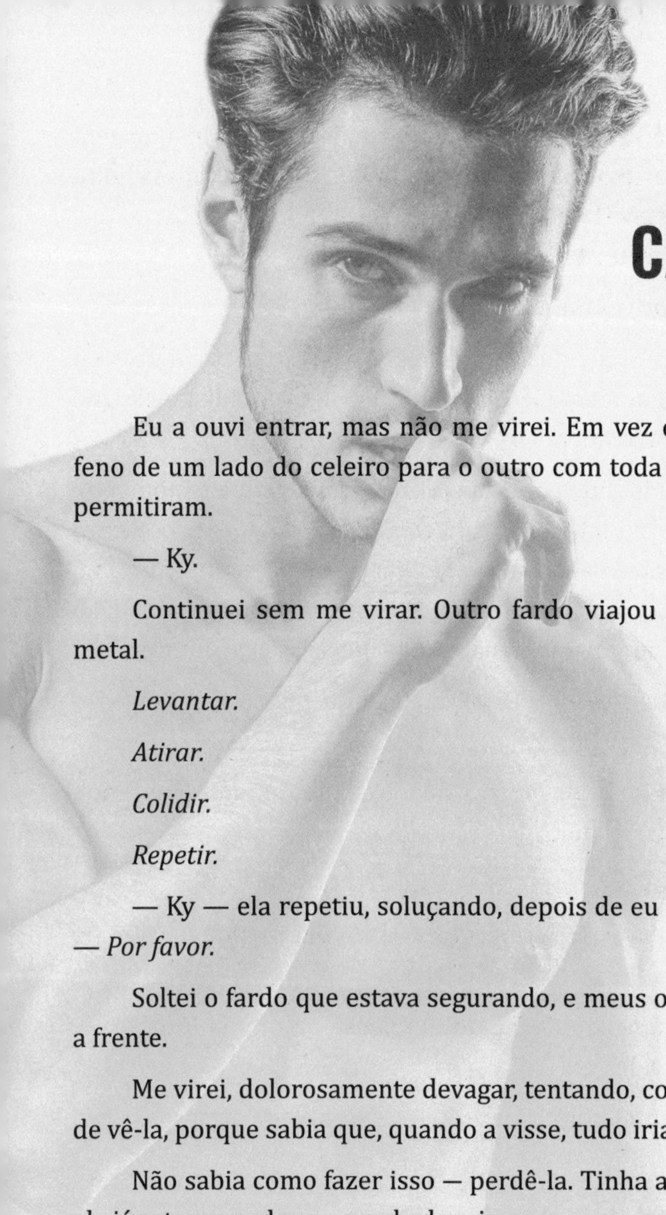

CAPÍTULO 23

Ky

Eu a ouvi entrar, mas não me virei. Em vez disso, atirei um fardo de feno de um lado do celeiro para o outro com toda a força que meus braços permitiram.

— Ky.

Continuei sem me virar. Outro fardo viajou em direção à parede de metal.

Levantar.

Atirar.

Colidir.

Repetir.

— Ky — ela repetiu, soluçando, depois de eu arremessar cinco fardos. — *Por favor.*

Soltei o fardo que estava segurando, e meus ombros se curvaram para a frente.

Me virei, dolorosamente devagar, tentando, com desespero, adiar o ato de vê-la, porque sabia que, quando a visse, tudo iria desmoronar.

Não sabia como fazer isso — perdê-la. Tinha acabado de encontrá-la, e ela já estava sendo arrancada de mim.

Ela iria me dar alguma desculpa esfarrapada e então me deixaria pelo noivo tipo boneco Ken. Podia ver isso como um letreiro de neon em uma rua escura.

Tire isso da sua cabeça como se fosse um curativo.

Você precisa fazer isso, cara.

Levantei o olhar e lá estava ela, na minha camisa, com a maquiagem borrada debaixo dos olhos e o cabelo bagunçado por causa da nossa noite juntos. Ainda assim, ela estava bonita a ponto de deixar a mente anestesiada. Meu coração até doeu — ficou partido.

— Ky, me desculpe, *de verdade*.

Ela limpou as lágrimas que desciam pelo seu rosto, e precisei do meu último resquício de força de vontade para não acabar com a distância que estava nos separando e trazê-la para os meus braços.

Talvez eu tenha odiado tudo o que ela representava naquele momento, mas a mulher com quem eu havia passado três dias... eu a *amava*. Ficava magoado quando ela estava magoada. Doía olhar para ela naquele estado, mas precisava ser egoísta naquele momento. Precisava me proteger. Blake tinha a habilidade de me dominar, e eu não podia deixar isso acontecer.

— Eu deveria ter te contado. Deveria ter sido honesta, mas posso explicar. Por favor, me deixa explicar.

Ela estava implorando de novo, mas não era como na noite anterior. Odiei ouvi-la suplicando por aquilo.

— O que há para explicar?

Nem reconheci minha voz. Estava oca, vazia, sem qualquer sinal de emoção.

— Tudo — ela falou baixinho, dando um passo na minha direção. — Você merece saber a verdade.

— Agora? — perguntei com aspereza. — *Agora* você acha que devo saber a verdade?

O silêncio se demorou entre nós.

— É tudo o que eu posso te dar.

Bufei uma risada em tom cômico.

— Você já deveria ter me contado, Blake! — Minha voz soou como um estrondo pelo celeiro, ecoando pelas paredes. — Você já deveria ter me contado que outro homem ia se casar com você!

— Ele é... A gente... Eu... — ela gaguejou. — Não sei o que dizer.

— Você aceitou se casar com ele? — exigi saber, com a voz indo da mais absoluta ira para uma calma descontraída em alguns curtos segundos.

— Eu... Ky, eu...

— *Você aceitou?* — interrompi.

— Aceitei.

— Ele se ajoelhou? Te deu um anel? — vociferei.

Ela respondeu que sim com a cabeça, e juro que senti meu peito se partindo ao meio. Uma hora antes daquilo, podia me ver colocando um anel no dedo dela um dia, no futuro, mas agora eu sabia. Alguém já o tinha feito.

— Quando vai ser o grande dia? — perguntei, amargo.

— Deveria ter sido na véspera de Ano-Novo — ela sussurrou.

Aquela informação me confundiu, mas não deixei transparecer. Não era o momento para hesitar. Também não era o momento para perguntas – não quando não iria confiar nas respostas.

— Bem, ele está aqui agora. Talvez vocês possam dar um pulinho num cartório a caminho do aeroporto.

Ressentido. Eu estava ressentido pra caramba.

— Ky, nunca tive a intenção de te magoar. *Meu Deus*, nunca tive a intenção de te *conhecer*. Você nem sabe o que os últimos meses foram para mim, meu...

— Conversei com você sobre honestidade — cortei-a. — Te disse o quanto ela era importante. Você ficou sabendo o que a falta dela fez com Chance e Aubrey, como a falta dela os separou. — Balancei a cabeça, enojado. — Eu te *contei*.

— Eu sei. — Seu lábio estremeceu quando ela falou. — Não sei como explicar o quanto sinto por tudo isso.

— O que vai fazer agora, Blake? Hein? Vai fugir para casa com o seu marido?

— Ele não é... *Eu* não sou... Não sei. — Ela deslizou as mãos pelo rosto. — Não importa o que eu faça. De qualquer jeito, vou magoar alguém.

— O que você achou que fosse acontecer?

Meu peito subia e descia, e minha respiração estava irregular, enquanto estávamos parados em um impasse silencioso, nos encarando.

Não conseguia decifrá-la. Sabia que ela era um enigma – um quebra-cabeça que eu não conseguia completar, mas jamais, nem em um milhão de anos, teria esperado aquilo dela.

— Eu o deixei antes de vir para cá.

— *Ele* sabe disso? — Apontei na direção da porta que nos separava do espaço onde o noivo dela estava parado, esperando. — Porque ele falou como se fosse presente, Blake, não passado.

— É complicado.

Sua voz, seus olhos, imploravam para eu entender, mas não conseguia.

Ela era *minha*; pelo menos, foi isso que eu tinha imaginado. Acontece que eu estava errado. Ela não era minha coisa nenhuma. Era dele.

— Não parece tão complicado assim para mim, Blake. Na verdade, parece incrivelmente simples. Ele te pediu em casamento. Você disse sim. É claro como a luz do dia.

Ela soluçava, enquanto eu colocava os ombros para trás, definindo minha postura e minha decisão.

— Acho que você deve ir embora.

Ela se aproximou de novo, esticando o braço na minha direção como se não houvesse nenhum obstáculo nos impedindo de ficar juntos.

— Por favor, não faça isso.

— Vá — repeti. — Eu nem deveria ter te trazido aqui.

Aqueles olhos, os que já atormentavam meus sonhos, ficaram sem vida. Ela limpou as lágrimas das bochechas com os dedos.

— Ok. Se é isso que você quer, vou embora.

Não.

Fique.

Não vá.

Eu te amo.

Dei um único aceno com a cabeça, com um movimento curto e pronunciado. Era assim que tinha que ser.

Ela engoliu em seco.

— Tudo bem.

Me odiei naquele momento.

Odiei o orgulho que me impediu de implorar para ela ficar.

Odiei os sentimentos em mim.

Odiei o fato de enfim ter encontrado alguém para quem estava disposto a entregar meu coração, apenas para ele ser rejeitado.

Era por isso que eu não amava de verdade.

Nossos olhos ficaram presos por muito, muito tempo, até que ela se virou e caminhou rumo à porta do celeiro.

Observei cada movimento seu como um gavião. Aquela era a última vez que a veria. Podia sentir isso no meu íntimo.

Sua mão pequena pousou na porta, e ela fez uma pausa, de costas para mim.

— Me desculpa mesmo, Ky. Tudo entre a gente foi real. Só queria que você soubesse disso.

Meus punhos cerraram com força nas laterais do corpo, mas não tive chance de responder antes de ela sair do celeiro e da minha vida.

— Desgraçada! — rugi, agarrando o fardo de feno mais próximo e o fazendo voar até a porta pela qual ela tinha acabado de desaparecer, antes de desmoronar até ficar de joelhos, porque a dor era muita para suportar de pé.

Senti como se tivesse acabado de ver todo o meu futuro me abandonando.

Um soluço irrompeu pelo meu corpo, rasgando o peito e saindo pela boca.

Merda, nada jamais tinha doído tanto quanto aquilo.

Fiquei no chão do celeiro pelo que me pareceram horas, sem pensar em nada que não fosse ela: seu jeito de sorrir, o brilho dos seus olhos, seus gemidos ofegantes enquanto eu a fazia gozar, o jeito como ela falava meu nome...

Merda.

Não ouvi a porta se abrir, mas senti quando um par de braços embrulhou meus ombros. Foi só naquele momento que percebi que estava soluçando. Meu corpo inteiro estava tremendo. Me sentia tonto, desorientado.

— Ky, parceiro, você precisa respirar.

Chance.

— Inspira e expira. Respira fundo, cara. Estou aqui.

Ele estava ajoelhado no chão, perto de mim.

Fiz o que ele disse, focando em colocar oxigênio no corpo de novo em vez de pensar na dor devastadora no peito.

— Isso, bem assim.

Inspirei mais uma dúzia de vezes para me acalmar, até diminuir o peso no meu peito e meus membros pararem de tremer.

— Tudo bem?

Recuei, trocando os joelhos pelo traseiro como apoio, e esfreguei as mãos no rosto.

Chance me examinou com cuidado, examinando minha expressão. Provavelmente tentando decidir se eu estava prestes a perder a cabeça de novo ou não.

— Ela foi embora?

Ele olhou para mim com pena.

— Eles foram embora há mais ou menos meia hora.

Eles. Ela e ele. *Juntos.*

— Ele vai levá-la de volta para casa, Ky, nos Estados Unidos.

Acenei com a cabeça, entorpecido.

Foi o que eu disse para ela fazer. *Ir embora. Partir.* Mas, agora que ela tinha ido mesmo, desejei nunca ter pronunciado aquelas palavras.

Por mais estúpido que isso me tornasse, ainda a amava. Ainda a desejava. Mas a realidade era que não podia tê-la. Tive uma pequena parte dela, e aquilo teria que ser o suficiente para durar uma vida inteira.

— Ela disse alguma coisa?

— Ela conversou com a Aubrey, mas estava muito chateada, cara. Não deu para entender muito o que ela disse.

— Ela foi embora? — perguntei de novo, com a esperança de que tivesse ouvido errado, mas, ao mesmo tempo, rezando para ela ter ido mesmo, porque não sabia ao certo se eu era forte o suficiente para voltar a vê-la sem ser capaz de ficar com ela.

— Temo que sim. — Chance confirmou com a cabeça.

— Eu... Eu, droga... Eu... — gaguejei, incapaz de encontrar as palavras.

Nunca fui de falar muito quando se tratava de sentimentos, e, pelo visto, isso não tinha mudado.

— Eu sei.

Ele assentiu, ouvindo o que eu estava tentando falar sem que eu sequer tivesse que dizer em voz alta.

Ele se sentou perto de mim, sem dizer uma única palavra, mas também não me deixou sozinho, e fiquei grato por isso.

— Desculpa pela bagunça — murmurei depois de um longo silêncio.

— Quem se importa com isso? — ele respondeu.

Mais silêncio.

— Ela era a pessoa certa — admiti em voz alta.

— Tem certeza?

Já sabia disso quando desembarcamos do avião. Ela era a pessoa certa para mim. Quinze horas foi o tempo necessário para saber que ela teria meu coração para sempre.

— Tenho.

— O que te faz pensar isso?

— Quando olhei para ela, vi o resto da minha vida, e, agora, essa sensação foi embora, porque *ela* foi embora.

Conseguia vê-lo mexendo a cabeça, concordando, pelo canto do olho. Ele entendia. Ele tinha Aubrey.

— *Caramba*. Eu ficaria feliz de estar errado nesse momento, cara.

Concordei com a cabeça.

— Nunca se sabe, cara. Talvez um dia...

— Não me venha com essa bobagem de *um dia*. Sei que isso funcionou para você e a Aubrey, mas não é assim com todo mundo. Vocês dois são a exceção, não a droga da regra. Acabou. Acabou antes mesmo de começar.

Fiquei em pé e saí nervoso em direção à porta, tendo a raiva como meu combustível.

— Ky! — Chance me chamou, mas eu já havia falado o que tinha para falar. Tudo o que podia fazer naquele momento era agir.

Precisava de ar. Precisava sentar na minha moto e partir.

Atravessei a casa correndo, juntando as porcarias das minhas coisas e as jogando na mala.

Quase desabei de novo no quarto quando vi minha camisa branca cuidadosamente dobrada na cama, a que Blake usou, mas não me permiti liberar aquela emoção. Em vez disso, eu a enfiei no fundo da mala, que pendurei no ombro.

Já tinha saído da casa e estava sentado na moto antes mesmo de ser capaz de avaliar aonde eu poderia ir.

Não liguei para isso. Simplesmente precisava ir. A algum lugar, *qualquer lugar*. Só não podia ser ali. Não podia ficar ali.

Saí em disparada pelo acesso à propriedade, enquanto Aubrey corria para fora da casa, gritando meu nome.

CAPÍTULO 24

Blake

Minhas lágrimas se esgotaram em algum ponto do Oceano Pacífico.

Julian não tinha me oferecido nada além de apoio. Ficou apenas me passando um lenço de papel atrás do outro, enquanto eu lamentava a perda de outro homem.

Não conseguia imaginar nenhuma mulher no mundo merecedora desse nível de bondade, paciência e compreensão. Eu, com certeza, não era. Não merecia sequer respirar o mesmo ar que Julian Knoll. Ele era *o cara* — aquele com quem sonhamos quando somos garotinhas.

Ele era o menino que morava ao lado cujo retrato perfeito era pintado em filmes e videoclipes. Era a versão definitiva e materializada de namorado de livro.

Bonito, inteligente, engraçado, gentil e afetuoso. Um verdadeiro cavalheiro. Doce e atencioso. Abria portas para mim e me mimava com presentes. Sorria quando eu entrava no lugar onde ele estava e me fazia sentir como se eu fosse a única mulher no planeta que merecia aqueles sorrisos.

Ele era perfeito. Mas não era o Ky.

Aquele tinha sido meu último pensamento antes de adormecer.

Meu corpo tinha me pedido para pegar leve, me forçando a dormir, e, quando acordei, minha cabeça estava no ombro de Julian, enquanto eu estava sentada ereta nos assentos amontoados uns sobre os outros do avião.

Ele quase comprou passagens para a primeira classe, mas eu havia tido um chilique no balcão de check-in e recusado a me sentar em qualquer lugar que não fosse a classe econômica. Não precisava das memórias envolvendo Ky e eu. Na verdade, era espantoso eles terem deixado uma mulher tão transtornada entrar no avião depois daquele surto.

Julian, como o doce de pessoa que era, tinha comprado as passagens mais baratas sem sequer pedir uma explicação.

Levantei a cabeça do seu ombro e olhei de relance o tempo restante de voo na pequena tela à minha frente.

Faltava apenas uma hora para pousarmos em Los Angeles. Estava a milhares de quilômetros de Ky Bateman e de seu sorriso presunçoso. Parecia muito definitivo.

— Bem-vinda de volta — Julian falou baixinho.

— Oi — sussurrei quando ergui o olhar na direção dele.

— Está se sentindo melhor?

Respondi que sim com a cabeça, embora estivesse qualquer coisa, exceto melhor. Eu estava um caos.

Ele lançou um sorriso triste para mim e se inclinou, encostando os lábios na minha testa.

— Me desculpa, Julian. Você não merece isso. Aposto que você jamais queria ter me conhecido.

Seus olhos azuis como os de um bebê olharam bem fundo nos meus.

— *Jamais* iria querer não ter te conhecido, Blake. Você é a melhor coisa que já aconteceu na minha vida.

— Como? — perguntei, baixinho. — Não fiz nada, exceto magoar você.

— Dois anos, meu anjo. Estamos juntos há dois anos e você cometeu *um* erro. Pegue leve com você mesma.

— *Um* erro? Eu já cometi *uma centena* de erros.

Ele não discordou nem concordou, então continuei:

— Deixei tudo para trás quase no dia do nosso casamento, da nossa lua de mel… Todo aquele dinheiro gasto com a festa… Os seus amigos… eles devem me odiar. Simplesmente abandonei *tudo*.

Havia mais, muito mais, mas não queria magoá-lo mais do que já tinha magoado trazendo à tona o fato de que havia dormido com outra pessoa tão pouco tempo depois de largá-lo. Ele já tinha perfeita noção disso.

— É só dinheiro. Tenho muito mais. E os meus amigos não te odeiam, Blake, mas, mesmo se odiassem, isso não seria motivo para me fazer deixar de te amar.

— Você ainda me ama?

Senti lágrimas alfinetando meus olhos de novo, mas pisquei para guardá-las de volta. Já tinha chorado o suficiente.

Ele segurou meu rosto entre as mãos.

— É claro que te amo. Quero me casar com você, meu anjo. Quero que as coisas voltem a ser como eram antes de o seu pai falecer. Só quero a minha Blake de volta.

Suas palavras fizeram um buraco no meu peito.

Antes de o meu pai falecer.

Foi ali que tudo começou a desmoronar.

Se fosse para ser honesta comigo mesma, nunca tinha sentido que eu e Julian fôssemos perfeitos um para o outro. Meu coração não disparou quando ele se ajoelhou e me pediu para ser sua esposa, mas eu o amava *de verdade*, e amor era amor, então sorri e disse "sim", falando para mim mesma que um tipo diferente de amor só existia em filmes e livros. Ele havia me dado mais do que eu jamais poderia sonhar em querer ou de que precisava, e ele tinha carinho por mim. Era isso o que estar apaixonada parecia ser, ou, pelo menos, era o que eu tinha imaginado.

Nossa relação estava ok, mas, quando meu pai morreu, as coisas começaram aos poucos a sair dos trilhos.

Não voltei a Sydney quando ele faleceu. Suas instruções foram claras: eu deveria ficar na Califórnia. Ele não queria funeral. Nem enterro. Ele não queria nada.

Quem faz alarido só se mete em rebuliço. Era o que ele sempre dizia.

Ele odiava a ideia de um monte de gente reunida chorando e conversando sobre sua vida enquanto ouvia música depressiva. Não era isso que ele queria. A ideia de não dar a ele uma despedida de verdade me deixava triste, mas eu a aceitei até que bem. Respeitei a vontade dele. Fiquei na Califórnia. E foi só quando precisei pensar na música que tocaria quando eu estivesse entrando na igreja que a coisa começou a ruir.

Meu pai tinha planejado entrar na igreja comigo. Ele era meu pai, era direito dele.

Quando ele ficou doente, eu soube que seu tempo aqui seria limitado, mas nunca imaginei que ele partiria tão cedo. Pensei que teria anos, não meses, mas, num piscar de olhos, ele nos deixou.

Um mês depois de ele morrer, saí da cobertura do Julian e nunca mais voltei. Ele estava trabalhando quando isso aconteceu e, como a covarde que eu era, deixei apenas um bilhete com meu anel.

Não atendi suas ligações, suas mensagens e nem mesmo seus e-mails.

Fugi, tentei viver o luto. Justifiquei meu comportamento com desculpas esfarrapadas. *Fracassei.*

Me escondi em hotéis e pensões, tentando decidir que diabos eu ia fazer da minha vida.

A morte do meu pai deixou um vazio no meu peito — um que não podia ser preenchido e que era maior do que aquele que existia entre mim e Julian. O fato de o meu pai ter morrido acordou uma parte de mim. Estava faltando alguma coisa na minha vida.

Eu e Julian não estávamos tentando ter um bebê, mas também não usávamos proteção. Ele queria começar uma família o mais rápido possível, e eu achava que queria isso também. O que eu queria era que ele estivesse feliz, então concordei, mas não era um bebê que estava faltando. Era paixão. Era *estar apaixonada*.

Eu o amava, mas não *estava apaixonada* por ele.

Tudo isso me ocorreu quando estava parada em pé no saguão de algum hotel caríssimo. Eu precisava ir embora.

A Califórnia era linda, mas não era a minha casa.

Reservei uma passagem para Sydney para o dia seguinte. Não tinha planos, exceto ir para casa e descobrir o que fazer quando chegasse lá. As cinzas do meu pai estavam na casa da minha irmã e, embora eu não sentisse a necessidade de vê-las, queria estar perto de onde ele estava.

Foi aí que conheci Ky, e *tudo* mudou.

— Julian... a gente não pode simplesmente fingir que isso não aconteceu.

— Então não vamos fingir que não aconteceu. Só quero seguir em frente. Com *você*. Estamos bem juntos, Blake, não quero te perder. Sei que está tudo uma bagunça e que talvez fosse mais fácil apenas ir embora, mas ir embora não inclui *você*.

Abri a boca para protestar, mas ele me calou, pondo um dedo nos meus lábios.

— Apenas venha para casa comigo. Todas as suas coisas ainda estão onde você as deixou. A gente pode viver um dia de cada vez. Ver como vai funcionar. Se quiser o seu próprio espaço, vou te arranjar uma casa. Vou te arranjar o que você quiser, meu anjo. Só me diga que podemos tentar salvar o que tínhamos.

Eu tinha menos do que zero de fé de que poderíamos recuperar uma relação entre nós, mas devia a ele pelo menos voltar para casa.

Ele tinha razão. Todas as minhas coisas estavam lá. Eu tinha responsabilidades. Era adulta. Precisava agir como uma.

Precisava ter certeza de que a morte do meu pai não havia bagunçado minha cabeça a ponto de me fazer jogar fora uma coisa que valia a pena ter. Devia a ele e a mim mesma fazer o que já deveria ter feito desde o começo e me certificar disso.

Confiava em Julian: ele não iria me pressionar, não iria tentar me convencer a fazer algo que eu não quisesse. Tudo o que ele estava pedindo era uma chance.

Podia dar uma chance a ele depois de tudo que ele tinha me dado.

— Tudo bem — sussurrei. — Vou voltar para casa.

— Obrigado.

Ele beijou minha testa de novo, e me senti a maior fraude do mundo.

— Vou esticar as pernas antes de começarmos a pousar. Você vai ficar bem sozinha um minutinho?

Indiquei que sim com a cabeça, impressionada mais uma vez com o quanto eu era insensível. Ele era mesmo o homem perfeito.

Fiquei observando enquanto ele caminhava rumo à parte da frente do avião, fazendo mais do que algumas cabeças femininas se virarem ao longo do caminho.

O que há de errado comigo?

Julian era o pacote perfeito. Todo enfeitado com um laço bonito. O problema era que eu não tinha certeza se esse pacote era endereçado a mim.

Respirei fundo e fiz o que sempre fazia quando estava em um momento de crise: peguei o celular e mandei um e-mail. Precisava de um belo tapa na cara pela internet, e ninguém era melhor nisso do que Soraya.

Cara Ida,

Bom, consegui. Finalmente fiz uma besteira tão grande que já não dá para consertar. Meus mundos colidiram. Julian viajou para a Austrália. Estou dentro de um avião com ele neste exato momento, voltando para os Estados Unidos. Magoei tanto Ky que sei que ele nunca vai me perdoar. Há alguma coisa errada comigo. Por que magoo as pessoas de quem mais gosto?

— Completa Vadia, Bem Alto no Céu.

Sua resposta não veio até desembarcarmos, passarmos pela alfândega e estarmos no SUV preto que Julian dirigiu, de volta para sua cobertura.

Olhei de relance para ele antes de checar a resposta dela, e ele me lançou um sorriso carinhoso que só me fez me sentir pior.

Cara Completa Vadia,

Desculpa, dá para repetir? Acho que acabei de ter uma convulsão ou algo do tipo, porque fiquei com a sensação de que você disse que tinha terminado com o cara gostoso do aeroporto para voltar para casa com o ex-noivo gostoso.

Olha, entendo que os dois sejam maravilhosos, mas isso não é a dança das cadeiras. Sente o seu traseiro em um lugar e fique quieta.

Beijo,

S

Ela tinha razão. A música tinha parado, meu traseiro estava em um lugar definido e eu não iria me levantar dele de novo tão cedo.

PARTE DOIS

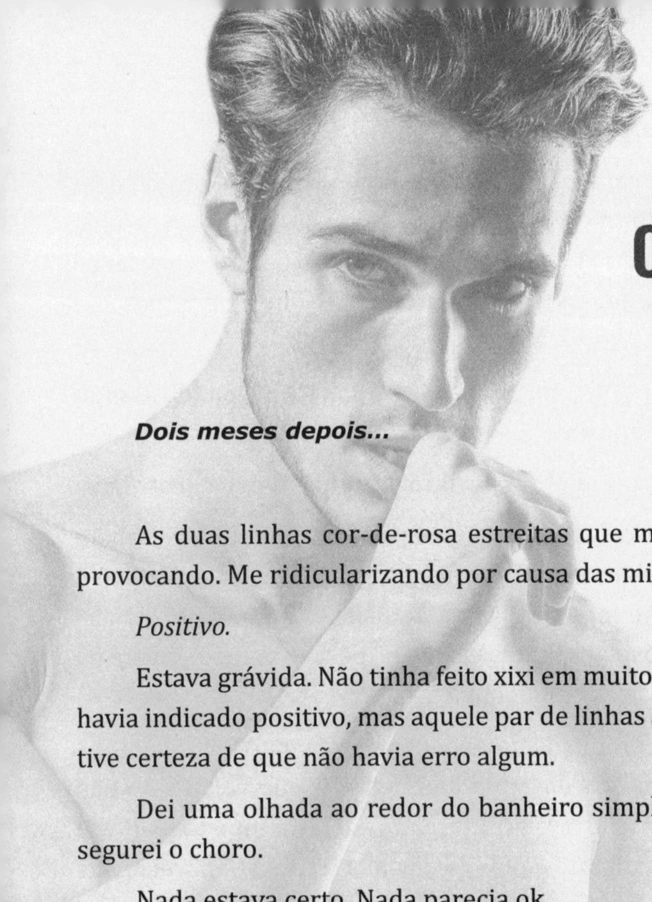

CAPÍTULO 25

Blake

Dois meses depois...

As duas linhas cor-de-rosa estreitas que me encaravam estavam me provocando. Me ridicularizando por causa das minhas decisões ruins.

Positivo.

Estava grávida. Não tinha feito xixi em muitos desses antes, e nunca um havia indicado positivo, mas aquele par de linhas apareceu tão depressa que tive certeza de que não havia erro algum.

Dei uma olhada ao redor do banheiro simples do meu apartamento e segurei o choro.

Nada estava certo. Nada parecia ok.

Tinha estragado todas as coisas boas. Julian ainda estava lá, com a paciência de sempre, mas sem chances de aquilo durar. Acho que, no fundo, nós dois sabíamos disso. Nossa relação nunca ia dar certo. Caramba, eu não estava nem convencida de que aquilo ainda poderia ser sequer chamado de relação.

Morava no meu próprio apartamento, e ele no dele. Vivíamos nossas próprias vidas. Na minha visão, estávamos mais para amigos. Nos víamos apenas algumas vezes por semana, e ele merecia mais. Ele merecia alguém que pudesse retribuir o mesmo amor que ele dava... Alguém que pudesse oferecer todo o seu coração.

Precisava terminar com ele, eu sabia. Mas isso partia meu coração.

Imaginei que, com o tempo, aprenderia a amá-lo — ficaria *apaixonada* por ele —, mas, no máximo, o tempo apenas deixou mais óbvio aquilo que eu já sabia.

A gente não dava certo juntos.

Ele gostava de coisas caras, apreciava um bom vinho. Era um homem de negócios, bem-sucedido, motivado, do tipo que voa alto. Eu era uma professora de jardim de infância que gostava de uísque barato e bolsas de mão falsificadas. Nossos mundos eram diferentes. O que queríamos era diferente.

Meu olhar voltou para o teste na minha mão, e soltei um gemido. Isso só deixava as coisas mais complicadas.

Não conseguia sequer me lembrar da última vez que tinha menstruado.

Andava estressada desde a morte do meu pai, minhas emoções tinham estado um caos, isso não havia mudado desde que voltei da Austrália, e minha menstruação sempre foi irregular, então não dei muita importância ao fato. Um bebê tinha sido a última coisa a passar pela minha cabeça até eu ver quantos absorventes havia acumulado.

Devia estar grávida havia mais de quatro meses naquele momento — já que Julian e eu não tínhamos dormido juntos desde que voltei —, e não tive a menor ideia de que isso estava acontecendo aquele tempo todo. Havia bebido álcool. Tinha comido presunto de qualidade questionável e me empanturrado de queijo cremoso. Havia ido a uma aula de artes marciais. Poderia até ter colocado uma sela num cavalo e o cavalgado para ir arranjar algumas drogas, considerando o tanto de regras que já tinha violado.

Um pensamento incômodo e um pouco carregado de esperança no fundo do meu cérebro me lembrou de que eu *tinha* feito sexo nos quatro meses anteriores, mas calei esse pensamento com a mesma velocidade com que ele veio. Eu e Julian não andávamos usando proteção. Não estávamos tentando ter um filho, mas com certeza tínhamos praticado vezes suficiente para esse ser o resultado.

Ky havia usado preservativo. Posso ter sentido um barato com a vida e ficado meio alegrinha por causa do álcool naquela noite, mas mesmo assim consegui ouvir o som da embalagem metalizada rasgando quando fechei os olhos na cama.

Tinha dormido com Ky enquanto carregava o bebê de Julian.

Se já não estivesse condenada a ir para o inferno pelas porcarias que tinha feito no passado, esse fragmentozinho de informação teria selado minha sentença.

Gemi enquanto colocava o teste na pia e depois me sentei na privada, com a cabeça entre as mãos. Que vacilo de proporções épicas!

Lá estava eu, em uma quase relação com um homem que eu sabia que não era o certo para mim, ao mesmo tempo em que estava esperando um filho dele *e*, para completar, tinha mesmo certeza de que estava apaixonada por outro homem.

Deixei minha mente vagar até Ky, embora soubesse que isso não iria me ajudar em nada. Nunca mais o veria. Ele estava na Austrália, e eu, ali. Ele me odiava. Não tinha volta.

Parte de mim sabia que o que quer que a gente havia tido estava acabado, mas a outra parte — a ingênua, a idiota — ainda se agarrava à esperança de que, talvez um dia, nossos caminhos fossem se cruzar de novo e as coisas seriam diferentes.

Eu acordava todas as manhãs depois de ter sonhos repletos dele. Sonhava que entrava em um avião, voltava para Sydney e o encontrava. Ele me puxava para aqueles braços fortes, me abraçava com força e dizia que me amava, que queria que eu nunca tivesse ido embora.

Os que eram assim me faziam chorar mais do que os que reviviam o momento em que ele me disse para partir — pareciam tão reais. Podia sentir o cheiro do seu perfume, seus ombros largos sob a palma das minhas mãos, o friozinho na barriga quando ele estava por perto.

Pisquei para as lágrimas não descerem.

Precisava recuperar o autocontrole e superar. Precisava tentar parar de pensar *nele*.

Minha mão foi parar na minha barriga. Não era mais sobre mim. Tinha que levar em consideração um bebê também.

Julian iria ficar muito feliz. Ele sempre tinha falado sobre o quanto queria ter filhos, o quanto estava animado com a ideia de ser pai.

Ele seria um excelente pai. Daria àquele bebê tudo de que ele poderia precisar.

Ele criaria um filho muito melhor do que eu jamais seria capaz de criar. Meus princípios morais eram, na melhor das hipóteses, questionáveis, minhas tomadas de decisão eram inconsequentes, e segui o coração quando deveria ter seguido a razão.

Que tipo de exemplo eu seria?

— Desculpa, amendoinzinho — sussurrei para a minha barriga ainda plana. — Você nem nasceu ainda e já estou fazendo um péssimo trabalho.

Uma lágrima deslizou pela minha bochecha e pousou no ladrilho próximo aos meus pés.

Sabia o que tinha que fazer: precisava contar a Julian que estávamos esperando um bebê.

Também tinha que pensar muito e por um bom tempo sobre o que isso significava para nós como um casal.

Sabia que ele queria que eu voltasse a morar com ele, e iria insistir ainda mais na ideia agora que eu estava grávida. Mas a ideia me deixava apavorada. Não sabia ao certo o que eu queria.

Na realidade, isso era mentira, eu queria Ky... mas não podia tê-lo. Nem naquele momento nem em qualquer outro. Então, aquilo me colocou em um limbo.

Sabia que Julian merecia mais do que ser a segunda opção de alguém, mas talvez eu conseguisse. Talvez pudéssemos ser uma família de verdade. Juntos. Felizes.

Me odiei por considerar a ideia, mas eu precisava fazer isso. Pelo meu bebê e por mim.

Julian era incrível, e eu o amava *de verdade*; já era alguma coisa, mas não estava convencida de que um dia isso seria o suficiente.

Entrei no estacionamento subterrâneo do seu prédio luxuoso e estacionei na vaga que permanecia reservada para mim.

Ainda tinha a chave da sua cobertura, e ele sempre me mantinha atualizada quanto aos códigos de acesso dos elevadores.

Isso por si só fez uma pontada de culpa viajar depressa pelo meu corpo. Ele era tão amável, tão atencioso. O parceiro perfeito.

Mas essa era a questão sobre a perfeição. A beleza está nos olhos de quem vê e, embora Julian quase não tivesse defeitos, ele não era o meu tipo de perfeição.

Seu maior defeito era *eu*. Eu era o seu ponto fraco. Ele me amava além do limite da razão, e eu me sentia péssima por isso.

Subi de elevador até o último andar e bati na porta em vez de usar a chave. Julian tinha me dito muitas e muitas vezes que eu era sempre bem-vinda, que podia entrar e sair da minha antiga casa como bem entendesse, mas eu sentia que não merecia, então, sempre que passava por lá, batia à porta como a visita que eu era.

Ouvi seus passos se aproximando da porta. Ele já sabia que era eu. Não era qualquer um que podia ter acesso àquele andar.

A porta se abriu, e Julian ficou parado na minha frente com nada além de uma toalha branca enrolada na cintura. Seus braços estavam sobre a cabeça, enquanto ele secava o cabelo loiro com outra toalha.

— Oi, meu anjo. — Ele sorriu.

Engoli em seco. Posso ter tido dúvidas sobre o nosso futuro, mas eu não era cega, e Julian estava *incrivelmente* em forma.

Ele passava inúmeras horas na academia, e seus esforços definitivamente estavam surtindo o efeito desejado.

— Oi — respondi baixinho. — Posso entrar?

— Claro. Você sabe que não precisa pedir.

Ele segurou a porta depois de abri-la mais um pouco para mim e então a fechou.

Entrei na sala com cautela. Ele parou perto de mim e me deu um beijo na bochecha.

— Sinta-se em casa. Vou só vestir uma roupa rapidinho.

Fiz um gesto afirmativo com a cabeça enquanto o observava sair da sala. As costas definidas e os ombros largos estavam cintilando por causa da água.

Ele era muito bonito, mas eu não tinha aquele desejo de atacá-lo que havia sentido com Ky. Uma espiada nos olhos castanhos do cretino presunçoso e eu já ficava toda excitada.

Julian era maravilhoso, mas não fazia minha chama acender.

Ele voltou, usando uma camisa azul que fazia seus olhos parecerem vibrantes e cheios de vida.

Ele veio na minha direção de novo, desta vez beijando suavemente meus lábios.

— Que surpresa boa, meu anjo.

Retorci as mãos, nervosa.

— Pois é... Eu... Hã... Quis passar aqui para a gente conversar sobre uma coisa.

Ele fez um gesto para eu me sentar no sofá, e aceitei sua oferta com gratidão. Meus joelhos estavam tremendo. Eu estava muito nervosa.

Ele olhou de relance para as minhas mãos, que assumiram a tremedeira agora que eu estava sentada.

— Blake, você está bem? Você parece meio nervosa. Está tudo certo?

Balancei a cabeça, e as palavras ficaram presas na minha garganta.

— Eu... Eu...

Ele segurou minhas mãos nas dele e as apertou para me tranquilizar.

— Pode me contar qualquer coisa, Blake. Você sabe disso.

Lágrimas brotaram dos meus olhos. Sabia que podia. Podia contar qualquer coisa no mundo para ele, e ele provavelmente continuaria me amando.

— Respire fundo — ele me encorajou.

Fiz o que ele disse e coloquei um enorme volume de ar dentro dos pulmões.

— Estou grávida — sussurrei durante a expiração.

Fiquei observando enquanto as palavras atingiam seus ouvidos e ele as processava.

— Você está grávida?

Esperei sua reação com a respiração suspensa. Imaginei que ele fosse perguntar se era dele, me questionar sobre a coisa toda, mas isso nunca aconteceu.

Seu rosto foi tomado por um sorriso, e ele me puxou para os seus braços.

— Vamos ter um bebê?

Confirmei com a cabeça em seu ombro.

Ele se afastou, me segurando a uma distância igual à do seu braço, para poder olhar para o meu rosto.

— Tem certeza?

Confirmei com a cabeça.

— Fiz xixi no bastãozinho.

Ele riu.

— De quanto tempo?

Encolhi os ombros.

— Não faço ideia.

Ele abriu um sorriso ainda maior.

— Precisamos de um obstetra. Um velho amigo meu da faculdade é o melhor obstetra que existe, vou ligar para ele e agendar um exame para você.

Não conseguia acreditar que ele estava reagindo daquele jeito. Na verdade, conseguia. Ele estava reagindo exatamente como sempre imaginei que fosse fazer quando tivéssemos filhos, mas isso foi *antes* de tudo o que aconteceu. Antes de eu dormir com outro homem.

Ele não está curioso?

Sabia que eu e Ky tínhamos usado proteção, e que Julian não usava.

A julgar pelo seu sorriso, ele também não se importava. Ele estava feliz demais, e eu estava... mais confusa do que nunca.

Ele colocou a mão na minha barriga com tanta delicadeza que o gesto trouxe uma nova onda de lágrimas para os meus olhos.

— Ela vai ser tão linda, meu anjo, assim como a mãe.

Coloquei minhas emoções para dentro com uma fungada.

— Ela?

Ele confirmou com a cabeça, e seus olhos de um azul brilhante chamuscaram os meus.

— Aposto que é menina.

Sempre tinha me imaginado com uma filha, mas não queria me precipitar demais. Havia um longo caminho a percorrer entre um teste positivo de gravidez e um bebê de verdade. Tudo poderia acontecer nos meses que estavam por vir.

— Vai dar tudo certo, Blake. Você e eu, a gente pode resolver isso — ele me prometeu.

Concordei com a cabeça, sem confiar em mim mesma para falar. Mas quando olhei em seus olhos, quase acreditei no que ele disse.

Ele se inclinou e me beijou de novo. Desta vez, fechei os olhos e retribuí o beijo.

Sem dúvida, havia um lugar especial no inferno reservado para mim, porque, quando seus lábios roçaram nos meus, desejei que fosse outra pessoa.

CAPÍTULO 26

Ky

Olhei para a tela do celular e observei enquanto ele tocava várias vezes seguidas.

Precisava reconhecer uma coisa sobre o meu primo: ele era persistente.

Todos os dias, nos últimos dois meses, ele me ligou. Todo. Santo. Dia.

Tinha atendido suas ligações apenas duas vezes naquele período, sendo que uma foi porque ele havia começado a me mandar mensagens sem parar, informando que, se eu não avisasse que não estava morto em uma vala por aí, ele iria notificar à polícia de que eu estava desaparecido.

Ele havia tentado tocar no assunto Blake comigo, mas logo o calei. Ouvir o nome dela já me machucava o suficiente. Não tinha certeza de que suportaria falar sobre ela de fato.

Na segunda vez que nos falamos, o cretino me enganou. Ele usou os filhos para me colocar no telefone.

Ele sabia que eu tinha um ponto fraco por aquelas crianças, e eu já estava me sentindo culpado por tê-los abandonado sem me despedir, então passei quase duas horas no celular com CJ e Bree. CJ me mostrou o quanto os porcos haviam crescido e me disse que minha aparência estava um lixo — transmitindo as palavras do pai, sem dúvida —, e a pequena Bree me fez falar "oi" para cada uma das suas malditas bonecas enquanto ela bancava a anfitriã de uma festa do chá.

Tudo ia bem, até que Bree me perguntou onde Blake estava. Mal consegui terminar a ligação antes de desmoronar.

Isso foi algumas semanas atrás, e fugi de toda e qualquer ligação desde aquele momento.

Sempre tinha sido um cara durão, num nível intenso, do tipo que não revelava muito na forma de emoções, mas, nos últimos tempos, eu estava um caco.

Não conseguia pensar direito. Mal conseguia comer. Não estava no meu melhor.

Bebendo demais, tentando afogar as mágoas no fundo de uma garrafa. Não estava dando certo para mim. Duvidava de que existisse uma cerveja no mundo todo forte o suficiente para arrancar Blake Vincent da minha mente.

Não. Ela estava marcada a ferro quente na minha memória para sempre. Tudo relacionado a ela andava em círculos repetidas vezes na minha cabeça. Seu sorriso, sua risada, seu traseiro sexy, seus gemidos ofegantes.

Passei a mão no cabelo, deixei o celular no balcão e peguei a marreta que estava usando para demolir a cozinha.

Isso era praticamente a única coisa que conseguia acalmar minha mente naquele momento: trabalhar. Tinha me atirado naquele serviço, um projeto de reforma. Como já era de se esperar, quebrar porcarias com minhas mãos era uma excelente terapia.

Não era pedreiro, mas não tinha medo de um dia duro de trabalho. Então, lá estava eu, dia após dia, desmontando coisas antes de colocá-las juntas de novo, melhor do que antes.

Estraçalhava armários, bancadas e paredes, até que os ombros não conseguissem mais suportar fisicamente o peso da marreta... Até que meus pensamentos ficassem livres dela.

Deixei o instrumento cair no chão e deslizei encostado em uma das paredes que não tinha feito desmoronar.

Estava respirando com intensidade, e meu peito subia e descia depressa, enquanto eu enxugava o suor da sobrancelha.

Precisava me refrescar.

Tirei a blusa por cima da cabeça e fui embora, sem me preocupar em trancar nada. Ali, naquela pequena comunidade, fechaduras não eram tão necessárias.

A praia ficava a apenas uma caminhada curta pela grama e depois pela areia.

Era uma localização nobre.

Blake iria amar este lugar.

Me xinguei por pensar nela de novo. Nem sei por que me dei ao trabalho de me odiar por isso. Ela estava na minha mente o tempo todo, e dizer o contrário seria uma mentira descarada.

Pensava nela mais do que era saudável, sob qualquer ponto de vista. Não sabia como seguir em frente.

Meses haviam se passado, mas eu ainda não tive uma conclusão de verdade.

Mesmo sabendo que ela tinha entrado no avião com o noivo e voltado para a Califórnia, eu não sabia o que ela estava fazendo. *Ela se casou? Ela o deixou?*

Eu havia até ficado superanimado de tanto beber certa noite e procurado por ela nas redes sociais, mas não deu em nada. Ela não tinha conta no Facebook, e seu Instagram era privado.

Ver seu rosto sorridente na foto de perfil minúscula do Instagram foi como um soco no estômago, e, naquele momento, jurei que nunca mais iria digitar o nome dela em uma barra de buscas de novo. Se ver uma foto minúscula do seu rosto bastava para abrir minhas feridas por completo, então não conseguia nem imaginar o efeito que teria tido ao encontrar uma foto dela usando um vestido de noiva, sorrindo com outro homem.

Tinha decidido que estava melhor sem saber de nada.

O único problema era que isso era mentira. Não estava melhor coisa nenhuma, porque eu não a tinha.

Cheguei na beira do mar e mergulhei, e a água fria fez maravilhas pela minha pele suada e quente em excesso.

Fiquei em pé, parado, dando uns petelecos para tirar meu cabelo longo demais dos olhos. Precisava cortar o cabelo e me barbear, mas não consegui encontrar dentro de mim as forças para me importar com isso.

Nada mais tinha propósito. Eu era uma casca da minha antiga versão.

Sabia que deveria atender o celular e conversar com Chance quando ele ligasse. Mais do que qualquer outra pessoa, ele devia entender como era perder a mulher que você amava, mas sua história era diferente. Ele teve seu final feliz. Ele e Aubrey tinham um ao outro. Sua dor havia desaparecido fazia tempo, enquanto a minha ainda estava tão crua que, às vezes, eu lutava para respirar.

Mergulhei mais algumas vezes e depois voltei para a areia.

Havia uma mulher sentada na areia, com a brisa suave do mar soprando no seu cabelo preto e curto. Eu a reconheci da casa ao lado daquela onde eu estava trabalhando – a tinha visto por perto algumas vezes.

Fui me encaminhando para a água rasa, e ela se levantou para me cumprimentar.

— Oi — ela disse, sorrindo com alegria. — Meu nome é Sarah. Vou passar a semana lá. — Ela apontou para a praia. — Pensei em vir me apresentar.

— Ky — respondi apenas.

Não me passou despercebido o jeito com que ela me esquadrinhou rápido com os olhos , da cabeça aos pés.

Ela era uma mulher linda: alta, curvilínea, rosto bonito, mas não tinha apelo para mim. Era o tipo errado de linda.

— Pelo barulho, você anda bastante ocupado lá. — Ela apontou o polegar por cima do ombro, em direção à casa que eu estava desmanchando aos poucos.

— Droga, desculpe. Acho que eu deveria fazer menos barulho.

Ela sorriu.

— Está tudo certo. Levanto cedo.

Fiz um gesto afirmativo com a cabeça.

Ela pigarreou, nervosa.

— Bom, só ia te avisar que alguns vizinhos vão aparecer lá em casa hoje à noite para tomar um drinque, e você é mais do que bem-vindo para se juntar a nós.

Não.

Minha nossa, não.

Companhia era definitivamente a última coisa que eu queria.

— Não estou sendo uma companhia muito boa neste momento.

Ela piscou sedutoramente para mim.

— Bem, a oferta está de pé, se você mudar de ideia. Adoraria te ver lá.

— Vou pensar no caso.

Ela deu alguns passos para trás antes de me lançar um sorriso de paquera e se virar, seguindo na direção da sua casa.

Soltei um suspiro profundo, e meu coração acelerou.

Jesus, que diabo havia de errado comigo? Uma mulher bonita me convidou para ir à casa dela tomar um drinque, e eu estava quase hiperventilando.

Perder Blake tinha mesmo feito um estrago em mim.

Sabia que ela havia me enganado, pra valer, mas não conseguia simplesmente desligar meus sentimentos. Ainda era um louco apaixonado por ela. Eu a queria tanto que esse desejo fazia meu peito doer e, por mais furioso que estivesse por ela ter mentido para mim, estava bravo comigo mesmo por tê-la deixado ir embora, por não ter lutado por ela quando ainda tinha essa chance.

Deveria ter contado o que eu sentia. Deveria ter pedido a ela para me escolher. Deveria ter me permitido tentar mantê-la comigo, mas, em vez disso, havia deixado minha mágoa e meu orgulho se intrometerem.

Tinha perdido.

Percebi que ainda estava parado de pé na areia, encharcado. Sacudi o cabelo e voltei para a casa, precisando quebrar alguma coisa mais uma vez.

CAPÍTULO 27

Blake

Fiquei sentada em silêncio no banco da frente do SUV preto de Julian, com o couro preto grudando na pele. Estava tão nervosa que suava sem parar.

Não sabia o que esperar, mas a recepcionista educada que falou comigo ao telefone tinha me dito que tudo o que eu precisava era estar com a bexiga cheia.

A parte da bexiga cheia não era exatamente confortável, mas, desde que eu não fizesse xixi em mim mesma, tudo daria certo.

Julian me informou que essa parte era necessária para poderem ver melhor o bebê no ultrassom.

Não sabia como ele tinha essa informação, e eu estava muito assustada para perguntar. Ele já deve ter lido uma dúzia de livros sobre bebês ou vasculhado a internet por horas a fio: esse era o tipo de homem dedicado que ele era.

Se passaram apenas alguns dias desde que eu tinha descoberto que estava grávida e, enquanto eu ainda estava surtando, Julian já havia começado a olhar casas fora da cidade e considerar quais escolas eram as melhores opções, coisas que não tinham nem sequer passado pela minha cabeça.

Julian havia implorado para eu voltar a morar com ele e, embora não tivesse aceitado, passei as duas últimas noites lá.

Ainda não sabia o que eu queria fazer... Sobre *ele*, sobre *nós*.

Sabia que eu deveria deixar para lá minhas preocupações e aproveitar o que tínhamos. Julian poderia me fazer feliz; ele já me fazia feliz, na verdade. Não havia nada de errado com uma vida confortável e tranquila. Isso era o que minha mente me dizia, mas meu coração... Esse tinha uma opinião bem diferente. Na realidade, meu coração ainda estava em uma praia com areia branca, observando as ondas se quebrando.

— Está nervosa? — Julian perguntou, interrompendo meus pensamentos.

Respondi que sim com a cabeça.

— E você?

Ele riu.

— Estou animado.

Iríamos descobrir naquele dia qual era a data provável do parto, e isso me assustava. Essa informação faria tudo aquilo parecer muito real. Minha barriga ainda não tinha crescido, e eu não havia tido sintomas. Nada de náusea ou vômitos, nem estufamento ou indigestão... *nada*. Foi fácil apenas continuar meu dia a dia e não pensar no assunto, mas sentia que, quando visse aquele amendoinzinho na tela e ouvisse seu coração bater, tudo iria mudar.

— Estou feliz que o Rich conseguiu encaixar a gente de última hora. Não sei se confiaria em outra pessoa.

Concordei com a cabeça. Tinha me encontrado com Rich só uma ou duas vezes e, para ser sincera, não estava especialmente preocupada com quem teria a honra de olhar minha vagina. Mas, se escolher aquele sujeito deixava Julian feliz, então era isso que iríamos fazer.

Ele parou no estacionamento, sorriu e contornou a frente do carro para abrir a minha porta. Respirei fundo algumas vezes enquanto esperava.

Respira.

Relaxa.

Você consegue.

Julian segurou minha mão quando entramos no prédio. Como o parceiro dedicado de sempre, ele me fez sentar em uma poltrona e foi cuidar da burocracia para mim.

Parte de mim quis que ele tivesse me deixado fazer aquilo sozinha — precisava parar de pensar na realidade da minha vida —, mas não tive essa sorte.

Precisava de uma distração, e rápido, antes que entrasse em colapso.

Tirei o celular do bolso e comecei a dar uma olhada a esmo nos velhos e-mails na minha conta, aqueles de antes de eu ter abandonado Julian.

Cara Ida,

Você acha possível amar alguém sem estar apaixonado por essa pessoa?

— Confusa, Los Angeles.

Sua resposta estava lá também.

Cara Confusa,

Acho que teria um monte de gente mandando ver com os irmãos se não fosse possível.

Beijo,

S

Tive que sorrir.

Outra mensagem chamou minha atenção. Era para Soraya, e foi enviada logo depois de meu pai ter morrido.

Cliquei nela e deslizei a tela para baixo para ver o que ela tinha escrito em resposta à minha pergunta.

Cara Ida,

Meu pai faleceu ontem, e estou sofrendo. Perder alguém fica mais fácil um dia?

— Coração Machucado, Califórnia.

Sua resposta tinha doído, mas ao mesmo tempo havia me ajudado. Deve ter sido a única vez em que ela tinha evitado as habituais respostas perspicazes e de raciocínio rápido.

Caro Coração Machucado,

Sinto muito por isso. Não, não acho que fique de fato mais fácil, mas você se adapta, se ajusta, aprende a viver com a dor. Cabeça erguida, lindona, você consegue.

Beijo,

S

Pisquei algumas vezes para impedir que lágrimas escorressem e deslizei a tela até chegar na próxima conversa.

Cara Ida,

Acho que posso ter cometido um erro. Julian é perfeito. Eu o amo, mas... tem alguma coisa faltando. A gente deveria se casar, e não sei se consigo.

— Indecisa, Califórnia.

Logo abaixo, estava sua resposta.

Cara Indecisa,

Poderia mandar uma moeda para você decidir no cara ou coroa, mas acho que você já sabe que não deveria precisar dela.

Beijo,

S

Rolei mais depressa.

Cara Ida,

Meu pai não vai estar presente para entrar na igreja comigo. Acho que não consigo fazer isso sem ele. É um sinal de que eu não deveria me casar?

— Surtada, Los Angeles.

Sua resposta fez uma lágrima escapar do meu olho.

Cara Surtada,

Nada teria me impedido de me casar com Graham no dia do meu casamento. Nada. Nem um sinal. Nem intervenção divina. Droga, nem aquela sacana da Mãe Natureza.

Leia o que escrevi de novo. Pense nas palavras. Você já sabe a resposta.

Beijo,

S

E sabia mesmo a resposta. Já tinha tomado a decisão de ir embora quando recebi sua mensagem.

Olhei de relance para Julian, que ainda estava cuidadosamente preenchendo formulários.

Abri a aba para escrever um novo e-mail e comecei a digitar.

Cara Ida,

Maternidade é algo que você recomenda, não é?

— Garota Grávida, Los Angeles.

Respirei fundo algumas vezes e cliquei em "Enviar".

— Blake? — Julian disse baixinho. Minha cabeça se ergueu para se deparar com ele parado em pé na minha frente. — Está pronta?

Respondi que sim com a cabeça, e ele ofereceu a mão para mim.

Respirei fundo mais uma vez, enfiei o celular no bolso e dei a mão para Julian.

Ele me levou até a enfermeira que estava à espera, que nos conduziu por um pequeno corredor, até chegarmos a uma sala que tinha uma cadeira como aquelas dos dentistas bem no meio.

— O Dr. Malcolm não vai demorar. Por favor, tire a parte de baixo da roupa e coloque a camisola. Ele deve estar aqui daqui a pouco.

Assenti.

Ela foi embora, fechando a porta ao sair.

Estiquei o braço para pegar a camisola e dei uma olhada nela por alto.

Julian pigarreou.

— Vou só pegar um copo d'água. Quer um?

Balancei a cabeça.

— Acho que, se eu tomar mais água, minha bexiga vai explodir.

Ele sorriu.

— Tudo bem. Volto num instante.

Acenei enquanto ele saía. Sabia o que ele estava fazendo, e fiquei grata pela privacidade.

Posso ter ficado na casa dele nas duas noites anteriores, e em algumas poucas desde que voltamos, mas Julian não me via sem roupa havia meses.

Tirei o sapato, a calça jeans e a calcinha. Estava muito quente na sala, então tirei a blusa enquanto estava me preparando. Enfiei a camisola pavorosa pela cabeça e subi na cadeira, me certificando de que não iria fazer uma exibição relâmpago das minhas partes íntimas para quem quer que entrasse pela porta.

Respirei fundo algumas vezes enquanto esperava Julian voltar. Os minutos passavam, e me dei conta de que meu olhar tinha se desviado da porta para as fotos nas paredes.

Havia todas as coisas habituais que você esperaria ver na sala de um obstetra, como imagens de bebês enrolados e bem apertados no útero de mulheres que me causaram desconforto. Parecia tudo tão espremido!

Acariciei minha barriga, enquanto meus olhos passearam mais pela sala, até chegarem em um pôster com alguns filhotinhos fofos de animais. Cachorrinhos, gatinhos, ovelhas e bodes.

Meus batimentos cardíacos dispararam e minha garganta ficou seca quando olhei para a foto do cabrito com o bode adulto.

Era a cara do Pixy. As mesmas manchas e tudo o mais.

Suspirei, procurando ar, quando minha ficha finalmente caiu, com uma clareza total sobre o erro que tinha cometido.

Nunca deveria ter deixado Ky.

Eu o amava. Eu o amava tanto que me machucava fisicamente estar longe dele.

Além do bebê na minha barriga, não havia nada na vida que eu desejasse mais do que desejava Ky Bateman.

Estava tudo tão confuso e, mesmo assim, nada jamais tinha estado tão claro para mim do que aquilo naquele momento. Eu precisava tentar. Precisava descobrir se havia um futuro para nós dois juntos.

Sabia que iria magoar Julian e separar nossa família antes mesmo de ela se juntar, mas não podia viver uma mentira. Tinha feito isso por tempo demais e, daquele momento em diante, seria honesta com todo mundo na minha vida, sobre tudo — começando por ser honesta comigo mesma.

Era Ky. Sempre tinha sido.

Estava muito brava comigo mesma por ter feito tanto estrago. Havia cometido erros, tinha pisado na bola. Se eu fosse um personagem de filme, sem dúvida seria a vilã. Mas aquilo não era um filme, era a vida real. Eu não era um filme de romance, a mocinha perfeita. Eu era uma pessoa de verdade. Com defeitos. Tinha cometido erros, e era hora de admiti-los.

Houve uma batida suave na porta, e respirei fundo mais uma vez. Lágrimas volumosas escorreram pelo meu rosto quando minha mente finalmente aceitou a decisão da qual meu coração teve certeza desde o início.

Eu podia fazer aquilo. Podia ter um bebê com Julian sem ter que me casar com ele e também podia me certificar de fazer o meu melhor em relação a Ky. Assim, quando tivesse oitenta anos e olhasse para a minha vida em retrospectiva, nunca precisaria ficar me perguntando como poderia ter sido se eu tivesse tido a força de correr atrás daquilo que realmente queria.

Julian entrou na sala, olhou para mim e veio correndo para o meu lado.

— Meu anjo! O que foi?

— Me desculpe — sussurrei quando ele esticou o braço para pegar minha mão.

Foram só duas palavras, mas ele as entendeu. Seus ombros se abaixaram, e um suspiro profundo saiu de dentro dele.

— Toc-toc, como estamos indo por aqui? — disse uma voz vinda de trás de Julian.

Ele se virou, e consegui entrever Rich.

— Rich, eu e a Blake podemos ter um minuto a sós? — Julian perguntou.

O médico deu uma olhada em nós e abriu um sorriso reconfortante.

— Claro. Vou estar lá fora quando vocês estiverem prontos.

Estava certa de que ele tinha um cronograma para cumprir, pacientes esperando, mas Julian não parecia estar preocupado com nada disso enquanto se virava para mim.

Ele estava calado, me esperando falar.

— Não quero te magoar, Julian. Você sabe que te amo, mas não é o tipo de amor que nós dois merecemos. Você merece alguém que te coloque como prioridade... Alguém que fique com os olhos brilhando quando te vê chegar. Desculpe, mas eu não consigo te dar isso.

Minha mão ainda estava na dele, e seu polegar acariciava a lateral do meu. Ele ficou em silêncio por vários e muito longos instantes.

— Aquele cara que você conheceu em Sydney. Você está apaixonada por ele.

Não era uma pergunta, mas, mesmo assim, devia a ele uma resposta. Devia a ele muito mais do que uma resposta, mas não tinha nada além disso para dar.

— Estou.

Seus olhos foram parar nas nossas mãos unidas.

— Queria que as coisas pudessem ser diferentes.

— Também queria — admiti.

Tinha ficado acordada inúmeras noites, desejando que meus sentimentos mudassem, que eu fosse capaz de amá-lo do jeito que ele merecia, mas desejos não eram a realidade... O amor não era fácil.

— O que você vai fazer, meu anjo? — Seus olhos encontraram os meus.

— Não sei, mas quero que você entenda que nunca vou te impedir de estar presente na vida do seu bebê. Não importa o que aconteça.

Ele ergueu o braço e tirou uma lágrima da minha bochecha com o polegar. Abriu a boca e disse a última coisa que eu esperava ouvir.

— E se ele não for meu?

Ele não tinha me dado sequer um sinal de que estava preocupado com o fato de não ser o pai do meu filho. Na verdade, eu comecei a me perguntar se ele não sabia mesmo que eu e Ky havíamos tido uma relação íntima. Ele não mencionou o assunto nem uma vez. Nunca me questionou.

— Eu e você não estávamos usando proteção, Julian.

— Basta uma única vez — ele respondeu.

Balancei a cabeça. Queria contar a ele que Ky usou preservativo, mas pareceu errado até mesmo trazer essa questão à toa, então apenas fiquei encarando-o enquanto ele me encarava de volta.

— Vou chamar o Rich — ele disse, enfim.

Concordei com a cabeça, e ele foi até a porta para chamar o médico.

Rich entrou, todo sorridente, aparentemente ignorando meu rosto marcado por lágrimas ou apenas sendo muito bom no que fazia.

— É bom ver vocês dois de novo, e meus parabéns!

— Obrigada — murmurei, enquanto Julian voltava para ocupar seu posto ao meu lado.

— Bem, temos alguma ideia da data da concepção?

Balancei a cabeça.

— Devo estar de alguns meses.

Ele fez um aceno com a cabeça.

— Certo. Estou vendo que você foi instruída a se despir, mas, se acha que já está grávida de alguns meses, podemos começar com um ultrassom abdominal, caso você prefira esse tipo de exame ao ultrassom interno.

Minha cabeça respondeu que sim com fúria, e ele riu.

Julian me passou minha roupa de baixo e minha calça, e as vesti de novo, enquanto os rapazes se ocupavam batendo papo sobre beisebol e negócios.

— Pode tirar a camisola também — Rich instruiu.

Puxei a peça pela cabeça, e ele esticou o braço para pegar um tubo de gel. Ele levantou minha blusa e me pediu para escorregar a calça um pouco para baixo para que ele tivesse livre acesso ao meu útero.

O gel estava muito gelado quando ele o esguichou na minha pele.

Podia sentir as mãos tremendo de novo, então as deslizei para baixo do bumbum para que ninguém pudesse ver o quanto eu estava com medo.

Sabia que aquele bebê não era de Ky, mas o fato de Julian ter jogado a possibilidade no ar acendeu uma minúscula faísca de esperança dentro de mim.

Era uma tolice, uma ilusão e uma promessa cheia de esperança.

Um resumo da minha vida.

Não queria tirar isso de Julian, mas nossas vidas ficariam muito complicadas. Se, por um milagre, eu fosse para a Austrália e Ky estivesse disposto a me dar outra chance, eu e Julian teríamos um desafio pela frente negociando essa coisa de guarda compartilhada.

— Desculpe — Rich disse, rindo, enquanto espalhava o gel com uma peça do equipamento conectada a uma tela.

Ele apertou um botão e virou o monitor para o objeto ficar de frente para mim.

Esperei, com o coração na garganta, enquanto uma imagem granulada aparecia na tela, e, então, logo em seguida, um *tum-tum, tum-tum, tum-tum, tum-tum* suave, mas contínuo, preencheu a sala.

— Isso é o som do coração do seu bebê — Rich informou enquanto girava e virava a sonda, pressionando-a com força na região da minha bexiga. — E esse — ele disse, apontando para a tela com a mão livre — é o seu bebê.

Fiquei observando, maravilhada, enquanto a manchinha na tela começava a se parecer com um bebê.

— Ai, meu Deus — falei baixinho. — Ele é tão pequenininho.

Julian segurou firme a minha mão, mas eu não conseguia tirar os olhos da imagem do meu amendoinzinho.

Já estava apaixonada. Foi necessário olhar apenas uma vez, e já amava aquele bebê com tanta ferocidade que o sentimento ameaçava me consumir.

Eu iria ser mãe.

Eu iria ter um bebê.

— Parece que a sua gravidez não está tão avançada quanto você imaginava. Diria umas dez semanas, pela imagem.

Demorei um momento para registrar as palavras dele. *Dez semanas.* Dez. Semanas.

A única maneira de isso ser possível era se...

Engasguei.

Era do Ky. Meu bebê era do Ky.

Minha mão foi cobrir minha boca.

— Tem certeza? — sussurrei. — As datas... Tem certeza?

Rich estava ocupado, cutucando minha barriga, e seus olhos estavam fixos no monitor.

— Sem dúvida. Diria que você está de nove semanas e cinco dias. Você deve ter o bebê no começo de setembro. Parabéns!

Queria chorar. Queria rir. Queria gritar. Queria celebrar. Nunca tinha sentido tantas emoções contraditórias no intervalo de dez segundos.

Me virei devagar para encarar Julian. Meu coração estava sofrendo por ele. Havia tirado tudo dele em apenas alguns minutos. Só me restava esperar que, um dia, ele veria que eu tinha feito um favor a ele. Um dia, quando ele conhecesse *a mulher* – aquela com quem ele estava destinado a ficar –, ele se sentiria grato por não ter se casado comigo. Quando ele tivesse sua própria família, ele se sentiria grato por não ter outro filho por aí cujo tempo ele tivesse que compartilhar. Só me restava esperar que ele ficasse bem até esse momento chegar.

— *Julian* — sussurrei quando fiquei cara a cara com ele, o homem que era o rumo lógico que minha vida deveria tomar.

Seus olhos azuis estavam cheios de dor, mas, de alguma forma, *ele* ainda encontrou uma forma de *me* confortar.

— Está tudo bem, meu anjo, está tudo bem.

Meu lábio inferior tremia enquanto falava a única coisa que passou pela minha cabeça que poderia tê-lo feito se sentir melhor naquele momento.

— Você vai ser um pai incrível um dia, com uma mulher que vai te olhar como se você fosse tudo para ela.

CAPÍTULO 28

Ky

Estava sentado, observando as ondas rebentarem, com a garrafa de tequila pela metade pendurada pelos dedos.

O que quer que estivesse acontecendo na minha vida, o mar era a única coisa constante nela. Nada detinha as ondas que se aproximavam. Claro, em alguns dias, eram grandes e furiosas, e em outros eram pequenas e quase se sobrepunham à orla em vez de colidirem contra ela. As ondas simbolizavam minhas emoções.

Ri de mim mesmo. Ficava terrivelmente filosófico quando estava bêbado.

Tomei mais um gole considerável da garrafa e me encolhi enquanto ela queimava minha garganta. *Maldita tequila*. Odiava aquela merda, mas era a única coisa na loja de bebida que não me fazia pensar na Blake, então foi a escolhida.

Blake.

Lá estava ela de novo, dando um baile na minha cabeça.

Jesus Cristo, deveria ter olhado os dois lados da rua antes de ter deixado aquela garota atravessá-la e vir rumo ao meu coração. Deveria ter erguido uma placa de "pare". Pelo menos, a porcaria de um "dê a preferência".

Agora era só brita quebrada e obra na pista aqui dentro.

Caramba, não estava mais falando coisa com coisa.

Precisava de outra bebida, algo que não fosse me fazer vomitar.

Tentei levantar da areia e não consegui, me desequilibrando e caindo de cara no chão.

— Pateta — disse a mim mesmo.

— Ky? — uma voz atrás de mim perguntou. — Está tudo bem?

— Quê?

Minhas palavras mal soavam como tal enquanto me endireitava e estendia as mãos na lateral do corpo para ver se estava equilibrado.

Bufei uma risada.

Mandei bem.

— Está tudo certo?

Ela me contornou até ficar na minha frente e se agachou para olhar nos meus olhos.

Karen. Não, Susan... Sophie? Sarah, maldita Sarah.

Tentei fazer um "toca aqui" comigo mesmo, e não consegui.

— Jesus, você está chapado.

— Pois é. — Acenei com a cabeça.

— Você está bem?

Balancei a cabeça.

— Nãããão.

— Talvez você devesse voltar para dentro de casa. Não é lá uma boa ideia ficar perto da água agora.

Sábias palavras, Susan. Susan? Sarah? Dane-se, não importa.

Caí de volta na areia e olhei para as estrelas.

— Me diga que você não bebeu essa garrafa sozinho.

Eu a senti erguer a garrafa de tequila da minha mão, e deixei, sem brigar. O gosto era uma porcaria mesmo...

— Quer conversar sobre isso? — ela ofereceu.

Inclinei a cabeça para o lado. Ela estava deitada na areia perto de mim.

— Isso o quê?

— O que estiver na sua cabeça. Uma mulher, suponho. Nunca vi um homem bêbado desse jeito por causa de outra coisa.

Voltei a olhar para o céu escuro. Ainda conseguia ouvir as ondas quebrando na orla, uma após a outra.

— Não.

Sim.

Não.

Talvez.

— Ela partiu o seu coração?

Suspirei, e o álcool estava me deixando corajoso, ou idiota. Não sabia qual.

— Talvez.

Minha cabeça começou a girar, e o calor da tequila foi se misturando com memórias da loira. Pensar nela sempre me deixava sóbrio mais depressa do que a velocidade com que eu dava conta de me embebedar.

— Aposto que ela se arrepende disso.

Soltei uma risada descrente, bufando.

— Duvido.

Passei a mão na barba áspera que estava crescendo no meu rosto. Precisava parar de pensar tanto nos meus problemas e raspar aquela porcaria. Odiava aquilo.

— Você ainda a ama?

Deixei a cabeça girar na direção dela uma segunda vez e admiti algo em voz alta que mal tinha admitido para mim mesmo.

— Sim.

Ela me lançou um daqueles olhares do tipo "pobre coitado".

— Talvez vocês ainda consigam fazer dar certo.

Balancei a cabeça. Não teria conseguido juntar palavras para formar uma coisa parecida com uma frase para explicar a situação, mesmo se tivesse desejado.

— Nunca se sabe — ela respondeu, enquanto absorvia a imagem do céu estrelado. — Estava com o meu Darryl há uns seis anos quando ele foi morto. Se ele ainda estivesse aqui, eu não deixaria nada impedir a gente de ficar juntos.

Engoli em seco. Lá estava eu, sendo um cretino desolado porque tinha levado um pé na bunda, e ela havia passado por uma tragédia de verdade.

— Desculpe.

Vi seus lábios se curvarem, formando um pequeno sorriso triste.

— Não faz mal. Acho que a vida é assim mesmo.

Ficamos deitados ali, em silêncio, por alguns minutos, até que ela voltou a falar.

— Você faria uma coisa por mim?

Concordei com a cabeça, devagar.

— Você me beijaria?

Ela deve ter percebido a surpresa no meu rosto, porque continuou falando logo em seguida:

— Só um beijo? Faz anos que não sinto os lábios de um homem nos meus, e há algo em você que me faz lembrar dele.

Não pensei nem um segundo a mais. Virei o corpo na direção dela, coberto de areia e fedendo a tequila, e cobri sua boca com a minha, deixando-a fingir, por apenas alguns segundos, que eu era seu amado morto. Eu não estava prestando para muita coisa naquele momento, mas, para aquilo, podia servir. Se existisse alguém por aí que pudesse aliviar a dor no meu peito quando eu pensava em Blake, provavelmente teria pedido a essa pessoa para me beijar também.

Deve ter sido uma droga de beijo, mal dado e vago, mas, com sorte, ela conseguiu tirar dele aquilo de que precisava.

Me afastei, sem fôlego, enquanto ela abria um sorriso triste para mim.

— Obrigada.

Sua voz saiu como um sussurro suave, à beira das lágrimas.

Caí de volta na areia, sentindo mais falta de Blake naquele momento do que em todos os dois meses anteriores somados. Beijar uma mulher bonita deveria ter me feito sentir alguma coisa, *qualquer coisa*, mas tudo o que aquilo conseguiu fazer foi me estimular a pensar em tudo o que havia perdido.

Meus olhos começaram a ficar pesados, e deixei minhas pálpebras se fecharem.

— Se você a ama mesmo, deveria lutar por ela, Ky. Não vai querer viver com um arrependimento. Acredite em mim.

Eu a queria. Eu a amava.

Só não sabia o que fazer a respeito disso.

Ela tinha escolhido outro homem, e não havia vontade, luta ou amor suficiente que fosse mudar aquilo um dia.

— Vou tentar — respondi.

Adormeci e, quando acordei, foi na areia, sozinho, com o som do oceano.

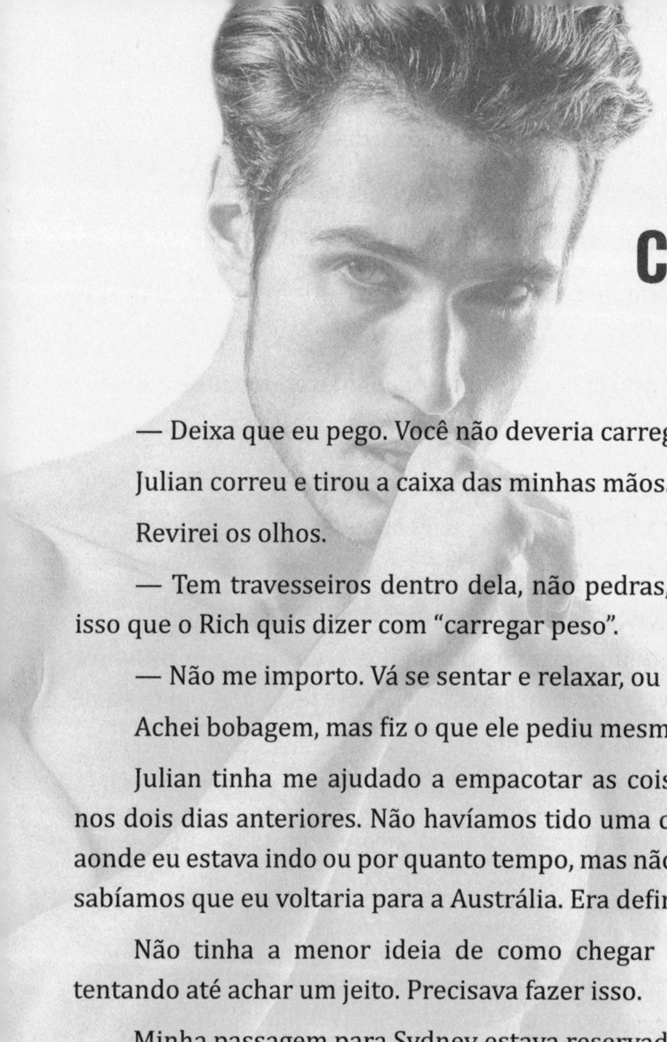

CAPÍTULO 29

Blake

— Deixa que eu pego. Você não deveria carregar nada.

Julian correu e tirou a caixa das minhas mãos.

Revirei os olhos.

— Tem travesseiros dentro dela, não pedras, Julian. Acho que não foi isso que o Rich quis dizer com "carregar peso".

— Não me importo. Vá se sentar e relaxar, ou algo do tipo.

Achei bobagem, mas fiz o que ele pediu mesmo assim.

Julian tinha me ajudado a empacotar as coisas no meu apartamento nos dois dias anteriores. Não havíamos tido uma conversa detalhada sobre aonde eu estava indo ou por quanto tempo, mas não era necessário. Nós dois sabíamos que eu voltaria para a Austrália. Era definitivo.

Não tinha a menor ideia de como chegar até Ky, mas continuaria tentando até achar um jeito. Precisava fazer isso.

Minha passagem para Sydney estava reservada para o dia seguinte.

Julian empilhou mais algumas caixas de forma bastante organizada perto da porta e então se sentou no sofá, ao meu lado.

— Acho que aquela é a última.

— Obrigada. Você sabe que não precisava me ajudar com tudo isso. Eu poderia ter dado um jeito sozinha.

Ele abriu um pequeno sorriso.

— Não seja boba. É claro que vou te ajudar.

Talvez eu ainda fosse uma porcaria de pessoa, mas estava lidando com as coisas como uma adulta dessa vez. Nada de fugas, nada de bilhetes bobos, nada de desculpas.

Peguei sua mão na minha e entrelacei nossos dedos.

— Me desculpa mesmo... Por tudo... por como tudo aconteceu.

Lágrimas se acumularam nos meus olhos, e soltei uma risada.

— Juro que estou chorando o tempo todo nesses últimos dias... Malditos hormônios.

— Sei que você lamenta, mas não é culpa sua. Não quero nunca que se sinta culpada por dizer como se sente. Você merece ser feliz, assim como qualquer outra pessoa, Blake.

— Me desculpa por te magoar.

Ele balançou a cabeça.

— Eu já deveria ter visto que você não estava feliz. *Na verdade*, vi. Só não queria admitir. Você tentou conversar comigo, e eu nunca deixei você colocar isso para fora. Deveria ter deixado. Não dá para fazer alguém te amar de volta.

— Não é culpa sua.

— É apenas a vida, meu anjo. Nem tudo termina do jeito que a gente espera.

Coloquei a mão na barriga.

— Sei que havia falado que o nosso relacionamento tinha terminado, mas eu deveria ter conversado com você direito, não simplesmente fugido... E então, tudo aquilo com o Ky... aconteceu, e eu... Só me resta lamentar.

Ele respirou fundo.

— Quer saber? Não gosto daquele cara.

Bufei uma risada. Foi a afirmação menos convincente que eu já tinha escutado. Julian gostava de todo mundo. Duvidava de que ele fosse capaz de qualquer sentimento que não fosse esse. Ele era a bondade em pessoa.

— Mas só porque sei o que ele tem — ele acrescentou, em tom suave. — Espero que ele saiba também.

— Eu o magoei.

— Se ele te amar, vai superar isso.

— Você acha?

— Ele seria maluco se não superasse. — Ele apertou minha mão. — Tudo pelo que passamos, todo o sofrimento, a raiva, a mágoa, tudo valeu a pena, Blake. Eu não mudaria nada, porque, mesmo que essas coisas não tenham me trazido você para sempre, eu tive você por um tempo... E isso é melhor do que nunca ter tido.

Ai, meu Deus, meu coração. Meu coração idiota e partido. Queria que ele amasse *este* homem, batesse apenas por ele, mas essa não era a minha realidade. Meu coração pertencia a outro.

Ele se inclinou e beijou minha testa.

— Preciso ir.

Ele se levantou e cruzou o pequeno apartamento em direção à porta.

— O pessoal da transportadora vai vir amanhã de manhã para levar isso tudo para o depósito. Não se atreva a carregar nada.

— Prometo.

— E mudei a sua passagem de avião. Não queria você voando aquela distância enorme na porcaria de um assento minúsculo. Não se dê ao trabalho de discutir sobre isso. Já está feito.

— Obrigada — sussurrei.

Mais lágrimas vieram; achei que nunca tinha chorado tanto na vida quanto chorei nos dois meses anteriores.

Essa era a nossa despedida. Talvez jamais fosse vê-lo de novo e, por mais que isso me magoasse, sabia que era a coisa certa a fazer.

Queria ser amiga dele, mas não seria justo da minha parte pedir isso. Ele teria dito "sim", e teria sofrido por isso.

Ele iria seguir em frente dessa forma. Um término amigável. Ele encontraria alguém para amar e seria feliz. Ele merecia isso mais do que qualquer outra pessoa no mundo.

Ele fez uma pausa à porta.

— Boa sorte, meu anjo.

Saltei do meu lugar no sofá e corri pela sala para me atirar nos seus braços. Ele me acolheu e me segurou com firmeza contra seu corpo, e nós dois nos libertamos um do outro emocionalmente e encerramos o capítulo da nossa vida juntos, para sempre.

Ele se afastou primeiro, e eu o soltei com relutância.

— Seja feliz — sussurrei.

Ele abriu um sorriso sincero pela primeira vez em dias, então foi embora.

Dei uma olhada ao redor do apartamento vazio e suspirei. Era isso. Amanhã seria um novo dia para mim e para o meu amendoinzinho. Eu entraria num avião rumo a Sydney, e então o trabalho iria começar de verdade.

Me arrastei para a cama e tentei mais uma vez pesquisá-lo no Google, embora soubesse que o resultado seria exatamente o mesmo que havia sido no dia anterior.

Tinha pesquisado "Ky", "McKay", "Bateman" e todas as combinações possíveis com essas três palavras. Tudo o que havia encontrado foram algumas fotos de Chance de cueca. Abri um sorriso largo enquanto assimilava seu rosto sorridente. Ele e Ky eram muito parecidos.

Desisti da busca e fui para os e-mails.

Estava evitando olhá-los, mas precisava ver a foto de nós dois na véspera do Ano-Novo naquele momento. Inspirei e expirei fundo antes de clicar no arquivo anexado no e-mail.

Achei que estivesse pronta. *Não estava*. Uma olhada nele, e pareceu que meu coração iria se dividir em dois de novo. Ele era muito, *muito* lindo. Seu rosto perfeito me encarou através da tela do celular. Aqueles olhos escuros, aquele cabelo que ficava desgrenhado sem esforço algum...

Fazíamos um belo par. Parecíamos felizes.

Esperava, com todas as minhas forças, que pudéssemos voltar àquele ponto. Sabia que isso levaria tempo e exigiria muito esforço — isso se ele considerasse a possibilidade —, mas eu queria aquilo. Trabalharia para aquilo. Faria *qualquer coisa*.

E, na pior das hipóteses, se as coisas entre nós não se resolvessem da maneira que eu esperava, sabia que precisaria encontrar um jeito de ter Ky na minha vida. Esse bebê era dele — *nosso*. Era metade eu e metade ele e, qualquer que fosse seu sentimento em relação a mim, sabia que ele seria uma parte da vida do filho. Eu o tinha visto com Bree e CJ. Ele amava aquelas crianças incondicionalmente.

Ele seria um excelente pai.

Fechei o arquivo da foto e soltei uma risadinha quando abri a resposta da Soraya ao meu não-tão-sutil anúncio de gravidez de alguns dias atrás.

Cara Garota Grávida,

Não. Criaturinhas abjetas. Tudo o que elas fazem é comer, fazer cocô e dormir o dia inteiro. Veja se não é tarde demais para conseguir um reembolso.

Beijo,

S

E, cinco minutos depois, outra mensagem.

Disse para mim mesma que não ia perguntar, mas quem eu estou enganando? PRECISO saber... Quem é o pai?

Mandamos e-mails uma para a outra mais algumas vezes, discutimos a ineficácia de preservativos, compartilhamos um GIF do Ross, de *Friends*, sobre como eles "deveriam escrever isso na caixa" de camisinhas, e demos o dia por encerrado.

Nunca havia conhecido Soraya pessoalmente, mas não tinha muitas amigas próximas, então gostava de ter alguém com quem conversar sobre tudo o que estava acontecendo na minha vida, e o fato de nunca ter precisado ficar cara a cara com ela significava que eu não tinha medo de ser honesta sobre os erros que havia cometido. Era um bom acordo.

Joguei o celular de leve no colchão e fechei os olhos.

Amanhã seria um grande dia, e eu precisava de um pouco de descanso.

CAPÍTULO 30

Blake

Era mesmo irônico. Lá estava eu, de volta à primeira classe, dessa vez sem um vizinho irritante, mas, ainda assim, não consegui dormir nem um pouco. Na verdade, fiquei acordada por tanto tempo que estava começando a me sentir como se estivesse delirando um pouco.

Agora entendi por que a privação de sono era a forma mais efetiva de tortura. Estava à beira de perder a noção das coisas.

Foi mais ou menos com dez horas de voo que me senti escorregando. E não escorreguei apenas, desabei pra valer de um precipício.

Lágrimas enormes e volumosas escorriam pelas minhas bochechas e soluços rasgavam meu peito enquanto eu tentava, desesperadamente, fazer silêncio. Havia uma família de quatro pessoas, um casal e seus dois filhos, atrás de mim, e a última coisa que eu queria era assustar as crianças agindo como uma doida, mas estava surtando.

E se não conseguir encontrar o Ky?

Pior: e se o encontrasse e ele não quisesse saber de mim?

E se ele não quisesse saber do filho?

Tinha consciência de que estava agindo como uma maluca. Com certeza, Ky devia me odiar e desejar não ter mais nada comigo, mas havia um homem bom debaixo de toda aquela baboseira petulante. Não havia a possibilidade de ele ser o tipo de cara que não ligava para o filho. Mas, naquele exato momento, minha mente estava muito longe da razão. Eu estava com o modo pânico ativado.

Minha respiração veio em arfadas curtas e agudas.

Ataque de pânico. Você está tendo um ataque de pânico.

Eu não estava pronta para ser mãe solo. Não sabia como fazer isso sozinha. Precisava de Ky. Eu o amava. Ele *tinha* que me perdoar.

— Respire — uma voz suave ordenou perto de mim. — Devagar e bem fundo.

Forcei os olhos para cima e descobri que a mulher que antes estava atrás de mim tinha chegado de fininho no assento vago ao meu lado.

Ela esticou o braço e acariciou o meu devagar em movimentos verticais.

O ritmo me ajudou a reduzir meu batimento cardíaco irregular e desacelerou minha respiração.

— Isso — ela me encorajou. — Inspire e expire. Você consegue.

Ela inspirou devagar comigo para me mostrar como eu deveria fazer.

Fiquei olhando nos seus grandes olhos azuis enquanto ficava sob controle.

Ela era muito parecida comigo: loira, pequena, talvez alguns anos mais velha. Mas, enquanto eu estava vulnerável e cheia de dúvidas, ela era confiante e segura de si. Podia ver isso nos seus olhos.

— Muito bem — ela me elogiou, enquanto eu inspirava fundo e depois soltava o ar de volta.

— Meu Deus, desculpa — sussurrei.

— Tudo bem.

Sua mão continuou acariciando meu braço.

— Você está bem?

Deveria ter respondido apenas um "sim" e a deixado voltar para sua família. Em vez disso, balancei a cabeça e disse:

— Não, acho que não.

— Sou muito boa em ouvir as pessoas — ela respondeu, com seu sotaque texano se manifestando.

— Você com certeza tem coisa melhor para fazer do que escutar os meus problemas.

Ela deu uma espiada para trás. Seu filho dormia, e sua filha estava sentada no joelho do pai, assistindo a alguma coisa na tela.

— Não tenho, não — ela se ofereceu, com um sorriso.

— Você tem uma família linda.

— Obrigada. — Seu sorriso ficou mais largo. — Fomos visitar uns amigos em Los Angeles, e agora vamos para Sydney para comemorar o nosso aniversário de casamento. Nos casamos lá, e a gente queria mostrar a cidade para as crianças.

— Que fofo.

Ela estendeu a mão para mim.

— Sou a Kendall.

Eu a cumprimentei.

— Blake.

— Meu marido, Carter, era piloto quando nos conhecemos.

— Nossa! Aposto que isso o fez ganhar uns pontos com você.

Seus olhos brilharam.

— Eu estaria mentindo se dissesse que não.

Rimos juntas, e decidi que não teria nada a perder se conversasse com aquela estranha sobre meus problemas. Talvez ela tivesse alguns conselhos para me dar.

— Sou de Sydney, mas morei na Califórnia nos últimos tempos... Esses dias, voltei para Sydney, depois para a Califórnia de novo, e... Olha, é meio que uma longa história, e você vai acabar achando que sou uma idiota por viajar meio mundo atrás de um homem...

Ela mostrou que estava se acomodando no assento.

— Se existe uma coisa que tenho é tempo e, *acredite em mim*, sei mais sobre correr atrás de um homem do que você pode imaginar.

Ela estava certa. Tínhamos horas pela frente até aterrissarmos. Havia tempo de sobra.

Me ajeitei, enfiando os pés embaixo do corpo.

— Tudo bem... Então, quando cheguei a Los Angeles, conheci um cara...

Passei a hora seguinte contando tudo a ela. Contei sobre quando conheci Julian, e como ele roubou meu coração. Contei sobre o noivado, a morte do meu pai, sobre quando amarelei e fugi. Contei *tudo* a ela sobre quando conheci Ky e me apaixonei por ele.

Ela ficou em silêncio, escutando e fazendo a pergunta bizarra quando abri o jogo sobre Julian ter ido à Austrália, Ky ter me olhado como se eu o tivesse deixado arrasado, a gravidez, o término que não foi um término de verdade, porque nunca reatamos de verdade, e então acabei.

Não tinha percebido o quanto eu estava desesperada para desabafar até ter terminado de falar.

Kendall olhou para mim com olhos enormes e arregalados.

— Bem, é uma bela de uma trama complicada essa que você criou aí.

Bufei um suspiro.

— Eu bem que tentei te avisar.

— Você tem algum talento como escritora? Poderia escrever um livro sobre tudo isso.

Balancei a cabeça.

— Infelizmente, não.

— Ele sabe que você está indo para lá?

Balancei a cabeça de novo.

— Sei que parece ridículo, mas não tenho nem o número de celular dele, e não consigo achá-lo na internet. Não consigo de jeito nenhum saber onde ele está.

— Você poderia tentar a família.

— Eles vão ser a minha primeira parada, mas não vou culpá-los se não quiserem me receber. Provavelmente eu faria o mesmo se estivesse no lugar deles.

— Tenho certeza de que você vai encontrá-lo, Blake.

— E se eu não encontrar? E se o encontrar e ele me odiar?

A ansiedade arranhou meu peito de novo, mas fiz o melhor que pude para forçá-la a retroceder.

— Ele não vai te odiar. Você o ama, e é óbvio que vocês tinham uma coisa especial. Aposto que ele também te ama.

— Parece que tenho o péssimo hábito de magoar as pessoas que mais amo.

— Tá, você cometeu alguns erros. Quem nunca?

— *Alguns erros.* Acho que já acumulei mais do que *alguns* nesta altura do campeonato.

— Você não chegou a quase ter um bebê só para conseguir acesso aos milhões do seu falecido avô, então, a meu ver, você está indo bem.

Fiquei de queixo caído. Pelo visto, Kendall tinha suas próprias histórias.

— *Como é*?

Ela deu uma risadinha.

— Está muito cedo para abrir essa caixa de Pandora.

Concordei com a cabeça.

— Bem, não, não fiz isso, mas acabei largando o meu noivo e depois me apaixonei por outro homem pouco tempo depois, então quem sou eu para atirar pedras?

Ela deu de ombros.

— E daí? Você não escolhe o amor, é ele que te escolhe. Você não estava com o Julian quando aconteceu. Sem dúvida, você deveria ter lidado com a situação de outra forma, mas o luto mexe um pouco com a cabeça das pessoas. Você cometeu erros, Blake, mas nada que não possa ser perdoado ou consertado.

— Abandonei o Ky.

— Ele disse para você ir embora.

— Eu não deveria ter dado ouvidos para ele.

— Talvez não, mas você está voltando para lá agora. Não é isso que importa de verdade?

Eu não tinha uma boa resposta.

— Você sabe que eu tenho razão.

— *Espero* que você tenha razão — admiti.

— Sempre tenho razão. Pode perguntar para o meu marido. — Ela sorriu.

Nós duas espiamos por entre as cadeiras e nos deparamos com seu marido a observando, com um sorriso sarcástico nos lábios.

— Você está falando mal de mim, sua convencida?

— Claro que *não*!

Dava para perceber o quanto eles estavam apaixonados só de olhar para eles.

— Ela está bem? — Kendall perguntou ao marido, inclinando a cabeça na direção da menininha nos braços dele.

— Ela quer ouvir a música.

O sorriso de Kendall se enterneceu.

— Então cante a música para ela, capitão Clynes.

Ele embalou a filhinha e começou a cantar suavemente *Lucy in the Sky with Diamonds.*

Foi tão fofo. A menininha começou a adormecer quase que na mesma hora.

— *A* música? — questionei.

— Outra longa história — Kendall disse, enquanto eu me virava de costas para a dupla pai e filha.

— Eles ficam uma graça juntos.

Queria esse tipo de ligação entre Ky e nosso bebê. Queria estar presente para dividir cada segundo da vida do nosso filho com ele.

— Ficam, sim. A melhor decisão que tomei na vida foi vivê-la com esse homem.

— Você acha que teria conseguido esquecê-lo um dia se não tivesse dado certo ficarem juntos?

Ela balançou a cabeça e abriu um sorriso triste na minha direção.

— Não. Acho que nunca estive destinada a viver minha vida sem ele. Acho que o mesmo acontece com você e o Ky.

— Ficamos juntos só alguns dias... E se esse sentimento não for verdadeiro?

Ela ergueu uma sobrancelha para mim.

— Conversei com o Carter num bar de aeroporto durante quinze minutos antes de entrar num avião e segui-lo até o outro lado do mundo. Você está olhando para uma prova de que não precisa demorar anos para achar a pessoa certa.

Ri, meio descrente e meio delirante.

— Ele me deixa doida.

— Você estaria entediada se ele não te deixasse assim. — Ela piscou para mim.

Droga de mulher. Ela deve ter razão. Eu ansiava pelas brincadeirinhas, pelo raciocínio rápido, pela energia inesgotável dele.

Ela colocou a mão sobre a minha e a apertou.

— Vai dar certo. Tenha um pouco de fé.

Ela tinha razão, de novo. Eu havia confiado em Ky a ponto de me sentar na parte de trás da sua moto naquele dia. Agora, só precisava ter confiança suficiente para que ele me deixe voltar para a sua vida.

— Bom, você queria saber sobre eu produzir um herdeiro para ficar com a fortuna do meu avô, não é?

Dei uma risadinha. Claro que queria. Era exatamente o tipo de distração de que eu precisava.

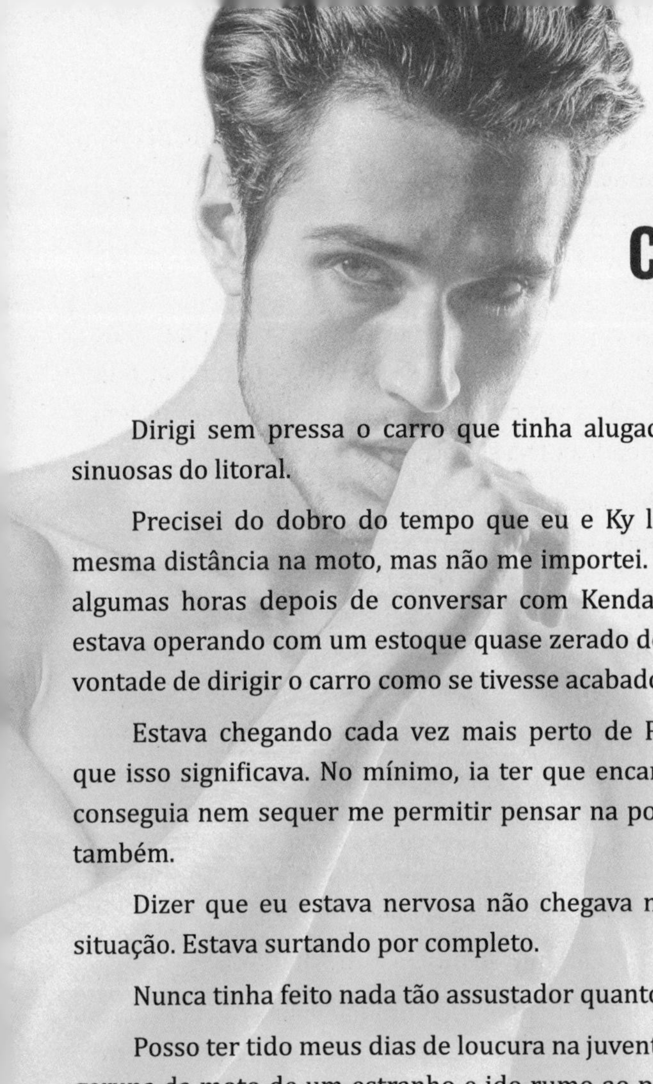

CAPÍTULO 31
Blake

Dirigi sem pressa o carro que tinha alugado ao longo das estradas sinuosas do litoral.

Precisei do dobro do tempo que eu e Ky levamos para percorrer a mesma distância na moto, mas não me importei. Tinha conseguido dormir algumas horas depois de conversar com Kendall, mas meu corpo ainda estava operando com um estoque quase zerado de energia. Não estava com vontade de dirigir o carro como se tivesse acabado de roubá-lo.

Estava chegando cada vez mais perto de Pretty Beach e já sabia o que isso significava. No mínimo, ia ter que encarar Chance e Aubrey. Não conseguia nem sequer me permitir pensar na possibilidade de Ky estar lá também.

Dizer que eu estava nervosa não chegava nem perto de descrever a situação. Estava surtando por completo.

Nunca tinha feito nada tão assustador quanto aquilo.

Posso ter tido meus dias de loucura na juventude, posso ter sentado na garupa da moto de um estranho e ido rumo ao pôr do sol, mas nada havia me apavorado tanto quanto a possibilidade de perder aquele homem para sempre.

Parei o carro na praia e fiquei sentada por um bom tempo, apenas observando as ondas chegarem, enquanto tentava juntar coragem.

E se ele estiver lá?

O que eu digo?

Havia repassado um discurso na minha cabeça, mas sabia muitíssimo bem que tudo iria para o espaço quando colocasse os olhos em Ky. Ele transformava meu cérebro em mingau, fazia meu batimento cardíaco disparar e minhas entranhas darem cambalhotas, e tudo isso num dia bom. Aquele estava bem longe de ser um dia bom.

— Pare de ser uma covardona — sussurrei para mim mesma.

Eu conseguia. Precisava.

Liguei o motor e fiz a curta viagem que levava até a casa de Chance e Aubrey. Estava me sentindo como se estivesse prestes a vomitar, e isso não tinha absolutamente nada a ver com enjoo matinal e tudo a ver com a vergonha por como tinha lidado com a situação.

Tentei me lembrar do que Kendall me disse no avião sobre cometer erros *e* respirar fundo quando saísse do carro e fechasse a porta.

Caminhei com as pernas bambas até a porta da frente da casa.

Talvez eu estivesse com sorte e eles não estariam lá.

Esse raciocínio me fez balançar a cabeça. *E aí, o que vou fazer? Deixar um bilhete?* Não existia a possibilidade de eu não voltar. Eu era uma covardona, mas não a ponto de ir embora de novo sem tentar de tudo antes. Tinha aprendido a lição.

A Austrália era a minha casa. Na verdade, minha casa era qualquer lugar onde Ky estivesse. Nunca curti muito geografia mesmo...

Bati à porta e apertei as mãos uma contra a outra, nervosa.

Todos os pensamentos de ir embora sem falar com ninguém foram reduzidos a um purê quando ouvi passos se aproximando da porta.

Prendi a respiração.

Não sabia se preferia me deparar com Chance ou com Aubrey. Não sabia quem ficaria mais bravo comigo. Aubrey era um doce, claro que podia perdoar, mas achei que Chance poderia ser minha melhor aposta naquele momento — ele sabia o que era fazer besteira e ter que se humilhar para achar o rumo de novo. Ele já esteve no meu lugar.

A porta se abriu, e os olhos verdes de Aubrey se arregalaram quando ela absorveu o que tinha acabado de ver.

— Oi — falei com uma voz aguda.

— Blake? — ela perguntou, enquanto abria a porta de tela e vinha para fora. — O que você está fazendo aqui? Achei que tivesse viajado para os Estados Unidos.

— E viajei. — Meu olhar foi parar nos meus pés. — Mas... voltei. Eu...

— Você voltou?

Seu tom de voz era de perplexidade.

Respirei fundo e olhei nos olhos dela.

— Voltei por causa do Ky. Jamais deveria ter ido embora. Eu o amo e quero consertar as coisas.

Minha nossa, acabei de falar para o que me pareceu umas cem pessoas praticamente estranhas que eu estava apaixonada pelo Ky, e ainda não tinha nem sido capaz de dizer isso a *ele*.

Um pequeno sorriso repuxou os cantos dos seus lábios.

— Já sabia que eu não estava errada sobre você.

— O quê?

— Falei para o Chance que essa história não tinha terminado. Falei para ele!

Ela estava pulando sem sair do lugar, toda animada.

— Como assim?

Ela correu na minha direção e me puxou para os seus braços, me apertando com força antes de me soltar.

— Eu tinha esperança de que você fosse voltar. *Sabia* que vocês dois tinham um assunto pendente.

— Você *queria* que eu voltasse, depois de tudo o que fiz?

— Não me entenda mal. Estou furiosa por você ter escondido a verdade do Ky *e* de mim... Mas, desde que você não tenha trazido um noivo a tiracolo desta vez, acho que a gente pode deixar o passado pra lá.

— Você não me acha uma vagabunda? — perguntei, incrédula.

— Bem... Talvez só um pouquinho assim — ela me provocou, usando o polegar e o indicador para me mostrar uma altura de uns dois centímetros.

— Quem é, princesa? — a voz de Chance soou de dentro da casa.

Ela abriu um sorriso largo para mim e se virou.

— É a Blake... E você me deve cinquenta paus.

— Ora, ora, mocinha, não posso dizer que eu esperava te ver aqui.

Ele veio até ficar ao lado de Aubrey e passou os braços nos ombros dela.

Nossos olhares se encontraram.

— Eu precisava ver o Ky.

— Tudo bem — ele disse, com um aceno de cabeça.

E só. Apenas um *"tudo bem"*? Não sabia que diabos fazer com aquilo. Por que eles não estavam bravos? Por que não estavam decepcionados comigo?

Eu havia contado a Aubrey a verdade sobre quase tudo antes de ir embora com Julian. Não que ela tivesse entendido alguma coisa no meio dos meus soluços, mas nem a verdade era desculpa para a forma como eu tinha agido, para o tanto que havia magoado Ky. Eles eram sua família – eles o amavam. Eu deveria ser a inimiga número um, na opinião deles.

— Por que você não está bravo?

A sobrancelha de Chance se ergueu.

— Ah, mas eu *estou* bravo. Esta é a minha cara de bravo.

Ele não estava com cara de bravo.

— Tá bom — respondi, confusa.

Seus lábios tremeram, e ele caiu na risada.

— Não consigo ficar com cara de sério nos últimos tempos, nem se a minha vida depender disso. Olha, Blake, vou ser honesto. Você magoou o Ky, e isso me magoa. Você pisou na bola... Mas não estou em posição de julgar os outros quanto às suas pisadas na bola, e tenho certeza de que você teve seus motivos. Só resolva logo as coisas com ele, e aí ficamos quites.

Dei um aceno rápido com a cabeça.

— É para isso que estou aqui. Quero consertar as coisas. Custe o que custar.

— Então, está tudo certo.

Simples assim.

Nossa!

— Então, posso vê-lo?

— Você pode tentar e, se conseguir encontrá-lo, diga ao cretino para atender minhas ligações. Não gosto de ser ignorado.

Meu coração parou.

— Ele não está aqui?

Foi Aubrey quem continuou, com as sobrancelhas franzidas:

— Não. Ele foi embora de moto logo depois de você ir embora e não voltou. Conseguimos falar com ele pelo celular duas vezes, mas não sabemos onde ele está. Ele não estava mesmo a fim de conversar e não atende as ligações há semanas.

Senti minhas esperanças murcharem. Meu peito enrijeceu de arrependimento. Ele estava evitando a família, e a culpa era minha.

— Ele não disse nada sobre aonde foi?

Ela balançou a cabeça, triste.

— Me desculpe.

— Sem problema — falei baixinho. — Eu sou o motivo de ele ter ido embora. Isso aconteceu por minha causa, e de mais ninguém. Vocês devem estar preocupados com ele.

— Estamos — Aubrey respondeu.

— Que nada. O cara sabe se cuidar, princesa — Chance falou.

Ela olhou para ele com uma expressão de "como assim?".

— Então é por isso que você tem ligado para ele como se fosse uma espécie de *stalker* todo santo dia? Por que você *não está* preocupado? — ela quis saber.

— As crianças sentem saudade dele.

— Mentira, abusado. Você sente saudade dele tanto quanto elas.

Ele resmungou alguma coisa.

Aubrey claramente tinha razão. Chance sentia falta do primo, e era culpa minha.

— Preciso ir procurá-lo.

— Você vai fazer *o quê*? Sair dirigindo pela Austrália e torcer para conseguir? — ela perguntou.

Encolhi os ombros.

— Acho que sim. Que outra escolha eu tenho?

— Você poderia pelo menos dormir um pouco antes. Sem ofensas, mas você meio que está com uma aparência horrível — Chance falou, me olhando de cima a baixo.

Perder o homem que você ama, ficar grávida e depois voar metade do planeta deve mesmo deixar uma mulher nesse estado.

— Vou parar em algum lugar para passar a noite, quando sentir necessidade de dormir.

— Pode passar a noite aqui, se quiser — Aubrey ofereceu.

Era uma oferta muito generosa, mas não parecia correto com Ky. Embora soubesse que, provavelmente, seria inútil, eu precisava sair e tentar fazer as coisas do meu jeito. Não podia apenas ficar sentada, nutrindo a esperança de que talvez ele aparecesse.

— Acho que vou dar uma volta. Conheço um lugar onde ele pode estar. De qualquer forma, sei que não vou conseguir dormir antes de passar por lá.

Pensei no gêiser marinho e em quanto Ky amava aquele local. Se fosse para ele ir a algum lugar, apostaria lá, mesmo se minha aposta acabasse se revelando péssima.

Aubrey olhou para mim de cara feia.

— Fique aqui só uma noite. Vou cozinhar para você um...

— Princesa — Chance a interrompeu —, ela não vai querer desperdiçar tempo aqui com a gente. Sei o que é ir atrás da pessoa que você ama. Me lembro da urgência.

Eles trocaram um olhar demorado que me fez ter vontade de desviar o rosto e lhes dar um pouco de privacidade.

— *Tudo bem* — Aubrey finalmente cedeu —, mas você vai deixar um número de telefone e levar um pouco de comida.

— Combinado — concordei.

— Quando o encontrar, pode falar para ele que eu disse: "Te falei"? — Chance sorriu, presunçoso.

Franzi a testa, sem entender nada.

— Tenho esperado por esse momento. Não se preocupe, ele vai saber do que estou falando.

Fui embora com a marmita mais fofa do mundo para o almoço, os números de celular do Ky, Aubrey e Chance e um acordo com o casal de que, se eles tivessem notícias de Ky, diriam a ele que eu estava lá e de que, se eu não o achasse nos próximos dias, voltaria para a casa deles.

CAPÍTULO 32

Ky

Fiquei batendo a lâmina de barbear de leve na pia e observando os pelos pretos e desgrenhados flutuando na água.

Dei uma espiada no meu rosto barbeado pela metade no espelho. Eu parecia um sem-teto. Não no sentido chique, meio hipster, e sim como um sem-teto de verdade que vive embaixo da ponte e carrega seus pertences por aí em um carrinho de supermercado.

Precisava me recompor. Nunca tinha me permitido ficar destruído daquele jeito por causa de uma mulher antes, e odiava o fato de ter deixado isso acontecer dessa vez. Não sabia nem por quê.

Que mentira descarada. Sabia *exatamente* por quê.

Porque ela é diferente, meu cérebro gritou, me dizendo aquilo que eu já sabia ser verdade, mas que mesmo assim estava tentando negar de qualquer jeito.

Eu até conseguia ficar bem por alguns dias, até mesmo uma semana, e então sentia um cheiro... via algo... escutava algo que me fazia lembrar dela, e já voltava à estaca zero. Essas coisas que me faziam pensar nela pareciam estar à minha volta, e eu tinha começado a acreditar que talvez meu destino fosse ficar destroçado para sempre. Talvez esse fosse o preço por amá-la: o sofrimento que vinha a seguir.

Eu teria aceitado Blake de volta num piscar de olhos. Sabia disso. Era *fato*. Sim, ela havia me magoado, mas eu ainda a amava, cada centímetro sexy e atrevido dela. Eu era um homem fraturado sem ela. Se ela entrasse pela porta naquele exato momento e dissesse: "Surpresa, voltei!", eu provavelmente iria ficar de joelhos e implorar para que ela ficasse para sempre. Mas isso não iria acontecer. Ela não iria voltar.

Não à Austrália.

Não para mim.

Isso me deixava com apenas uma opção: me recuperar e seguir minha vida. As pessoas conviviam com situações muito piores do que essa todos os dias e não se escondiam do mundo com a aparência de um mendigo.

Deslizei a lâmina na minha pele de novo, e o som irritante pareceu furar meus ouvidos. Não tanto quanto as ligações insistentes do meu primo, mas foi quase um empate.

Dois dias atrás, ele tinha me ligado, mas, em vez de o celular tocar uma única vez, que era o método habitual de Chance, havia tocado umas cinquenta vezes, e naquele ponto, Aubrey se juntou aos esforços.

Havia também um monte de mensagens, mas não li nenhuma delas. Apenas desliguei o celular e o deixei na recém-instalada bancada da cozinha.

Precisava admitir: a decepção amorosa estava fazendo maravilhas pela minha ética profissional. O banheiro estava completo, os quartos estavam com as paredes descascadas e prontas para receber uma demão fresca de tinta e faltava pouco para acabar a cozinha. Aquele projeto de reforma iria terminar em pouco tempo, e então eu teria que seguir em frente, encontrar alguma outra coisa para preencher meus dias.

A ideia de seguir em frente me deixava ansioso. Eu gostava daquele lugar. Ficava a apenas uns trinta minutos da casa de Chance e Aubrey — não que eles soubessem disso — e era colado na praia. Quem acabasse morando ali teria um belo de um estilo de vida pela frente.

Terminei de me barbear e mal consegui reconhecer meu reflexo no espelho. Não via toda aquela quantidade do meu rosto havia dois meses. Ainda precisava de um corte de cabelo, mas não me atrevia a fazer isso — teria que resolver isso na cidade. Mas fazer a barba foi um começo.

Barba recém-feita, vida recém-retomada.

Ri sem achar graça. Se eu declamasse aquela bobagem por tempo suficiente, talvez começasse mesmo a acreditar nela um dia. Era improvável, mas valia a pena tentar.

Coloquei uma blusa e vesti a calça jeans. Não tinha vontade de ficar perto das pessoas, mas estava enlouquecendo ali, sozinho. Precisava sair de moto um pouco e fazer alguma coisa que afastasse minha mente do caos da minha vida.

Só conseguia pensar em uma coisa que poderia ter o efeito desejado. Só um lugar que eu sentia que suportaria visitar.

Coloquei minha jaqueta de couro, enfiei o celular, ainda desligado, no bolso, e segui rumo à moto.

CAPÍTULO 33
Blake

Não sabia o que fazer. Além disso, estava cansada, emotiva e minhas ideias razoáveis tinham acabado de vez.

Ele não estava na cidade do gêiser marinho.

Eu já tinha perguntado na área de acampamento e em todas as outras opções de acomodação possíveis. Até passei a maior parte de dois dias inteiros sentada perto do farol, só para o caso de ele aparecer.

Ele não apareceu.

Eu tinha dirigido rumo ao norte e rumo ao sul pelo litoral, dado uma segunda olhada em cada surfista, e, ainda assim, não consegui nada.

Havia tentado ligar no seu celular algumas vezes, mas tinha caído direto num correio de voz automático. Nem sequer consegui ouvir sua voz.

Tinha trocado figurinhas com Chance e Aubrey, e eles falaram a mesma coisa. Parecia que Ky havia desligado o celular. Ele não queria conversar com ninguém — por minha causa.

Parei o carro em um pequeno estacionamento de pedrinhas que dava para o mar e descansei a cabeça no volante.

Aquilo era inútil.

Total e completamente inútil.

Nunca iria cruzar com ele. A viagem de Sydney até Pretty Beach levava três horas, e, pelo visto, oferecia infinitas possibilidades de lugares para desviar do caminho e explorar. Eu poderia ter passado um mês procurando e, mesmo assim, não o ter achado — e isso assumindo que ele estava naquela região. Até onde eu sabia, ele poderia até ter entrado num avião e deixado o país.

Era como procurar uma agulha num palheiro.

Soltei um suspiro profundo. Já estava quase de volta a Sydney naquele momento e sabia que Ky não era um cara da cidade. Era quase o lugar no qual eu podia garantir que ele *não* estaria.

Peguei o celular e fiquei mexendo nos mapas por um tempo. Pesquisei "melhores lugares para surfar perto de Sydney" no Google, mas, de novo, havia inúmeras possibilidades. Pesquisei fotos de cidadezinhas na região e tentei imaginar aonde eu teria ido se fosse ele.

Só desperdicei meu tempo. Estava me agarrando a um fio de esperança até o limite.

Já sabia o que tinha que fazer. Havia ficado sem opções. Eu precisaria esperar por ele com paciência, voltar a Pretty Beach e aguardar até ele ligar ou aparecer para ver a família.

Eu o conhecia; não tinha como ele não sofrer com o fato de estar sem ver ou conversar com alguém. Ele teria que aparecer um dia e, quando isso acontecesse, eu estaria lá, esperando por ele.

Engatei a ré e voltei para a estrada, retornando pelo caminho que segui na vinda.

Odiava o fato de que aquilo me fazia sentir como se eu estivesse desistindo. Teria dado tudo para encontrá-lo, para mostrar a ele que havia tentado. Caramba, eu tinha até ficado espiritualizada e procurado "sinais" em todo lugar a que ia — qualquer coisa sugerindo que eu estava destinada a ficar com ele.

O problema foi que não tinha encontrado nenhum.

Nem um único maldito sinal, e até cheguei a ir à cidade de Batemans Bay, caramba! Se não consegui encontrar um sinal no lugar cujo nome era igual ao dele, então eu devia estar no caminho errado.

Pisei mais fundo no acelerador conforme os quilômetros passavam depressa, aumentando a velocidade. Eu estava ficando furiosa — estava, outra vez, dirigindo como se tivesse roubado o carro.

Tinha passado daquela fase. Precisava que ela acabasse.

Claro, havia feito besteira e merecia pagar por isso, mas estava farta daquele estado de limbo no qual me encontrava.

As pessoas fazem coisas burras quando estão apaixonadas.

As pessoas fazem coisas burras quando estão de luto.

Pelo visto, eu fazia coisas *muito* burras.

Tinha perdido meu pai, o homem mais importante da minha vida, e sentia como se, naquele momento, estivesse perdendo o outro homem que significava alguma coisa para mim.

Um soluço rasgou minha garganta, me pegando com a guarda baixa. Andava tão consumida pelo Ky que já fazia dias que eu havia pensado de verdade no homem que tinha me criado.

Precisava do meu pai. Agora mais do que nunca.

Ele sempre tinha acreditado em mim. Sempre havia me incentivado, mesmo quando eu pisava feio na bola. Ele tinha me amado incondicionalmente desde que nasci, e eu teria dado quase tudo para ouvir sua voz naquela hora.

O choro borrou minha visão, e parei no acostamento, com o peito subindo e descendo.

Peguei o celular e passei os dedos com raiva nas lágrimas que desciam pelo rosto, furiosa comigo mesma por desabar de novo.

Já tinha chorado o suficiente. Estava ficando preocupante a quantidade de lágrimas que eu havia derramado nas últimas semanas, e isso não me levou a lugar algum.

Nem sou chorona, caramba!

Podia não estar vomitando ou exibindo uma barriga de grávida ainda, mas podia garantir que meu amendoinzinho estava fazendo um estrago nas minhas emoções. Disso, eu tinha toda certeza.

Abri a galeria do meu celular e encontrei o vídeo ao qual me permiti assistir apenas uma vez desde que o havia recebido.

Era do meu pai. Ele parecia frágil, velho. Ele estava morrendo quando gravou esse vídeo, e me mandou uma semana antes de falecer.

Apertei o play.

— Oi, Blakey, é o seu pai.

Soltei uma risada enquanto fungava, cheia de alegria e desolada ao mesmo tempo.

— Queria te mandar isso para que, quando eu partir, você nunca se esqueça do quanto eu te amo. Sempre vou te amar, filhinha, sempre vou estar com você, mesmo quando eu não estiver mais aqui. Preciso que seja forte. Você sempre foi a mais forte da família, de qualquer forma. Só que, mais do que isso, preciso que seja fiel a si própria. Você se preocupa demais com os outros e menos do que o suficiente com você mesma. Não tem problema ser egoísta às vezes, Blake. Você merece *se* colocar em primeiro lugar de vez em quando.

Então, ele tossiu, fazendo um barulho seco e desagradável. Meus olhos permaneceram colados na tela.

— Acho melhor encerrar por aqui antes que eu tussa um pulmão. Você vai se sair bem, filhinha. Sempre estarei com você. Te amo.

Chorei e ri ao mesmo tempo quando ele olhou para além da câmera.

— Desligou, Carmen? Ainda estou vendo ela funcionando. Como faço para...

Houve um movimento, uma sucessão de ruídos crepitados, e depois ele sumiu.

— Também te amo, pai — sussurrei.

Parte de mim queria voltar para Sydney, ir à casa da minha irmã e ficar perto de onde meu pai passou a última parte da vida, mas sabia que ele não iria querer isso para mim. Ele iria querer que eu consertasse as coisas com Carmen, é claro, mas ele iria odiar a ideia de eu ficar amuada, abatida, e seria exatamente isso o que aconteceria se eu fosse para lá desse jeito.

— O que devo fazer, pai? — perguntei em voz alta.

Por incrível que pareça, não obtive resposta, então fiz a única coisa que podia: liguei o carro e peguei estrada.

Estava dirigindo havia uns vinte minutos quando finalmente vi uma coisa que me fez parar e pensar.

Era um outdoor gigantesco divulgando uma corrida de cavalos na próxima cidade. *Naquele mesmo dia.*

Meu coração acelerou, e cada pancada golpeava minha caixa torácica.

Tum-tum.

Tum-tum.

Tum-tum.

Dei a seta para entrar numa estrada secundária, e minha pulsação estava a mil.

Isso sim era um sinal.

As letras enormes diziam que era o maior evento desde a Copa de Melbourne. Eu, que não entendia patavina nenhuma de corrida de cavalos, já tinha ouvido falar da Copa de Melbourne. Se aquilo não chamasse a atenção de Ky, nada chamaria. Se ele estivesse naquela região, ficaria sabendo do evento. Estaria lá. Não conseguiria resistir.

Dirigi pelo centro da cidade e segui as instruções do GPS rumo ao hipódromo, me juntando à fila de carros que estava esperando para estacionar.

Batuquei no volante com os dedos, sem paciência.

— *Vamos!* — murmurei. — Façam essa fila andar, droga!

Me direcionaram, enfim, para uma vaga no imenso cercado, e saí do carro em direção aos portões o mais rápido que consegui.

Notei que havia gente bem-vestida *em todo lugar* enquanto eu pagava o ingresso e entrava no local usando meu short jeans recortado de uma calça. Estava incrivelmente malvestida, mas não me importava. Não estava lá para ganhar o prêmio de melhor traje. Minha esperança era ganhar um prêmio muito melhor.

Minha nossa! O lugar estava lotado.

Mesmo se Ky estivesse ali, eu duvidava de que conseguiria encontrá-lo. Centenas e centenas de pessoas estavam na arquibancada, espalhadas pelo gramado e nas partes cobertas.

Parei e me virei, fazendo um pequeno círculo, examinando cada homem.

Um cara tinha o cabelo da cor do dele.

Um tinha ombros largos como os dele.

Um tinha uma tatuagem no mesmo lugar.

Outro era da mesma altura.

Mas nenhum deles era o Ky.

Fiquei andando por meia hora, olhando cada possibilidade, mas sem conseguir nada.

Ele não está aqui.

Andei toda atrapalhada, desesperada por um lugar para me sentar para que pudesse respirar direito e evitar o ataque de pânico que senti que estava vindo.

Tive tanta certeza de que o encontraria ali...

Havia me permitido ter esperança.

Cada passo parecia um castigo enquanto ia correndo em direção a um banco de madeira para me jogar nele.

Uma corrida começou, com a voz do narrador ressoando como um estrondo pela arena, enquanto as pessoas vibravam e gritavam. Enterrei o rosto entre as mãos e me concentrei em não surtar.

— E *Abra Os Olhos* está fazendo uma disparada tardia e deixando *Bebê do Dingo* para trás, agora *Abra Os Olhos* está liderando, *Abra Os Olhos* está com meio corpo de vantagem, *Abra Os Olhos* cruza a linha de chegada em primeiro!

Meu Deus, aquele cara precisava parar de gritar *Abra Os Olhos*. Eu já tinha entendido. Levantei o rosto, com os olhos *abertos* pra caramba.

Minha respiração ficou presa na garganta quando meu olhar notou o homem alto, de cabelo escuro, apoiado na cerca, observando em silêncio os cavalos desfilarem antes da próxima corrida começar.

Minha mão foi parar depressa na boca quando ele se virou um pouquinho e eu avistei seu perfil.

Ky.

Ele *estava* ali.

Eu o encontrei.

CAPÍTULO 34

Ky

Não conseguiria escolher a droga de um campeão mesmo se minha vida dependesse disso.

Não havia tido uma sequência de fracassos como aquela desde que eu tinha dezenove anos e me achava invencível.

Provavelmente foi porque eu não estava fazendo apostas embasadas… Não, naquele dia, estava apostando sem pensar e fazendo uma porcaria de trabalho.

Estatisticamente falando, eu já deveria ter acertado pelo menos um vencedor, por uma questão de pura sorte. Em vez disso, já havia perdido uns três mil dólares, e o prejuízo iria ficar maior.

Acho que eu já deveria ter parado, mas não consegui.

A cada corrida, eu encontrava alguma coisa que me lembrava de Blake.

Tinha apostado, sem sucesso, em *Volte, Querida*; *Não Vá Partir Meu Coração* e *Garota da Cidade*. Havia tentado escolher uma joqueta com o mesmo cabelo loiro. Cheguei até ao extremo de escolher um cavalo cujo treinador se chamava Vincent.

Imaginei que, se apostasse em um desses cavalos e ele ganhasse, talvez ela voltasse para mim, de algum jeito, de alguma forma.

Eu tinha mesmo ficado maluco.

Deveria ter apostado em *A Namorada Dele*, porque era isso que ela era. *Dele*. Não minha. Já estava começando a pensar que talvez ela nunca tivesse sido destinada a ser minha.

Joguei meu caderno de apostas no lixo e passei os dedos pelo cabelo recém-cortado. Não me importava com o dinheiro, mas meu orgulho estava sofrendo um duro golpe naquele momento.

Baixei os cotovelos até que tocassem, a cerca e observei os cavalos se apresentarem no gramado.

Tive certeza de que ir àquele lugar iria me fazer sentir melhor, mas eu estava enganado. Se a decisão teve algum efeito, foi o de me fazer sentir pior. Trouxe à tona as lembranças do meu beijo com a loira enquanto ela estava encostada em uma cerca… de ela fazendo uma aposta para mim… da aposta que ganhei no avião…

Merda. Para onde quer que olhasse havia coisas que me faziam pensar nela.

Decidi que assistiria a mais uma corrida e depois daria o fora. Já estava na hora de cuidar da minha vida e voltar para o mundo real. Devia um pedido de desculpas a Chance e Aubrey — e a CJ e Bree também. Passaria um tempo com eles.

Mais uma corrida e aí vou embora.

Havia muito ruído de conversa ao meu redor: apostadores, casais, grupos de amigos, o locutor falando sobre o favorito, mas uma vozinha se destacou de cada um desses diferentes tipos de barulho.

— Com licença, gostaria de fazer uma aposta.

Congelei, engolindo em seco. Talvez eu pudesse acrescentar alucinações à minha lista cada vez maior de perturbações, porque podia jurar pela minha vida que tinha acabado de escutar a voz *dela*.

Continuei congelado, sem vontade de me mexer, porque, assim que fizesse isso, não sentiria nada além de decepção.

— *Ky*?

Dessa vez, não era uma questão de confusão, de imaginação. Era a voz *dela*, e estava bem ali, atrás de mim.

Me virei, e ela se surpreendeu.

Jesus amado. Ela estava mesmo ali. Podia vê-la com meus próprios olhos. Ela estava tão perto que eu poderia esticar o braço e tocá-la, se quisesse.

Meu coração estava tão acelerado que me deixou preocupado que eu teria um ataque cardíaco. Um homem não aguentava tudo aquilo. No meu caso, já estava no meu limite.

Ela parecia cansada, *estressada*, estava com bolsas grandes embaixo dos olhos, parecia ter perdido um pouco de peso, mas, ainda assim, estava linda. Linda *pra caramba*, e olhar para ela doeu de verdade.

— Uma aposta? — falei baixinho a primeira coisa em que consegui pensar.

Ela confirmou devagar com a cabeça, aqueles olhos hipnotizantes colados nos meus.

— Qual cavalo?

Ela deu um passo hesitante na minha direção. Minhas mãos se contraíram com a expectativa e o desejo... *a ânsia*. Meus membros ansiavam por ela como se tivessem vontade própria.

— *Segunda Chance* — ela sussurrou, insegura.

Engoli em seco mais uma vez.

— Qual é a aposta? — perguntei.

Ela encolheu os ombros delicados.

— Que tal a *minha vida inteira*?

Seus olhos ficaram embaçados quando sua vulnerabilidade ficou à mostra, e não consegui suportar a distância entre nós por mais nem um instante sequer.

Me aproximei e a puxei para os meus braços, e seu corpo colidiu com o meu de um jeito que pareceu tão certo e, ainda assim, agridoce.

Precisava que ela soubesse que eu estava bem ali. Que ainda me importava, qualquer que fosse o motivo que a tivesse feito voltar. Ouvi o que ela disse, entendi o que ela estava insinuando, mas precisava escutar isso direito antes de fazer minhas esperanças despertarem. Eu mal estava sobrevivendo por tê-la perdido uma vez. Tinha que proteger meu coração até ter certeza.

— Você está mesmo aqui — murmurei.

Ela confirmou com a cabeça encostada no meu peito.

Me afastei, segurando-a com firmeza pelos ombros para poder examinar seu rosto.

— Por que, Blake? Preciso saber o porquê. Se estiver aqui para me contar que está feliz com aquele cara que parece o Ken da Barbie, preciso que você faça isso já. Não consigo...

Ela se lançou na minha direção, se atirando no meu corpo de novo, e nossos lábios se encontraram como se soubessem o caminho de cor.

Ela me beijou como se estivesse faminta, e eu retribuí o beijo como se estivesse desesperado por qualquer parte dela que eu pudesse ter.

— Meu Deus, me desculpa — ela deixou escapar, com as bochechas vermelhas, enquanto tentava recuar um pouco. — Eu não deveria ter simplesmente achado que seria como...

Ela está achando que não a quero? Que se dane isso!

Arrastei-a para junto de mim e a interrompi, fazendo nossos lábios colidirem de novo. Ela gemeu deslizei minha língua para dentro da sua boca, sentindo seu gosto pela primeira vez em meses. Eu a castigava por ter ido embora e a amava por ter voltado, tudo ao mesmo tempo.

— Você está mesmo aqui? — sussurrei, com os lábios colados nos dela, deixando minha incredulidade evidente. — Estou sonhando?

— Não posso acreditar que você está *mesmo* aqui — ela respondeu, encostando a testa na minha. — Andei te procurando em todo lugar.

Tinha tantas perguntas, havia tantas coisas que eu precisava saber, mas, naquele momento, não existia nada mais importante do que tê-la nos meus braços depois de ter pensado que nunca mais teria outra chance de fazer isso.

Ela deve ter sentido a mesma coisa, porque ficamos daquele jeito por um bom tempo.

— Meu pai morreu. Mais ou menos umas seis semanas antes de a gente se conhecer.

— Sinto muito, de verdade.

Ela assentiu.

— Não é desculpa, mas acho que é parte da explicação de por que lidei tão mal com tudo. Tentei agir como se estivesse bem, mas não estava. Sinto saudade dele.

Sabia como ela se sentia. Minha mãe havia partido fazia dezesseis anos, e eu ainda sentia saudade dela todos os dias.

— Aposto que sim — murmurei. — Queria que você tivesse me contado.

— Eu deveria ter feito isso. Deveria ter te contado tudo.

Queria saber cada coisinha insignificante sobre ela. Se ela deixasse, eu passaria a vida aprendendo esses detalhes.

— Está tudo acabado... com o Julian... — ela disse baixinho. — Já tinha acabado antes de eu te conhecer, mas coloquei um ponto final pra valer dessa vez.

— Você não se casou com ele?

Parecia que toda a minha vida dependia da resposta àquela pergunta.

Ela balançou a cabeça.

— Como eu poderia, quando estou loucamente apaixonada por você?

Meu peito parecia estar cheio de fogos de artifício estourando, um após o outro.

Pow!

Pow!

Pow!

Não conseguia pensar direito, não conseguia me lembrar de um momento em que eu tivesse me sentido tão feliz daquele jeito. Não sabia o que dizer... o que *fazer*. Então, me decidi por aquilo em que era bom: irritá-la.

— Falei que você ia se apaixonar por mim, loira.

Uma risada estourou de dentro dela, carregada de emoção.

— Não seja babaca.

Também ri.

— Mas é o que sei fazer melhor.

A maneira como conseguimos voltar ao nosso antigo ritmo acalmou minha alma. Ainda tínhamos um longo caminho pela frente, havia muito o que revelar um ao outro, mas poderíamos fazer isso. Eu acreditava mesmo que poderíamos. Ela estava ali, e isso significava tudo. Nossa brincadeirinha me deu esperança.

Ela balançou a cabeça, discordando de mim.

— *Não*, acho que me amar pode ser o que você faz melhor.

Não consegui rebater isso.

— Escolha um cavalo — murmurei.

— Número cinco — ela falou, sem perder tempo.

— Vou ficar com o número oito.

— Qual é a aposta?

Seus cílios vibraram ao fechar os olhos, como se ela estivesse saboreando a intimidade proporcionada por aquele sentimento entre nós.

— Se eu ganhar, você vem comigo. Quero te mostrar uma coisa.

Sua risada suave me atingiu como um soco direto no peito. Finalmente me senti em casa.

— De novo?

Abri um sorriso largo, confirmando com a cabeça.

— Tudo bem. E se *eu* ganhar?

— Se você ganhar, loira, vou deixar você me levar para sair, nos celeiros, para a gente aprontar.

Ela inclinou a cabeça para trás e riu. Eu estava brincando e esperando que ela fosse discutir, mas, quando ela apenas me lançou um olhar que disse “manda ver!”, juro que fiquei duro na hora.

Voltar para nossa conexão física de imediato não devia ser sábio, mas não me orgulhava de ser inteligente. Eu apenas a queria. Meu desejo por aquela mulher superava toda a capacidade de pensamento racional.

O locutor começou a falar sobre os cavalos antes de eles saírem voando dos *starting gates*, mas nenhum de nós dois desviou o olhar do rosto do outro.

Blake foi a primeira a se mexer, se afastando da área da corrida, puxando minha mão atrás dela.

— Aonde estamos indo?

— Pegar o meu prêmio.

— Você ainda não ganhou.

Ela parou de andar e ergueu uma sobrancelha para mim.

— Você está me dizendo que acha que eu *não mereço* uma recompensa, espertinho?

Puta merda, merecia, sim. Segurei sua mão com força, puxando-a de volta para mim, e a peguei no colo. Ela soltou uns gritinhos agudos, e um grupo de rapazes nos aplaudiu quando passei por eles com Blake nos braços.

Tinha um amigo lá que era treinador de cavalos. Ele havia me mostrado a área dos celeiros mais cedo, então eu sabia exatamente aonde estava indo.

Levei-a direto para uma baia vazia e fechei a porta com força depois que entramos. Não era um local com muita privacidade, mas eu não tinha nada a perder, e menos do que zero autocontrole para exercitar.

Ela recuou à medida que fui em sua direção como um predador buscando a presa, até que suas costas bateram na parede de blocos na parte traseira do barracão com um suave baque.

— Você parece preocupada, loira.

Ela mordeu o lábio enquanto suas mãos se entrelaçavam no meu cabelo.

— E se alguém nos vir?

— Então espero que gostem do show — rosnei antes de mergulhar a cabeça para atacar a pele no pescoço dela.

— *Ky...* — ela gemeu, enquanto eu deslizava suavemente as mãos pelas laterais do seu corpo, até a parte de cima do seu short jeans.

Seu cheiro era bem como eu lembrava. Seus gemidos soavam ainda melhor do que aquilo que minhas lembranças faziam jus a eles.

— Meu Deus, como eu senti a sua falta!

— Eu não era eu mesma sem você — ela disse, apenas.

Suas unhas se enterraram no meu couro cabeludo e me estimularam a entrar em ação.

Desabotoei seu short e o fiz escorregar pelas pernas, observando enquanto ele caía no chão coberto de feno.

Ela pisou para fora dele, e apreciei a visão diante de mim por um instante. Não havia nada além de um pedacinho de renda branca entre mim e a boceta cujo gosto eu estava desesperado para sentir mais uma vez.

Fiquei de joelhos na frente dela, e ela suspirou quando minha boca quente e úmida encostou na sua calcinha, lambendo e chupando através da renda fina.

Seus dedos pressionaram minha cabeça.

— Ah, meu Deus — ela gemeu.

— Só observe — exigi. — Quero ver seus olhos enquanto você fode o meu rosto.

Seus olhos foram parar nos meus e permaneceram ali.

— Não me lembro de você ser mandão desse jeito.

— Então fala que isso não te excita... Vou ficar esperando.

Ela apertou os lábios um contra o outro, e eu sorri com malícia.

Essa é a minha garota.

Afastei sua calcinha para o lado e deslizei dois dedos dentro do seu calor úmido. Minha nossa, ela estava muito molhada.

Ela gritou bem alto, e sua preocupação de sermos pegos já era passado.

— Isso mesmo, linda — incentivei, enquanto ela empurrava os quadris, aproveitando mais de mim. — Bem assim.

Seus gemidos foram ficando cada vez mais altos quando coloquei a boca no seu clitóris sensível de novo, levando-a ao limite.

— Por favor! — ela implorou. — Quero te sentir.

Puta merda, aquelas foram as palavras mais doces que já tinham saído da boca dela. Desci a calcinha por suas pernas, e ela obedientemente terminou de tirá-la.

Abri o fecho com violência e abaixei minha calça, ainda de pé, e meu pau pesado acertou minha barriga quando o coloquei para fora.

Suas mãos deslizaram do meu cabelo até meus ombros, entalhando minha pele através da blusa ao longo do caminho.

— Estou duro pra caramba por sua causa, loira.

— Então tome uma atitude — ela desafiou.

Me acariciei da base ao topo antes de soltar um gemido ao perceber que não poderia levar isso adiante.

— Droga! Não tenho camisinha.

Nossos olhos se encontraram.

— Não me importo.

Deixei a cabeça cair para trás.

— Você quer que eu transe com você sem proteção? *Jesus*, Blake. — Agora que ela havia lançado a questão no ar, eu não conseguia pensar em mais nada. — Você está tomando pílula, querida? Não fiquei com ninguém depois de você.

Segurei meu membro com firmeza de novo, me fazendo entrar em um estado de delírio.

— Também não.

Não consegui acreditar no que estava escutando, mas iria analisar aquilo depois. Nesse momento, eu tinha coisa melhor para fazer.

— Nunca fiz sexo sem proteção — resmunguei. — É imprudência demais. E se acontecer alguma coisa?

— Ky...

Meu nome pesou em sua boca.

Levantei a cabeça depressa, e meus olhos encontraram os dela.

— Não acho que isso vá ser um problema.

— Você faltou às aulas de educação sexual na escola? — perguntei, sem parar de me acariciar. — Tenho certeza de que é assim que os bebês são feitos.

Ela balançou a cabeça, com uma expressão nervosa.

— Não. Não vai ser um problema... porque eu já estou grávida, Ky.

Suas palavras ficaram pairando no ar entre nós, enquanto eu lutava para entendê-las.

— Não imaginei te contar isso numa situação como esta, mas vamos ter um bebê, você e eu.

Você e eu.

Vamos ter um bebê.

Já estou grávida.

Minha mão congelou.

— Um bebê?

Ela confirmou com a cabeça.

— Não sei como aconteceu. Tomamos cuidado. Mas o vi num exame. Estou de mais ou menos dez semanas.

Minha cabeça estava girando.

Eu ia ser pai. Blake ia ser mãe. Íamos ter um filho. *Juntos.*

Choque.

Pânico.

Empolgação.

Medo.

Euforia.

Senti tudo isso e mais num intervalo de uns dez segundos.

— Um bebê? Um bebê real e humano?

— Sim.

— Você e eu?

— Um-hum.

Uma dor fez meu peito arder, e eu me encolhi.

— É por isso que você está aqui? — perguntei, sentindo como se as palavras deixassem um gosto de ácido na minha língua. — Você só está aqui, *comigo*, porque te engravidei?

— Não. — Ela apertou meu rosto entre as mãos. — *Jamais* faria isso. Estou aqui por *sua causa*, porque você me pertence, Ky. Eu já sabia que te queria *antes* de saber que o bebê era seu.

Antes de saber que era meu.

— Tem certeza de que não é dele? Blake, você tem cem por cento de certeza de que esse bebê é mesmo meu?

Ela respondeu que sim com a cabeça, fazendo o cabelo dourado tapar um pouco seu rosto.

— Faz meses que não fico com ele. Esse bebê é seu. Meu coração é seu. *Eu* sou sua.

Suas palavras foram como um bálsamo curativo para minhas preocupações. Ela podia ter escondido a verdade de mim antes, mas, agora, ela não estava me oferecendo nada além de honestidade. Julgando pela sua expressão, eu estaria disposto a arriscar que ela nunca mais mentiria para mim.

— Um *bebê* — repeti quando assimilei a realidade um pouco melhor.

— Ai, meu Deus, você está em estado de choque? — ela perguntou, pressionado a palma de uma das mãos no meu peito.

— Não estou em estado de choque — respondi, balançado a cabeça, enquanto minha mão voltou a acariciar meu pau dolorosamente duro.

— Não está? — ela perguntou, acanhada.

— *Não* — murmurei enquanto me inclinei para roçar os dentes na sua orelha.

Ela estremeceu.

— Estou em estado de êxtase, loira.

— Sério?

Eu a pressionei com firmeza contra a parede, e ela suspirou.

— *Sério*. Porque tenho *você* — disse, a título de explicação.

Ela gemeu quando passei os dedos calejados debaixo da sua regata até chegar nas costelas.

— Mas um bebê é coisa séria, Ky...

Fui beijando seu pescoço até chegar à parte de baixo da garganta.

— Se acha que vou fugir só porque você está me oferecendo tudo que eu sempre quis quando olhava nos seus olhos, então você está completamente doida.

— Mas é...

— É rápido — interrompi.

Beijei.

— É loucura.

Beijei.

— É *a gente.*

Ela suspirou, aliviada.

Levantei o rosto do seu pescoço e olhei nos seus olhos.

— Te amo, Blake. Já amo nosso bebê também.

Pelo jeito, essas eram as palavras que minha mulher precisava ouvir. Ela subiu em mim como se eu fosse um mastro, envolvendo minha cintura com força usando as pernas, e sua entrada se alinhou com a ponta do meu pau como se tivesse sido desenhada especificamente para mim.

Empurrei meus quadris, me enfiando na sua boceta apertada com um movimento, gemendo quando me enterrei até o limite.

Não falamos; nenhuma palavra a mais era necessária. Ela ficou agarrada nos meus ombros, enquanto eu me tirava de dentro dela, dolorosamente devagar, antes de entrar com tudo de novo.

Determinei um ritmo que a castigou, me forçando para dentro até onde seu corpo conseguia suportar o meu, deixando-a no limite em muito pouco tempo.

Até para mim estava difícil segurar. Tinha sido tempo demais sem ela.

Diminuí o ritmo, e ela soltou um gemido, se queixando, quando a impedi, de propósito, de perder o controle.

Meti.

— Me abandona de novo *um dia*, e não vou te acolher de volta com essa rapidez toda.

Nossos olhos se fixaram.

Meti.

— Me diz para ir embora de novo um dia, e pode ser que eu não volte — ela retrucou.

Essa era minha garota: sempre rebatendo no mesmo nível em que levava.

Meti.

— Nunca — grunhi.

Meti.

— Nunca — ela repetiu.

Era uma promessa.

Acelerei, possuindo-a com agressividade. Ela gritou meu nome em segundos, e sua boceta apertada e úmida me comprimiu com tanta força que vi estrelas. Tive um orgasmo pra valer, disparando descargas quentes de gozo bem no fundo dela.

— Te amo pra caralho — falei baixinho, cansado, *esgotado*.

— Também te amo pra caralho.

CAPÍTULO 35
Blake

Ky fez questão de que devolvêssemos o carro alugado na filial mais próxima, a algumas cidades ao longo do litoral, para que eu pudesse ir junto com ele no resto do caminho.

Nunca vimos quem ganhou aquela última aposta, mas isso não importava. Eu o teria seguido para qualquer lugar, ganhando ou perdendo.

Estava começando a pensar que ele estava me levando de volta à casa de Aubrey e Chance, mas ele tinha saído da estrada principal quando faltava mais ou menos meia hora para chegarmos a Pretty Beach, e tínhamos percorrido uma estrada sossegada e cheia de vento, seguindo rumo ao mar.

Fiquei curiosa para saber o que ele iria me mostrar dessa vez.

Grudei nele; meus braços envolveram sua cintura estreita com força, enquanto ele dirigia pelas estradas com facilidade.

Motos sempre me deixavam nervosa, mas, quando Ky estava no comando, não sentia medo de ir na garupa.

Confiava totalmente nele.

Ele desacelerou a máquina poderosa e virou mais duas vezes antes de parar numa rua com uma fileira de casas bem espaçadas umas das outras.

O rugido do motor silenciou, e tirei os braços da sua cintura para me esticar.

— Chegamos, loira.

Ele desceu da moto, e fiquei admirando seu belo físico por alguns instantes, enquanto ele tirava a jaqueta.

Suas pernas eram longas e musculosas. Seus braços eram definidos e com uma tonalidade marrom-dourada. Aquela tatuagem que eu tanto amava estava espiando pela parte de baixo da manga da sua camiseta.

Deixei o rosto por último porque, se tivesse começado por ele, talvez eu jamais fosse capaz de desviar o olhar.

Ele abriu um sorriso malicioso para mim — o mesmo sorriso que acabava comigo toda vez. Seu olhar apaixonado percorreu meu corpo, e senti que estava ruborizando.

Ele estendeu a mão para me ajudar a descer da moto, e tremi quando minha pele entrou em contato com a sua. Seu toque era como um casaco quente numa noite fria de inverno.

— Onde estamos, espertinho?

Ele gesticulou, apontando para a casa.

— Estou trabalhando aqui há dois meses. Reformando o lugar.

Nossas mãos unidas balançaram entre nós à medida que nos aproximávamos da casa.

— Não sabia que você também era pedreiro.

Ele riu.

— Não sou.

Minhas sobrancelhas se aproximaram.

— Então, como...

— YouTube. Tem a resposta para tudo lá.

Meu corpo estremeceu de rir.

— Ah, sim, é claro. Isso também funciona.

A casa era velha, mas bonita. Um pouco de amor e cuidado, e aquela velhinha iria renascer incrivelmente bem.

— Ela é lindíssima!

— Agora, ela está mais para uma espelunca.

— Ah, para! A estrutura é boa — argumentei.

Ele olhou para mim com curiosidade enquanto segurava a porta aberta e me conduzia para dentro.

Soltei sua mão e fui na frente, corredor adentro, chegando a uma sala de estar ampla e integrada com a cozinha. Olhei para longe, pela janela.

— Nossa! Olha essa vista!

Passei pela bagunça da construção e pressionei as mãos no vidro.

Era linda. Árvores maduras emolduravam a casa, e a areia e o mar estavam a apenas alguns metros de onde a grama acabava.

Não conseguia imaginar como seria acordar e olhar isso toda manhã.

— Gostou? — Ky perguntou, atrás de mim.

Dei uma espiada para trás, para vê-lo.

— Se gostei? É incrível.

Sua expressão enquanto ele me observava era impossível de interpretar.

Me afastei da janela e andei pelo cômodo, notando os lugares onde ele havia removido paredes e arrancado carpetes velhos.

Entrei na cozinha e passei a ponta dos dedos pela extensão da bancada. Ela era magnífica.

— Você fez tudo isso?

Ele respondeu que sim com a cabeça, e seus olhos escuros estavam cravados nos meus.

— Aposto que o dono está bem feliz com o seu trabalho, Ky.

— Ele está.

— Você deveria estar orgulhoso do que fez aqui. Mal posso esperar para ver quando ficar tudo pronto.

Dei outra espiada na vista antes de ir para onde vi outro corredor, que, sem dúvida, dava acesso aos quartos.

— Quantos quartos? — indaguei, sem me virar.

Podia sentir seus olhos nas minhas costas.

— Cinco.

— Ele tem família?

— Ainda não.

Assenti. Conseguia imaginar como seria criar nossos filhos ali. Uma criança não poderia querer um lugar melhor para brincar.

— Posso ver os quartos? — perguntei enquanto dava alguns passos.

— É minha.

Suas palavras me fizeram congelar.

— O que é sua?

Me virei para encará-lo.

— A casa.

— É *sua*?

Dele?

Como?

Quando?

Ele confirmou com a cabeça, com um olhar intenso.

— Eu tinha umas economias. Comprei por impulso. Pensei em reformar e vender.

— Você é o dono *desta casa*? — insisti, ainda sem acreditar.

Eu não tinha nem um carro, e lá estava ele, proprietário de um imóvel.

Ele assentiu.

— E você quer vendê-la? — Minha voz subiu uma oitava.

Não podia nem imaginar ter uma coisa incrível daquele jeito e então simplesmente vendê-la, deixando outra pessoa ficar com ela.

Ele olhou para mim por um longo momento, depois balançou a cabeça.

— Acho que não. Não quero mais.

Fui me aproximando dele aos poucos.

— Não?

Ele balançou a cabeça de novo.

— Não depois de ver sua expressão.

Ele está dizendo o que eu acho que está?

— Não brinque comigo, Ky Bateman — rosnei. — Estou grávida, e meu humor está instável por causa dos hormônios. Além disso, estou com fome. Você está querendo dizer que quer ficar com esta casa?

— Você está com fome?

Ele franziu a testa.

— Estou sempre com fome. Estou gestando um ser humano que é metade você — falei, brava.

Ele riu.

— Bom, sei que não devo ficar no meio do caminho entre um Bateman e seu estômago, então, sim, acho que a gente deveria ficar com esta casa, loira. Acho que a gente deveria ter a nossa família aqui.

Nossa família.

O simples fato de ouvi-lo dizer essas palavras acalmou meu coração.

Ele tinha me submetido a um interrogatório depois que terminamos de fazer sexo no celeiro: de quanto tempo eu estava? Por que a barriga não estava aparecendo? Quando o bebê iria nascer? De que tamanho ele estava? Quando ele poderia ver uma imagem do exame? Suas perguntas foram inúmeras, e sua empolgação, contagiosa.

Sabia que ele já estava todo apaixonado por essa criança, mas ouvi-lo falar sobre a nossa família era exatamente a garantia de que eu precisava.

Iria dar tudo certo para a gente.

Estávamos juntos. Daríamos um jeito no resto conforme as coisas fossem acontecendo.

— Acho que, para mim, está de bom tamanho — sussurrei.

— Já posso ver os nossos lindos bebezinhos correndo pela casa.

— Bebê — corrigi. — Um bebê. Não são gêmeos. Pode confiar, fiz o médico conferir duas vezes.

— Um, por enquanto. — Ele sorriu com malícia. — Mas vamos ter duas meninas e um menino, lembra? No mínimo...

Minha respiração parou. Ele queria mesmo aquilo. Podia ver nos seus olhos. Ele queria uma vida inteira. *Comigo.*

— Cinco quartos é demais, espertinho.

Ele baixou o rosto, colocando a boca perto da minha, querendo me beijar.

— Então, ainda bem que a gente já tem uma vantagem inicial.

O beijo logo se transformou em algo mais quando ele esfregou sua ereção no meu quadril.

— Eu quero *mesmo* ver esses quartos — murmurei em seus lábios, enquanto ele me fazia andar para trás.

Sabia de que jeito ele estava me beijando: era o jeito que atirava roupas no chão e corpos nus se mexiam juntos.

— Mulheres... Só têm uma coisa na cabeça. — Ele abriu um sorriso largo.

Dei um tapa no seu ombro e recuei para olhar para ele.

— Te amo de verdade.

— Eu sei.

Fiquei esperando-o dizer a mesma coisa para mim, mas ele não disse. Em vez disso, um sorriso contorceu seus lábios, enquanto ele me observava, aguardando. O cretino estava me provocando.

— Babaca — murmurei, revirando os olhos.

Tentei empurrá-lo para longe, mas ele se recusou a arredar o pé.

— Você sabe que eu te amo, loira. Acho que sempre amei, acho que sempre vou amar.

Era o suficiente para mim.

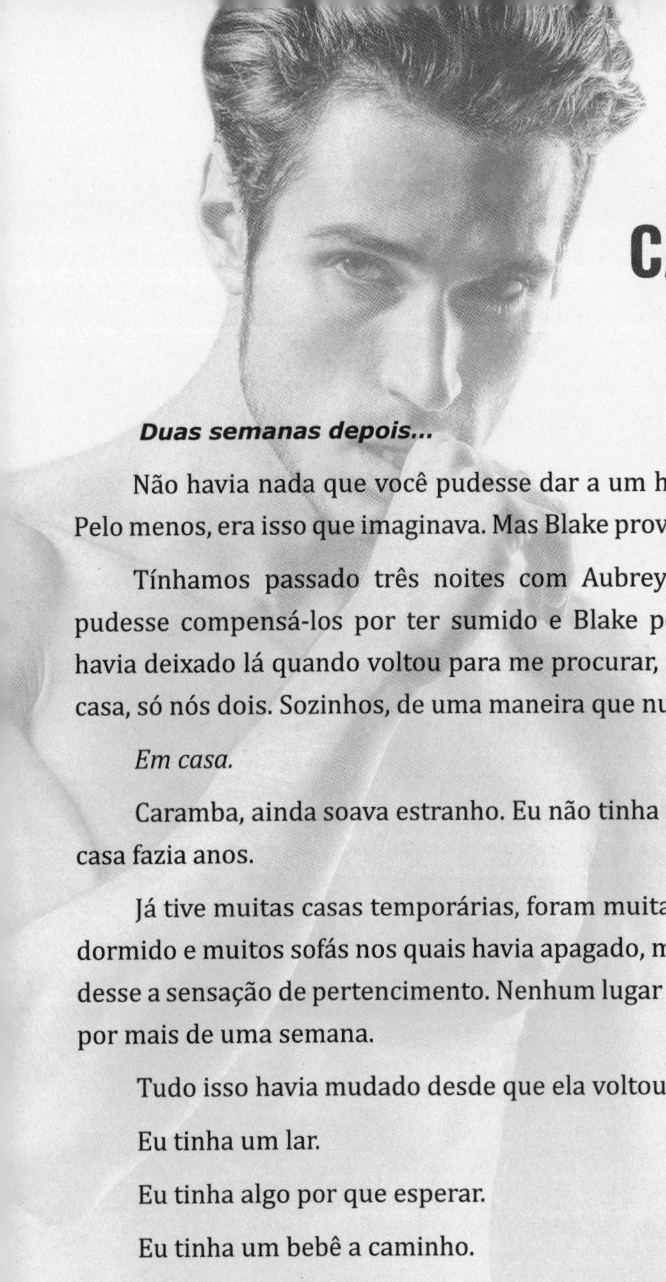

CAPÍTULO 36

Ky

Duas semanas depois...

Não havia nada que você pudesse dar a um homem que já tinha tudo. Pelo menos, era isso que imaginava. Mas Blake provava que eu estava errado.

Tínhamos passado três noites com Aubrey e Chance para que eu pudesse compensá-los por ter sumido e Blake pegasse as coisas que ela havia deixado lá quando voltou para me procurar, mas agora estávamos em casa, só nós dois. Sozinhos, de uma maneira que nunca estivemos antes.

Em casa.

Caramba, ainda soava estranho. Eu não tinha um lugar para chamar de casa fazia anos.

Já tive muitas casas temporárias, foram muitas camas em que eu tinha dormido e muitos sofás nos quais havia apagado, mas nenhum lugar que me desse a sensação de pertencimento. Nenhum lugar em que eu me via ficando por mais de uma semana.

Tudo isso havia mudado desde que ela voltou.

Eu tinha um lar.

Eu tinha algo por que esperar.

Eu tinha um bebê a caminho.

Eu tinha uma mulher que, um dia, eu sabia, seria minha esposa.

E, nesse exato momento, os lábios carnudos dessa mulher estava em volta do meu pau.

Pelo visto, havia uma coisa que eu queria, no fim das contas.

Que jeito de começar o dia!

Feliz aniversário para mim.

Ela estava me torturando, deslizando para cima e para baixo tão devagar que era quase crueldade.

Tirei o lençol de cima do meu corpo para poder observar as covinhas que se formavam nas suas bochechas enquanto ela me chupava.

Ela olhou para cima, na direção do meu rosto, surpresa, com seu olho azul e o outro verde focados apenas em mim.

Nossos olhares se encontraram, e eu não conseguiria desviar o meu nem se tentasse. Ela rodopiou a língua em volta da ponta do meu membro, e ouvi um rosnado sair da minha garganta.

— Pare de me provocar — grunhi.

Ela sorriu para mim, se divertindo. Sua boca se esticou bastante em torno do meu pau. Maldita loira. Mesmo com o pau na boca, ela ainda estava me mostrando que era ela que mandava.

Empurrei os quadris para cima, assumindo o controle, e ela murmurou alguma coisa no fundo da garganta, fazendo minhas bolas se apertarem dolorosamente.

— Jesus, Blake — gemi.

Ela colocou a mão pequena em volta da base do meu pau e começou a trabalhar em mim pra valer.

Ela me deixou prestes a fazer meu gozo jorrar em míseros trinta segundos.

— Vou pintar o fundo dessa sua linda gargantazinha com o meu gozo, e você vai engolir cada gota, entendeu?

Posso ter sido capaz de fazê-la ficar vermelha no dia a dia com palavras muito menos grosseiras, mas a minha Blake era uma garota safada entre quatro paredes. Ela era fissurada pela minha boca suja.

Ela concordou com a cabeça. Ela sempre estava a fim.

Seus movimentos ficaram mais rápidos, mais frenéticos. Ela queria que eu perdesse o controle, queria me fazer explodir.

Empurrei repetidas vezes, aproveitando tudo o que ela estava disposta a me dar, e gozei pra valer, com estrelas brancas dançando diante dos meus olhos, enquanto jorrava nela.

— Meu Deus — falei, ofegante, caindo nos travesseiros.

Ela soltou meu pau de repente e lambeu os lábios.

— Feliz aniversário, querido.

— Melhor presente que já ganhei na vida, loira. Sem dúvida.

Ela rastejou pela cama e se aninhou ao meu lado.

— Como é fazer vinte e nove anos?

— A mesma coisa que fazer vinte e oito — respondi com um sorriso.

— Como é fazer vinte e oito anos?

Dei risada.

— A mesma coisa que fazer vinte e sete.

Ela balançou a cabeça, achando graça.

— O que você quer fazer hoje?

Subi minha mão pela sua coxa e segurei seu traseiro.

— Só consigo pensar em uma coisa.

— Você sempre vai ser insaciável desse jeito ou está só tirando o atraso?

Ri e dei um beijo nos seus *lábios.*

Ela se aconchegou mais perto.

— Fico triste quando penso em todos aqueles dias que a gente poderia ter passado juntos.

— Há muitos dias por vir, loira. Não estamos perdendo nada.

Fiquei de lado e envolvi meu braço na sua cintura.

Eu poderia me acostumar a acordar toda manhã e me deparar com uma visão dessas. Seria um homem feliz.

— Você não queria que a gente nunca tivesse se separado?

Sua pergunta estava repleta de curiosidade.

— Isso pode ser bem louco, mas, de certa forma, fico feliz por você ter ido embora. Precisei desses dois meses para os meus sentimentos por você se consolidarem. Para aprender que *podia* viver sem você, mas que não queria de verdade.

— Talvez essa seja a coisa mais genuína que já ouvi sair da sua boca.

— Sou cheio de surpresas. — Pisquei para ela.

— Você pode ter aprendido muito nesses dois meses, eu aprendi também, mas não quero que isso se repita *nunca mais*. Tá bom?

Pressionei meus lábios entre os olhos dela.

— Nunca mais vou deixar um mal-entendido, ou o meu orgulho, ou o seu ex-noivo bonitinho atrapalharem a nossa vida.

Abri um sorriso malicioso, enquanto ela estreitava os olhos para mim.

— O momento da conversa profunda acabou, pelo que estou percebendo.

— É a minha festa, e vou fazer o que eu quiser.

— Você é um moleque! Por que diabos voltei por sua causa?

Pressionei minha ereção crescente no seu quadril.

— Acho que foi porque você tinha um fraco pelo meu pau, loira.

— Quer saber? Talvez você tenha razão. *Desta vez.*

Segurei seu quadril com força, mas ela escapuliu da cama, com seus lábios carnudos sorrindo para mim.

— Vamos, espertinho, temos trabalho a fazer. Este lugar não vai se reformar sozinho.

Tombei a cabeça nos travesseiros.

— Você não pode me obrigar a fazer trabalho braçal no dia do meu aniversário. Isso é barbárie.

— Nós dois sabemos que eu poderia te obrigar a fazer qualquer coisa, Ky Bateman, então não queira me testar.

Isso chamou minha atenção. Adorava quando ela me tratava com aquele jeito "chega de conversa fiada". Me apoiei nos cotovelos para observá-la se vestir, sexy pra caramba. Ela já estava descansada. As olheiras tinham sumido fazia tempo, e eu a estava engordando com todas as suas comidas preferidas. Ela exibia uma barriguinha mínima, e eu mal podia esperar para ver sua barriga redonda, no seu tamanho máximo, por causa do nosso filho.

— Me considere avisado.

Ela soltou uma risada descrente, fazendo um barulho com o nariz.

— Tá bom, *sei*.

— Isso é atrevimento demais para alguém que estava com o meu pau na garganta agora há pouco.

Ela fez uma pausa na porta e ergueu uma sobrancelha para mim.

— E isso é insolência demais para quem estava de joelhos com o rosto entre minhas coxas ontem à noite.

Touché.

Me virei e peguei seu celular na mesa de cabeceira, para ver que horas eram. Sorri quando vi a notificação não aberta.

— Você recebeu um e-mail.

Ela bufou um suspiro.

— Você quer dizer *você* recebeu, não é?

Meu sorriso ficou ainda maior.

Em algum momento no meio de uma das nossas conversas de tarde da noite, acabei descobrindo que Blake enviava e-mails para uma mulher americana o tempo todo, pedindo conselhos. Então me apossei do seu celular ontem à noite e mandei umas perguntas.

Cara Ida,

O pênis do meu namorado é tão grande que, depois que a gente faz sexo, fico sem conseguir andar por dias. Algum conselho?

— Vagina Esticada, Cidade do Prazer.

A resposta dela me fez rir enquanto a lia em voz alta.

Cara Vagina Esticada,

Sim, tenho dois ótimos conselhos: troque a senha do seu e-mail e fale para o seu namorado assistir a um pouco de pornografia. Ele não vai achar o equipamento dele tão grande depois disso.

Beijo,

S

— Acho que você não deveria escrever mais para essa mulher. Ela é agressiva.

Blake lançou um sorriso sarcástico para mim.

— Ela respondeu às duas mensagens.

Blake deu um chilique depois de ler um livro sobre bebês que trazia diagramas de dilatação. Eu tive que escutá-la, por dias a fio, choramingando sobre como sua vagina não seria a mesma, então eu acabei recorrendo a Ida.

Cara Ida,

Dar à luz é tão ruim quanto dizem? Tudo vai voltar ao devido lugar depois, não é?

— Preocupada com a Xoxota, Garota Australiana.

— Bem, o que ela disse? — Blake quis saber.

Abri o e-mail e, depois, um sorriso largo.

— Acho que gostei dela.

Cara Preocupada com a Xoxota,

Não sei ao certo se você quer que eu minta ou não, então pensei em oferecer as duas opções:

1. Claro! Você vai ficar nova em folha e ter sexo com tudo bem apertadinho em pouquíssimo tempo!

2. Descanse em paz, vagina da Preocupada com a Xoxota. Essa desgraçada nunca mais vai ser a mesma.

Beijo,

S

Repassei a resposta para Blake, dando risada.

— Não sei do que está rindo. É *você* quem vai ficar reclamando da minha vagina destruída.

Ri quando ela deixou o quarto, balançando seu traseiro sexy.

Minha loira.

Minha eternidade.

Minha droga de par perfeito.

Nada jamais seria tão desafiador e, ao mesmo tempo, tão simples, mas eu estava ali para isso — com vagina destruída ou não.

Para cada segundo disso.

EPÍLOGO

Blake

Oito meses depois...

— Espertinho, a gente precisa ir, a minha irmã vai estar em casa às duas! — gritei na direção do celeiro na parte de trás da casa de Chance e Aubrey.

As coisas com Carmen estavam dando certo nos últimos tempos, e eu não queria voltar a fazer parte da lista de inimigos dela. Desde que tive minha filha, não era mais aquela pessoa que só fazia besteira aos olhos da minha irmã. Enfim consegui acertar em alguma coisa. E o fato de ela adorar meu namorado não atrapalhava em nada.

Mas já era quase meio-dia, e eu tinha umas coisas para resolver no caminho para casa. Então, minha maré de sorte provavelmente terminaria se eu não conseguisse fazer Ky se apressar.

Luna tinha conseguido sujar de cocô todos os seus macacões, e eu estava atrasada na tarefa de lavá-los. Na verdade, dizer que estava apenas atrasada seria mentira, dado que, quatro dias antes, Ky decidiu que *não* gostava dos azulejos que havia colocado na lavanderia e arrancado tudo para refazer.

Sem máquina de lavar e com uma bebê de seis semanas não era bem a situação ideal. Uma montanha de roupa suja esperava Sua Majestade encontrar um azulejo que satisfizesse o padrão excepcionalmente alto de exigência que ele começou a ter de repente.

Eu até gostava do detalhismo dele no que dizia respeito à nossa casa, mas ele estava prestes a desenvolver transtorno obsessivo compulsivo em relação àquilo tudo. Eu havia oficialmente perdido o gosto por reformas para o resto da vida.

— Ky! — gritei de novo.

— Ele está no celeiro — a voz de Bree soou atrás de mim.

Ao me virar, me deparei com um sorriso meigo no seu rosto e um brilho travesso nos seus olhos.

— Eu sei, meu amor. Preciso que o seu tio se apresse antes que ele nos atrase.

Ele desapareceu com Luna nos braços há uns vinte minutos, e desde então não o vi mais.

Ela colocou as mãos na cintura.

— Então, por que você não vai buscá-lo?

Ergui as sobrancelhas na direção dela. Desde que tinha completado quatro anos, alguns meses atrás, seu nível de atrevimento foi parar nas alturas.

— Onde está o seu papai?

Ela deu de ombros.

— E a sua mamãe e o seu irmão?

Ela deu de ombros de novo.

— Nossa, você está ajudando muito hoje, não é? — Dei uma batidinha de leve no seu nariz com o dedo, fazendo-a soltar uma risadinha.

— Se vão se atrasar, você deveria ir encontrá-lo — ela me disse, com os olhos arregalados.

Minha testa franziu enquanto eu a observava. Ela estava aprontando alguma coisa.

— Lá no celeiro? É o que você acha?

Ela concordou com a cabeça, enérgica.

— Por que isso está parecendo uma armadilha?

Ela cobriu a boca quando uma risadinha escapou.

— Não é uma armadilha, tia Blake. Vai logo.

Meu Deus! Meu coração derretia toda vez que ela me chamava daquele jeito. Tinha sido recebida na família deles de braços abertos.

— Tudo bem, então. Acho que vou ter que confiar em você.

Ela me deu um empurrãozinho de leve para fora da porta, e olhei no relógio de novo enquanto cruzava o quintal, seguindo em direção ao grande celeiro que abrigava tantas memórias para mim — algumas incríveis, outras dolorosas. Não tinha tempo para revivê-las naquele momento. Iríamos mesmo nos atrasar, e minha irmã ficaria brava. Não era lá muito inteligente fazer nada que a atrapalhasse de estar junto com a sobrinha.

— Ky, a gente precisa ir! — berrei de novo, mas não tive resposta.

Consegui ouvir Pixy balir sem parar de algum lugar dos cercados. Ele devia estar mandando ver com a nova cabra resgatada, que Aubrey havia trazido para casa na semana anterior.

Desgraçado tarado era como Chance o chamava.

— Ky! Estou falando sério, onde você está?

— Aqui — ele finalmente respondeu, a voz vindo de dentro do celeiro.

— Se nos atrasarmos porque você ficou enrolando aqui, é *você* quem vai sentir a ira da Carmen, porque...

A ameaça morreu nos meus lábios quando meus olhos assimilaram a visão dele, vestido com um terno azul-marinho e uma camisa branca. Ele estava em pé, no meio do celeiro, e havia ramalhetes de flores silvestres colocados em frascos de conserva ao seu redor.

— Ky? — perguntei ao dar um passo hesitante para dentro.

Ele estava com nossa filha nos braços e, *meu Deus*, havia uma coisa atraente além da conta em ver seu homem segurando a filhinha daquele jeito. Ainda mais quando ele ficava tão bonito quanto Ky fazendo isso. Perdi a capacidade de pensar só de ver os dois juntos.

Nossa filha era como o pai: cabelo escuro e pele um pouco morena. Por sorte, ela herdou a minha constituição física e não a dele, porque em hipótese alguma eu queria dar à luz a um par de ombros como os que ele tinha.

— Está me procurando, loira?

— Sim — falei baixinho. — Vamos nos atrasar.

Ele se limitou a olhar para mim, sem falar, sem se mexer.

— O que é tudo isso aqui, espertinho?

Caminhei devagar pelo espaço que nos separava.

— Bree não te contou? — ele perguntou, se divertindo com a situação.

Balancei a cabeça.

— Ela me disse que não era uma armadilha, mas estou começando a achar que ela mentiu.

Ele riu.

— Não é uma armadilha. Venha aqui.

Olhei para ele, desconfiada, enquanto ele estendia a mão livre.

Me aproximei e segurei sua mão entre as minhas. Luna estava dormindo, encostada no ombro dele.

— Queria conversar com você sobre uma coisa.

— Ok...

Ele limpou a garganta.

— Eu te amo, Blake. Você é a melhor coisa que já aconteceu na minha vida.

Minha pulsação fez meus ouvidos chiarem, me deixando zonza.

Já sabia o que estava prestes a acontecer. Eu não era burra. Ele estava rodeado de flores. Estava até usando um terno. Ele pode não ter ficado de joelhos, mas poderia muito bem ter feito isso.

— *Ky* — sussurrei.

— Não vou fazer um discurso longo e elaborado. Você já conhece todos os motivos que fazem a gente ser um casal que dá tão certo... Então, vou apenas dizer: casa comigo, loira.

Engoli em seco com força, e meu coração acelerou.

Ele sabia o que eu pensava sobre casamento. Tínhamos conversado sobre o assunto. Eu estava com medo de nunca ser capaz de levar aquilo a cabo sem meu pai para entrar comigo, mas também sabia que jamais conseguiria dizer não se ele me pedisse, então isso nos deixou em uma encruzilhada. A última coisa que eu queria era surtar e desistir de outro casamento.

Isso me deixava com duas opções: ficar com o meu coração partido ou partir o coração de Ky.

— Não foi uma pergunta — falei baixinho, embromando.

— Eu sei. — Ele abriu um sorriso malicioso. — Imaginei que, se não fizesse uma pergunta, você não pudesse dizer não.

— Então, também não posso dizer sim.

Queria ficar com ele para sempre. Queria *de verdade*. Só não sabia direito como passar por aquela etapa.

Meu olhar foi parar no chão, e ele ergueu nossas mãos unidas até tocar a parte inferior do meu queixo para me obrigar a olhar para ele.

— Podemos fazer do jeito que você quiser, Blake. Podemos ir ao cartório ou nos casarmos na praia, só nós três. Não me importa quem está com a gente ou onde estamos. Só quero acordar toda manhã e poder te chamar de minha esposa. Sei que isso é difícil para você, mas quero que seja uma Bateman. Quero que o mundo todo saiba que você é minha.

Quando ele falou desse jeito, tudo pareceu tão simples.

Um casamento casual na praia? Uma ida ao cartório?

Eu podia dar isso a ele. Ele tinha me dado tudo. Podia achar um jeito de fazer isso por ele.

— Ok — sussurrei, com lágrimas brotando dos olhos.

Como poderia dizer não àquele homem, depois de ele ter ficado do meu lado em tudo pelo que passamos?

Não podia.

Não iria.

Em hipótese alguma.

Ele não era nenhum santo, mas era *meu*.

Aqueles primeiros meses depois que voltei foram tudo, menos fáceis. Discutíamos o tempo todo e desafiávamos um ao outro todos os dias. Ele me deixava furiosa, e eu o deixava maluco, mas funcionava para nós. Nunca íamos dormir bravos, nunca falávamos nada além da verdade um para o outro e nem eu nem ele guardávamos ressentimento. Levou um tempo até encontrarmos nosso ritmo, nos acostumarmos com a ideia de dividir a vida com o outro — e, até aquele momento, ainda tínhamos muito o que aprender um sobre o outro, mas eu estava loucamente apaixonada por ele. Ele estava loucamente apaixonado por mim também. Isso era tudo de que precisávamos.

Jamais conseguiria imaginar ter uma vida que não girasse em torno dele.

Um sorriso ofuscante iluminou seu rosto.

— Ok? Você vai se casar comigo?

— Ok. Vou me casar com você.

— Obrigado, loira.

Ele estava louco de felicidade. O sorriso tão largo, e os olhos tão vivos.

— Você pode parar de me dar bronca por uns trinta segundos só para eu poder fazer isso direito?

Disse que sim com a cabeça, e as lágrimas que ficaram apenas ameaçando antes agora estavam transbordando, descendo pelas minhas bochechas.

Ele se apoiou em um joelho, tomando cuidado para não dar uma cotovelada na nossa filha.

— Blake Cameron Vincent, fico feliz demais por você não ter nascido um menino.

Uma risada borbulhou para fora de mim. Ele soltou minha mão e esticou o braço até o bolso do paletó para tirar de dentro dele uma caixinha preta.

— Te amo mesmo quando você me deixa louco pra caralho. Droga, não queria ter falado palavrão. Desculpa, bebê. — Ele beijou a cabeça de Luna.

— Te amo, Blake. Prometo a você chocolate ao leite e dias de verão. Prometo sempre responder "não" quando você me perguntar se está gorda. Prometo *tudo* a você... Aceita ser minha para sempre?

Aqueles olhos escuros estavam brilhando, e os fragmentos dourados neles estavam mais vibrantes do que eu jamais havia visto.

Fiz um aceno com a cabeça quando ele levantou a tampa da caixa, revelando um lindo anel de ouro com um diamante lapidado com corte princesa.

— Sim — respondi, com um engasgo.

Ele ficou em pé de novo num piscar de olhos e pressionou a boca na minha em um beijo que foi todo lábios, dentes e línguas, com nossa filha embalada entre nós.

Ele se afastou e sorriu. Nunca o tinha visto tão extasiado, tão lindo.

E ele é todo meu.

— Vocês podem aparecer agora — ele disse, olhando para trás.

Olhei ao redor e identifiquei Chance, Aubrey, Bree e CJ enquanto eles saíam de fininho dos seus esconderijos.

O fato de eles estarem ali com a gente para compartilhar esse momento só o deixou ainda mais perfeito.

Trocamos abraços e felicitações. Todo mundo estava muito feliz por nós, e eu também estava feliz, embora soubesse que a pontada de tristeza na minha barriga provavelmente nunca iria sumir por completo. Mas eu podia conviver com aquilo. Tinha Ky, Luna e sabia que meu pai estaria tomando conta de mim, sorrindo.

— A gente pode conversar um minuto? — Chance perguntou, me puxando de lado e me deixando confusa.

— Está tudo bem?

Ele começou a falar e depois fez uma pausa, limpando a garganta com nervosismo. Nunca o tinha visto parecer tão inseguro.

— Eu… Hã… Só queria te dizer que… — Ele limpou a garganta mais um pouco. — Sei que jamais conseguiria substituir o seu pai, mas, se quiser a coisa toda de se casar de branco com uma festa, eu ficaria honrado em entrar com você na igreja.

— Você faria isso por mim? — sussurrei, chocada.

Ele respondeu que sim com a cabeça e coçou a parte de trás da nuca.

— Seria um privilégio, mocinha.

Tentei segurar uma nova onda de lágrimas enquanto olhava cada pessoa no celeiro.

Tanto amor, tanta lealdade e, bem no centro de tudo isso, estava o homem dos meus sonhos, segurando nossa bebê e sorrindo para mim como se eu iluminasse o céu… E eu seria a esposa dele um dia, em breve.

Não teria conseguido imaginar um dia mais perfeito nem se eu tivesse tentado.

FIM

AGRADECIMENTOS

Oba! Consegui sobreviver ao processo de escrever mais um livro! Este aqui foi bem diferente para mim, pelo fato de ele ser parte do Cocky Hero Club, o que é uma grande honra. Adorei entrelaçar minha própria história com alguns dos personagens favoritos de certos livros de Vi e Penelope.

Muitíssimo obrigada a Vi e a Penelope e à equipe delas, principalmente Dan. É mesmo um privilégio enorme ser parte deste projeto e poder colocar palavras nas bocas dos seus amados personagens. Espero ter feito justiça a eles.

Tudo o que me resta dizer é obrigada a todos que tornaram isso possível enquanto eu navegava neste projeto.

Quero deixar um agradecimento especial às minhas garotas, Bianca, Stacey e MV, por sempre me darem cobertura, trocarem ideias comigo e ouvirem meu chororô. Eu provavelmente não teria conseguido passar por esse processo sem vocês, meninas, e sou imensamente grata pela sua ajuda!

Muito obrigada a Stacey e a Trina, da Spellbound, pelo excelente trabalho de edição, como sempre!

Também quero dar um alô especial para Kylee, por ser incrivelmente adorável e apoiar muito meu trabalho. Te estimo mais do que você sabe!

Por último, mas com certeza não menos importante, obrigada aos meus leitores, novos e antigos, por escolherem este livro e chegarem até o final dele. Vocês são os verdadeiros protagonistas desta história toda!

Mais uma vez, obrigada!

Beijos,

Nicole